萬貴千金

2

風 文創 662

幽蘭 著

目錄

第二十一章

阮玉嬌既然明白了，那就沒有什麼不願意的。她握緊了兩位老太太的手，對里正點頭道：「里正叔，我願意過繼，麻煩您了。」

這會兒阮金多也回過神來，忙欣喜道：「這主意好！里正，您不知道，嬌嬌特別喜歡莊大娘，見天兒的往莊大娘那兒跑，這可不就是有祖孫緣嗎？我這個當爹的也沒意見。」

阮金來和陳氏也都露出喜色。畢竟這樣就算斷乾淨了，就算是京城的夫人，也不能讓他們這些外人受牽連吧？幾個小孩子都被拘在屋裡，沒能知道外面的事，自然也就沒人對這事有意見了，竟沒一個人攔著阮玉嬌過繼。

里正雖不明白具體是咋回事，但多少猜出是阮家人不地道，不過既然人家全都同意了，他也就不去做那個惡人，當即拍板定下阮玉嬌過繼的事。

阮老太太心裡雖有不捨，可更多的卻是鬆了口氣。接著她又說出財產的分配。「家裡的房子誰住的就分給誰；地，我留一畝，剩下的六畝，大房、二房各三畝。這些年大房、二房交上來的銀子總共有八兩，我再給添二兩，一邊分五兩。農具、鍋碗和豬啊、雞啊這些，乾脆就平分成三份，咱們一人一份。」

阮家兄弟都皺起了眉頭，著急地問。「娘，您不是說您有三十兩銀子？」

阮老太太冷冷地看著他們。「我是有三十兩，咱們請里正評評理，家裡的銀子我分給你們了，還貼給你們二兩，剩下的二十八兩可是我這些年一點點攢下來的，當初賣繡活掙錢，連眼睛都壞了。你們這是要搶我的棺材本啊？我老婆子還沒死呢，憑啥把自個兒的東西拿出來分？真到我閉眼的那天你們再來爭這些東西也不遲！」

里正不等他們說話就先點了頭。「是這麼個理。阮金多、阮金來，你們兄弟倆可有點不像話，阮大娘不用你們奉養就給你們省了多少事，家裡的地也給了你們一家三畝，外加五兩銀子，你們還想咋的？哪家老人家都會攢點棺材本，你們看誰家兒女在老人健在的時候就嚷嚷著分人家銀子了？到哪兒都沒這個道理。」

看兄弟倆被里正教訓得不敢多說，阮老太太冷哼一聲，又道：「嬌嬌的房間是從我房間隔出來的，如今她不住了，自然該把房間打通還給我。不過我也不樂意住在這兒，我打算搬去老姐姐家跟嬌嬌一起住，這間房……里正，就麻煩您幫忙問一聲，有沒有人想買的？」

「啥？您要賣？」阮金多和阮金來同時驚呼出聲，連陳氏和劉氏也露出震驚的神情，緊接著幾人就七嘴八舌地吵嚷起來。「娘，您咋能把正房賣了呢？那我們還咋住了？再說這是咱家的房子啊，日子過得好好的幹啥賣房？」

「娘，您是不是想賣了房幫嬌嬌賠錢呢？您咋一點不想著您孫子呢？」

阮老太太猛地一拍桌子。「夠了，都給我閉嘴！反正這房子我是要賣，你們不同意，那就別分家、別過繼。你們要是想要這房子，給我銀子，我賣給你們，其餘的廢話少說！」

阮家人一見阮老太太沈著臉下定決心的樣子，就知道是阻攔不住了，大房、二房頓時又吵起來。

見狀，里正的臉越來越黑。阮老太太又是一拍桌子，冷著臉道：「五兩銀子，你們誰給得多我就賣給誰，這個價在外頭上哪兒也買不來。」

「娘！您、您這……」

「馬上決定，不然我就賣給別人。再有異議咱就別分家，你們看著辦！」阮老太太十分硬氣。她很瞭解這兩個兒子，不放狠話能糾纏到天黑去，乾脆把條條框框都擺出來，沒遮沒掩的趕緊分完。

這時阮玉嬌突然出聲。「要不是阮春蘭，我也不會惹上事，如今我要給人家賠不少錢，你們怎麼也得把該賠的錢賠給我吧？」

阮金多登時惱了。「大人商量事，妳摻和個啥？妳給我閉嘴！」

阮玉嬌不避不閃地對上他的目光，冷笑道：「該賠我的就得賠我，里正叔在這兒呢，要不然我說出來請里正叔給評評理？妳別想說春蘭待會兒就嫁了，她昨晚上可沒嫁，我還挺想去問問最開始鬧的那一齣到底是咋回事呢！」

最開始鬧的那一齣，不就是八兩銀子騙阮玉嬌嫁的事嗎？這會兒她當著里正的面這樣暗示，分明就是乘機要錢！而且最近發生的這些事，偷錢、偷跑、騙婚、昧銀子，甚至還牽扯到阮香蘭謀害姐妹的糟心事，哪一件是能讓外人知道的？要是傳了出去，他們還要不要在村裡做人了？如果因此丟了秀才女婿，那才真的得不償失呢！

阮金多死死壓抑著怒火，瞪著阮玉嬌咬牙道：「賠多少？不要得寸進尺，不識好歹！」

阮玉嬌仗著身上有二百兩的債，有恃無恐地道：「我也不多要，只要人家那邊說的那個數——五兩。這是我親耳聽見的，這五兩可算得上是靠阮春蘭得的吧？既然要她賠，自然是只要跟她有關的這五兩了，其餘的我不要，你們考慮吧。」

劉氏脫口道：「啥五兩？總共也就四兩！」說完她就明白過來，阮香蘭是同人勾結，才說阮春蘭只能賣四兩，瞪著害怕的阮香蘭臉色鐵青。

里正皺眉看著他們打啞謎，也沒興趣細問，只叫他們趕緊做決定。

大房有剛分到的五兩，賣阮春蘭得的四兩，還有一些零零碎碎平時偷偷攢的私房錢，加起來一共就十兩。如今咬著牙賠阮玉嬌五兩，那就只剩下五兩了。他們猶豫半天，始終下不定決心。

這時阮金來突然拿出五兩半的銀子來。「這房子我們買了！大哥，我家兒子多，真的住不下，你就別跟我爭了。」

阮金多瞪著眼睛，可他這個弟弟從來都不聽他的，他再怎麼瞪都沒有用。他滿打滿算才能拿出五兩，人家直接拿出五兩半，他是怎麼都搶不過了，只能閉著嘴生悶氣。

阮老太太看著大房的愁、二房的喜，心裡卻有些自嘲。沒一個人問她搬去老姐姐那個漏雨的屋子要怎麼住？更沒人關心這院裡沒了她的房間，將來要是她回來養老住哪兒？大概，他們從來就沒想過讓她回來吧？反正嬌嬌一直說要給她養老，她跟著嬌嬌分出去，他們就真的不管她了。她真是生了兩個孽障啊！

為著眼不見為淨，阮老太太連忙招呼大家把銀子全算清楚，各自收好。接著就請里正幫忙該寫的寫，該按手印的按手印，該拜祭祖先的拜祭祖先。總之，折騰一通累得夠嗆，這家是徹底分完了。從此以後，阮家十二口人分成了三家，其中阮玉嬌過繼出去帶著阮老太太走，再也不是阮家的人了。

阮玉嬌沒有改姓，她的名字是她娘取的，說希望她軟軟嬌嬌做個討喜的姑娘，一輩子不吃苦。雖說與現實有落差，但這名字她還是為了她娘保留下來。

莊婆婆是不在乎這些的，甚至讓阮玉嬌叫她「莊奶奶」，用以和阮老太太區分。反正阮玉嬌已經過繼成了莊家的人，口頭形式上的東西，莊婆婆從來都不放在心上。

這些事處理完，阮玉嬌和阮老太太就開始搬家。走出一段路之後，阮玉嬌回頭看了眼阮家的大門，微微勾起唇角。

從今以後，天高任鳥飛，海闊憑魚躍。再也沒有人能夠阻礙她的前行之路！

過繼第一天，也是她和阮老太太擺脫極品走向幸福的第一天，阮玉嬌收拾完住處就做了四菜一湯，肉香飄出去老遠。

村裡人剛因為阮家分家炸開了鍋，立刻又被她這副高興的樣子驚住了。這都不知道是這兩個月的第幾次了，從阮玉嬌被退親開始，好像每一件大事都跟她有關，之前瞧不上張耀祖，又拒絕了八兩聘金也就算了，如今竟然還以女子之身過繼到別人家，她身上真是哪裡都透著稀奇。不過這次阮家人守口如瓶，任誰打聽都沒打聽出半點消息來。

阮玉嬌不理外面的紛紛擾擾，索利地做好飯菜，擺到桌上和兩位老太太一起吃。一般人家過年都吃不到這麼好的飯菜呢！

阮玉嬌給兩位老人挾了菜，笑道：「奶奶、莊奶奶，往後我們天天都吃好吃的，妳們呀，啥都不用想，就在家聊聊天、餵餵雞，其他的事有我呢，我肯定讓妳們過上好日子！」

莊婆婆連連點頭。「好啊，如今妳是家裡的一家之主，是頂樑柱，我們兩個老的啥也不用操心了。」

阮老太太也笑起來。「行，往後我們啥都聽妳的，都叫妳做主。」

「那明天咱們就把豬給賣了，看誰愛養就給誰，養豬太費事，又得打豬草又得收拾豬圈，家裡還髒。咱們不靠這個掙錢，若是過年要吃豬肉，直接去別人家買就好了。」

阮玉嬌沒有害羞，直接安排起來。

阮老太太想說自己能打豬草養豬，可轉念一想，往後嬌嬌肯定是要做衣裳、繡花，哪能幹家裡的活呢？她去養豬還不如好好打理家裡，把家裡收拾妥當，就能讓阮玉嬌專心做衣裳了。於是阮老太太就同意了，要不是為了每天吃新鮮雞蛋方便，她說不定連那五隻雞都給賣了。

不養豬，只養五隻雞，家裡就沒什麼異味，活都能少上不少。說定了這件事，阮玉嬌又說：「我手頭上有十一兩銀子，趁這會兒還不算太熱，咱們找人起個房子吧。現在這個房子漏風漏雨，住得久了關節該疼了。」

阮玉嬌句句都是為兩位老人家著想，讓兩個老太太感動不已，但那二百兩的賠償還在頭上懸著，她們哪能讓阮玉嬌拿錢蓋房子呢？阮老太太說道：「這事不急，先把要緊的解決了再說。我這兒有三十三兩銀子，妳先拿去用，跟掌櫃的好好說說。家裡的事往後再慢慢安頓也來得及。」

莊婆婆也點頭道：「妳奶奶說得對，我們兩個老婆子身子骨還硬朗，怎麼都沒關係，最重要的是先把眼前這個難關過了。」

阮玉嬌之前已經琢磨了許久修補衣裳的辦法，對解決這件事的信心也增加了不少，但她確實必須先去解決這件事，忙對兩人笑道：「待會兒吃過飯我就要去鎮上了，我的法子行不行，很快就能知道。妳們別擔心，我會早去早回的。」

阮老太太猶豫道：「要不我陪妳去吧？妳一個人能行嗎？」

「能行，沒事的。奶奶您昨晚上都沒歇好，吃過飯趕緊睡一覺吧。莊奶奶您也是，上午折騰那麼半天，得好好歇歇才行。」

兩個老太太都聽話地點點頭。雖然她們三個是頭一天融入了一個家，但三人卻沒有任何陌生和疏離，彷彿她們早就是一家人，相處得特別好。阮玉嬌也覺得很神奇，她似乎特別有老人緣，不管是奶奶還是孫婆婆和莊婆婆，全都跟她很親，會教她很多東西，還會給她慈愛的關懷，讓她在疲憊之後能有一處溫馨的避風港。所謂家有一老，如有一寶，她這麼有老人緣還真是她的福氣。

飯後阮玉嬌自然是抓緊時間趕路，到了錦繡坊的時候還讓祥子和喬掌櫃驚訝得很，怎麼也沒想到她竟然這麼快就來了。

喬掌櫃關心地問了一句。「是不是來鎮上有什麼事？」

阮玉嬌深吸口氣，歉意地對喬掌櫃鞠了一躬。「掌櫃的，是我辜負了您的信任，沒有妥善保管好客人的衣服，今天我是特地來給您賠罪的。」

喬掌櫃心裡一突，一把抓起她的手道：「嬌嬌妳這是什麼意思？難道那件衣裳丟了？」

阮玉嬌連忙搖頭把話說清楚。「不是丟了，而是被人給剪壞了。掌櫃的，我知道這件衣裳的活計事關重大，若是沒處理好，會給您造成很大的麻煩。這都是我的錯，不管您要怎麼處置我，我都絕無怨言，這件衣裳的錢我也不要了，如今我只想彌補錯誤，將這件衣裳補好，把危機解決。所以我想了個辦法，您看像這樣在衣裳的雙肩加點花樣行不行？加上之後不會改動衣裳整體的感覺，卻能多少增添一點光彩。」

阮玉嬌一邊說著話，一邊將那件華貴的衣裳拿了出來。當喬掌櫃看到上面一道口子時，不止白了臉，心都疼得抽起來了。她不是心疼衣服，她是為了麻煩和危機感到揪心。幸好阮玉嬌緊接著就說出了解決的辦法，她剛開始還抱著大禍臨頭的心態去聽，可聽著聽著眼睛就亮了起來。

等阮玉嬌把設想全部說完，喬掌櫃激動地抓住阮玉嬌的胳膊。

「這可真是點睛之筆啊！被妳這麼一改，這件衣裳的價值絕對能翻倍！我開錦繡坊這麼多年，眼光不會錯的。嬌嬌，妳真是神了，這件衣裳送回去之後，肯定會有人跟風做出來的。不行，我得先做一批，就算不是這麼好的料子，至少也得讓人知道這種款式是我們錦繡坊出去的。嬌嬌，到時候可就全靠妳了呀！」

阮玉嬌有些受寵若驚。雖然預料喬掌櫃多半能接受她的辦法，但她沒想到喬掌櫃居然一點計較的意思都沒有，反而還越發器重她，這對於前世總是被人打壓欺負的她來說，簡直是最珍貴的肯定。

阮玉嬌遲疑地說：「掌櫃的，您不怪我嗎？」

喬掌櫃笑了笑。「說真的，開始我是怪的，畢竟這是我好不容易才接下的單，就為了給錦繡坊打出口碑，為將來的發展鋪好路。京城那麼繁華，我作夢都想把錦繡坊開到京城去，一旦這次這單活計壞了，那不僅是得罪一位貴夫人那麼簡單，那還是斷了我的夢啊！不過妳這個法子真的太好了，好到完全不需要擔心。我可以肯定，那位夫人絕不會怪妳，她一定會喜歡妳改過的衣裳！嬌嬌，妳告訴我，妳真的能把它改成妳說的那樣，對嗎？」

阮玉嬌點點頭。「這個我保證，一定和我剛剛說的分毫不差！」

「那我就放心了。妳也安下心，什麼都不要想，該分給妳的就是妳的。我也不是什麼都不懂的人，這一看就是有人害妳。怎麼樣，解決了嗎？」放鬆下來，喬掌櫃反倒開始擔心阮玉嬌生活的環境了。

阮玉嬌笑起來，笑容中第一次透著對未來的無限嚮往。「解決了，今早分了家，而且我還被過繼給一位相處很好的婆婆。如今我有兩個奶奶疼我，又和其他人再沒有半點關係，所以，這種事往後不會再發生了。我也會更加小心，不會讓惡人再有機會在我的地方作惡。」

喬掌櫃驚訝萬分，卻覺得這樣對阮玉嬌應當是再好不過的事了。她越瞭解阮玉嬌的能力和性格，就越覺得這姑娘將來的前途不可限量。那家人對阮玉嬌棄若敝屣，將來怕是要悔得腸子都青了！

兩人沒有細說那一場鬧劇，只圍繞衣裳又聊了許多，直到確定好所有的事，阮玉嬌才起身告辭。「掌櫃的，家中兩位奶奶十分擔憂，若沒什麼事的話，我就先回去了。」

「有妳這麼孝順的孫女，兩位老太太想必作夢都能樂醒了。」

喬掌櫃將她送出門，在門口碰到了玉娘，玉娘臉色一變，第一次仔細打量起阮玉嬌來。

阮玉嬌客氣地跟她見了禮，沒有過多寒暄便離開了。待她走後，玉娘似真似假地抱怨道：「掌櫃的，阮姑娘是不是不喜歡我啊，怎麼一看見我就走了？」

喬掌櫃淡笑道：「她家中有事，自然急著回去，別想太多了。妳們都是在錦繡坊做事的，又都是頂尖的手藝，往後要好好相處，多做些更好看的衣裳出來。」

玉娘笑說：「這阮姑娘才稱得上頂尖二字呢，我這麼多年的手藝都輸給了她，想著阮姑娘年紀還那麼小，我可真是比不了啊。」

玉娘說的就是反話。她在錦繡坊已經獨占鰲頭一年多，突然來了個小姑娘搶風頭，她怎麼咽得下這口氣？她就是要讓喬掌櫃表態，讓喬掌櫃知道，一個小丫頭片子跟她根本沒法比。

若說之前喬掌櫃可能還會和稀泥說幾句好聽的，但剛剛見識過阮玉嬌的天賦之後，她已經認定阮玉嬌是錦繡坊的第一人了，玉娘的匠氣十足怎麼能和阮玉嬌比？何況她對玉娘這段時間越來越蹬鼻子上臉的樣子也厭煩了，笑了笑就說：「嬌嬌確實年紀小，難得的是她還天賦過人，比誰都努力，妳若不想再輸給她，可要靜下心多練練了。」

說完話，喬掌櫃就回了屋，跟剛才對阮玉嬌的態度完全不同，這可把玉娘給氣壞了。這麼久以來，錦繡坊的女工們和那些小二對她從來都是恭恭敬敬、不住地討好，連喬掌櫃也從來不給她臉色看，怎麼阮玉嬌一來就全都變了？什麼天賦過人、比誰都努力？她日日苦練的時候，阮玉嬌還在村子裡玩泥巴呢！

可是任她有再大的怒氣，她也發洩不到阮玉嬌身上。阮玉嬌對錦繡坊的人來說，簡直就是來無影去無蹤，好多人甚至只聽說過她沒見過她，如今把玉娘差點氣個半死的時候，她都已經回到家跟兩位老太太報喜了。

阮玉嬌又從錦繡坊拿了不少布料、針線回家，就是為了好好把那件衣裳補好。兩位老太太一聽，頓時笑眯了眼。危機解除了，孫女還這麼能幹，這滿村子全算上，誰能有她倆這麼幸福的？往後她倆就守著這個好孫女過日子，然後給她找個好人家，備上豐厚的嫁妝，叫她高高興興地出嫁，這一輩子也就算圓滿了。

從第二天起，阮玉嬌就開始修補那件衣裳。阮老太太把做飯的活攬了過去，讓阮玉嬌專心做事。阮玉嬌也知道輕重，雖然心疼奶奶辛苦，但她只能專心致志的讓自己做得快一點，這樣她才能在期限內補完衣裳、彌補錯誤。

阮老太太把幾隻雞餵了餵，家裡其實就沒什麼活了，畢竟她們就三個女人，莊婆婆還只能待在床上，哪裡能把家裡弄得髒亂呢？於是阮老太太就戴上草帽去了地裡。她分了一畝地，分出來肯定不會有人照看了，她得勤去著點才行。

到了地裡，不少人都跟她打招呼，主要是太好奇了，真沒哪家是把老太太單獨分出來的。他們之前都猜是阮家兩兄弟不要老娘，把她給趕出門了呢！結果今兒個一看，這阮老太太紅光滿面的，哪有半點落魄樣？聽說阮玉嬌剛搬家就買了肉做好吃的呢，看來她們果然沒啥不情願的，還真是自己搬出來的。

阮家鄰居邱氏之前跟劉氏、陳氏聊了幾句，這會兒見阮老太太來了，就上前關心道：「大娘，聽說是嬌嬌惹了什麼事怕連累家裡，自個兒要分出來的？到底咋了？用不用幫忙啊？」

阮老太太皺皺眉，不高興地往旁邊阮家的地裡看去，口中道：「嬌嬌好著呢，啥事都沒有。我們嬌嬌的本事妳還不知道嗎？就算遇到點事，她也能解決。」

劉氏聽到後心裡嗤笑一聲，卻低著頭沒敢表現出來。衣服都給剪爛了還能咋解決？十個阮玉嬌賣了也抵不上二百兩銀子！想起被阮玉嬌坑走的五兩銀子，劉氏心裡憤恨不已，不停地詛咒阮玉嬌早日遭殃。

大家見阮老太太這兒也問不出什麼來，慢慢就散開幹活去了。等他們走後，阮老太太小聲跟阮家人說道：「你們記住管好自己的嘴，叫我知道你們誣陷嬌嬌，看我不把你們的醜事宣揚出去！」

阮金多和阮金來覺得她老糊塗，都轉過頭幹活，一副懶得理她的樣子；陳氏則笑著說：「娘，您就放心吧，鬧起來大家都難看，家醜不可外揚，咱們大夥兒都懂的。」

「哼，知道家醜不可外揚就好。」阮老太太見劉氏想要說話，皺皺眉，厭惡地走到另一邊，獨自開始幹活。

阮玉嬌一直都在專心繡花，要先把衣服上刮破的牡丹花補全，所以沒留意阮老太太在幹麼，直到她拿著鋤頭從地裡回來，她才吃驚地發現阮老太太去了地裡，連忙給她倒了杯水解渴。「奶奶您怎麼去地裡了？我還以為您在莊奶奶那屋和她聊天呢！」

阮老太太擺手笑笑。「家裡也沒啥事，這不咱分了一畝地嗎？我就想著去地裡收拾收拾，看顧好莊稼。」她揉著腰來回扭了扭，無奈道：「真是許久沒去地裡了，這才多少活，放在以前我連著幹一天也不咋地，這可真是老了。」

阮玉嬌責備道：「感覺累了就該早點回來，哪有硬挺著幹活的？下回可不許這樣了，我都說了是要讓妳們享福的，哪能讓您再天天幹活呢？咱們地裡那些活，等我想想，總之您是不許再去了。」

阮老太太驚訝了一下。「那哪成？」她看孫女又要變臉，忙改口道：「我知道了，妳也真是的，我才將將五十歲，又不是老得啥也幹不了，用不著這麼緊張，妳看哪家老人才五十就啥也不幹的？」

第二十二章

這還真有，阮玉嬌直接就找出一個。「我太奶奶啊！我太奶奶不是打從您進門開始就一直使喚您了嗎？您啊，就是不會享受，您得跟我太奶奶學學，她不管別的方面咋樣，這方面還真挺好，晚年就全是享福了。」

她一邊扶阮老太太往屋裡走，一邊勸道：「雖說咱農戶人家就離不開地，可咱家三個人都不適合打理莊稼，那地就租給別人吧，咱們留下夠自家吃的就行了，不受那累。地裡損失的那點錢，我多做幾件衣裳就全回來了，萬一以後不行了，再把地收回來也不遲，您說對不對？」

阮玉嬌重生後正在一步一個腳印的往高處走，說話做事也越來越自信，如今脫離了那個家，可以自己當家，對事物的安排就更有想法了。她做的一切都是為了讓奶奶過上好日子，之前連割豬草都不讓奶奶自己幹，若是搬出來反而要讓奶奶去地裡幹農活，那她寧願過以前的日子。

兩人說著話就進了屋，莊婆婆已經聽見她們的對話了，笑道：「妹子妳就聽嬌嬌的吧，不然她心裡惦記也做不好自己的事。」

阮玉嬌見莊婆婆嘴唇有些乾，就知道她是不想出聲打擾自己，也大半天沒喝水了，忙倒了水遞過去，說道：「莊奶奶您還說別人呢，您自己還不是一樣，有事咋不叫我呢？就幾步路，我過來幾趟也不耽誤啥，您看您渴著多難受。」

兩位老太太眼看阮玉嬌有些自責，忙說往後都聽她的。其實阮玉嬌也知道，在農家讓老太太坐享清福是極少見的，尤其是家裡人啥活不幹，把地租出去給別人的，那都是只有地多的富戶人家才幹的事。可她覺得她們家情況特殊，她力氣小，根本幹不了農活，也不喜歡，況且她能想辦法掙到錢，比在地裡刨食輕鬆多了，那為什麼不能享受呢？

她知道田地耽誤一天會讓阮老太太心疼，所以中午剛吃完飯就出門找人去了。她在村裡雖然跟誰都能說上話，但比較熟悉的就只有兩個人，一個是豬肉張家的葉氏，一個是阮家鄰居邱氏。豬肉張忙著賣肉，不喜歡種地，倒是邱氏家裡一直把地種得很好，而且他們兩家的地還挨著，幹起活來也方便。

到李家把這事一說，李家全都願意，邱氏的婆婆還高高興興地給阮玉嬌沖了一碗糖水。她家小子多，而且不像阮家那麼溺愛孩子，半大的小夥子全都下地幹活，多一畝地也不費啥力氣，關鍵那畝地收成好，阮玉嬌還只要四成租子，比別處便宜一成，哪有拒絕的道理？

事情談妥後，李家人高高興興地把阮玉嬌送出了門，然後到地裡幹活的時候就直接把挨著的那畝地也算在內了。這下阮家人可不幹了，劉氏衝過來指著邱氏罵道：「妳幹啥呢妳，咋跑我家地裡來了？想偷莊稼還是糟蹋莊稼？」

邱氏不樂意道：「妳嘴咋這麼髒呢？這地是妳家的嗎？這是妳婆婆的！剛剛妳婆婆已經把這畝地租給我了，咋地？往後一年裡這就是我家的地，該走的是妳，妳上我家地糟蹋莊稼來啦？趕緊走！」

「啥？租給妳？」劉氏瞪大了眼睛，腦子都不會轉了。

其他人也全都吃驚的看過來，李家老太太被人問起，笑著解釋了一下，大家頓時誇起阮玉嬌孝順。這寧願少要六成的收成，也不肯讓阮老太太下地，誰家有這麼孝順的孩子啊！不過心裡頭又越發覺得阮玉嬌不會過日子，果真是嬌氣得很，這名字沒取錯。

大夥兒過日子糙慣了，突然出現這麼一家不幹活的，還真挺稀奇，這一下午眾人都在說道這事。還有人笑話大房和二房，這麼便宜的租子居然不租給自家人，果然分家的時候是鬧得不愉快了吧。

阮家幾人自然也是這麼想的，一聽阮香蘭說中午是阮玉嬌來找李家談的，他們就更是氣憤。牽涉自家利益，連二房兩口子都埋怨起阮玉嬌，覺得她肯定是記恨他們不幫忙賠那件衣裳，才故意找了他們的鄰居這麼氣他們。劉氏越想越不甘心，起身把鋤頭一扔，嘀咕道：「那死丫頭還真是忘了自己姓啥，不行，我找她去！」

旁邊的阮家人誰也沒攔，多少想看看劉氏去鬧騰的結果。若是有機會把那畝地拿回來，他們也能跟著撈好處不是？

劉氏怒氣衝衝地跑到莊婆婆家，破舊的大門根本就擋不住她，她一進院子就嚷嚷起來。「阮玉嬌！阮玉嬌妳給我出來！娘啊，這死丫頭把您的地租給老李家了，您快管管她呀！」

兩位老太太正在午睡，一下子被她的聲音驚醒，都給嚇了一跳。阮玉嬌等兩人緩了緩，才冷下臉大步走出門口。

「嬸子，您這是叫喚啥呢？我家可不歡迎您，我們租自家的地也不關您的事，您還是打哪兒來回哪兒去，不然我可能一不小心就會把您的醜事嚷嚷出去，您信不信？」

劉氏震驚地看著她，不敢置信地道：「妳竟敢這麼跟我說話？妳活膩歪了妳。」

「我看活膩歪的人是您，要不咱們去里正叔那兒問問，您無故闖進我家是不是該算賊？這年頭遇見強盜得報官吧？」阮玉嬌摸起牆邊的掃帚就掃了過去。「還不走？等著我趕您呢？」

「妳！妳、妳連娘都打，妳天打雷劈！」

「呸！我娘早就下黃泉了，嬸子您再亂認親，就不怕我娘來找您？回去跟阮大叔、阮二叔他們都說說，分家了就過好自己的日子，別老盯著別人家看。田地的事已經定下，你們管不著，也管不了。再來我家找麻煩，我就把你們做的齷齪事全報給里正叔！」阮玉嬌當真在她腿上打了兩下。她早就想這麼幹了，下得還是狠手，而且她確信絕不會留下痕跡，就算劉氏說出去也不會有人信。這都是她前世在員外府挨打和看人挨打時學到的精髓呢！

劉氏打也不敢打，罵也罵不過，最後跑出老遠罵了她幾句，只能灰溜溜跑了。

阮玉嬌氣喘吁吁地放下掃帚，洗了把臉，回屋道：「她走了，別人應該也不會再來，放心吧。」

阮老太太和莊婆婆對視一眼，突然嘆了口氣。「嬌嬌啊，妳這咋還動上手了？這、這要被人知道了，妳不又多一條被婆家不喜的名聲了？誰家也不樂意娶個悍婦回去啊。」

阮玉嬌噗哧一樂。「悍婦好啊，從前別人總同情我，說我是病秧子，悍婦起碼能證明我有本事啊。而且當個被人忌諱的悍婦挺好，名聲算什麼？自個兒活得痛快才是真的。兩位奶奶就別擔心了，我如今天天高興著呢。」

「行吧，妳高興就成。」兩位老太太也是無奈，總覺得這孫女和她們期望的溫柔賢淑越來越遠了。可看她這麼高興也沒人再說啥。她們年輕時都吃夠苦了，如果沒有被生活所迫，她們真希望阮玉嬌能一直這麼隨心所欲的活下去。畢竟，那其實就是她們夢想中的生活。

劉氏跑走之後果然沒人再來打擾。本來他們就忌諱莊婆婆的倒楣命，生怕離近了沾上晦氣，如今看劉氏鎩羽而歸，自然不會再自討沒趣。至於劉氏吵著說阮玉嬌打她了，所有聽見的人都呵呵一樂，覺得這劉氏是越活越回去了。從前編排阮玉嬌好吃懶做還多少能蒙人，如今她竟然為了壞阮玉嬌名聲胡說八道。就阮玉嬌那性情、那力氣，能打得了劉氏？不被劉氏打就不錯了吧。

劉氏看沒人信她，添油加醋地又說了一大堆，可越說越招人煩，越聽越假，最後連阮金多都不相信她叫她閉嘴，氣得她差點沒吐血，把氣全撒在阮香蘭身上，掐得阮香蘭哭了半宿。

這時阮香蘭才開始後悔，她幹麼沒事找事去算計阮玉嬌啊？阮玉嬌沒算計成還把阮春蘭給賣了。如今可好，那兩個都脫離阮家了，一個吃肉租地不幹活，一個跟了個明顯不會磋磨人的漢子，只有她像掉進了地獄一般痛苦，那兩人的活全落在她一個人身上，剛幹兩天她就受不了了。可這世上沒有後悔藥可吃，她自己造的孽，只能自己硬吞下苦果。

因著在家受了委屈，阮香蘭越發期待起張耀祖回家的日子。左盼右盼，三日之後，總算被她給盼到了。她裝著生病從地裡跑回家，趕緊就換了身衣裳為自己打扮一番，匆匆忙忙地就往張家跑去了。誰知道她還沒見到張耀祖，就先被他妹妹冷嘲熱諷了一頓，等好不容易見到張耀祖之後，張耀祖眼神中竟透著嫌棄。

阮香蘭知道自己曬黑了，皮膚也粗糙了，看到張家這樣的態度，再想想自己做下的那些事，心裡打鼓得厲害。轉而想到李冬梅說，男人抱上媳婦就知道媳婦的好了，她立即下定決心在醜事曝光之前拴緊張耀祖。

阮香蘭頂著張家母女的鄙夷把張耀祖拉了出去，走到無人的地方扯了扯張耀祖的衣袖，仰頭笑道：「張大哥，我走得有些累了，我們去那邊坐一會兒吧。」

張耀祖心裡有些煩，可回家也是無聊，又不好把她一個人丟在這兒，只好跟她一起去邊上的草垛後面坐下。

阮香蘭在心裡給自己鼓了鼓勁兒，看張耀祖還是沒什麼反應的樣子，便突然側過頭在他臉上親了一口，然後就死死抱住他一邊胳膊低頭道：「張大哥，我好想你，你有沒有想我？」

張耀祖瞪大了眼，吃驚地低下頭，正好看到她嬌羞的樣子。女孩子軟軟的身子緊緊靠著他，還有剛剛那軟軟的觸感，讓他忍不住心跳有些加快。雖然他在鎮上見過不少好看的姑娘，連訂親都是第二次了，可這真的是他頭一次挨姑娘這麼近，還……還被親了一口！

他緊緊盯著阮香蘭殷紅的嘴唇，感受著胳膊上豐滿的柔軟，終於情不自禁地親了下去。

兩人都是第一次這麼親密地接觸別人，既新奇又激動，親到一起感受那種美妙的滋味都捨不得分開，連有人過來都沒發現。

阮玉嬌覺得自己也是倒楣，本來只是想走近路早點回家，怎麼就看見了這麼傷眼的一幕？她提著剛撈到的魚，進也不是，退也不是。眼看這兩人閉著眼睛沈醉得不知今夕是何夕，她想了想，既然人家光天化日在外頭都不害怕，她一個路過的有啥好避忌的？於是她直接就按原路走了過去，這走近了自然聲音就大了，一下子就驚醒了那對難分難捨的人。

張耀祖猛然推開阮香蘭，臉色都變了，就怕村裡傳出什麼會影響他的前程。可抬頭看見是阮玉嬌，他不但沒覺得好一些，反而更加尷尬，下意識站起來道：「嬌嬌……」

阮玉嬌眉頭一皺，理也沒理他，逕自越過他們往前走。

阮香蘭又羞又氣，剛剛還抱著她親的男人此時竟盯著阮玉嬌看，到底把她當什麼了？她憤怒地起身喊道：「阮玉嬌妳站住！那麼多路妳不走，幹啥非要從這兒走？妳是不是知道張大哥在這兒，故意來找他的？」

張耀祖有些不喜阮香蘭這潑辣的樣子，但一聽這話又莫名生出些期盼來。阮玉嬌真是來找他的嗎？

阮玉嬌停下腳步，回頭冷笑一聲。「妳是不是眼瞎？我去河邊撈魚，回家自然走這條路最近，我之前從這兒去河邊的時候可沒看見你們，難道我能預知你們會來不成？再說，妳惦記著當香餑餑的東西，別人不一定稀罕，別總覺得誰都盯著妳的東西，興許妳白給別人，人家都不要！」

張耀祖和阮香蘭臉色都變了，完全沒想到阮玉嬌會這麼不留情面地損他們，甚至把張耀祖說成是一文不值、沒人稀罕的東西，以張耀祖的傲氣，這次是徹底斷了對阮玉嬌的念想，只覺這姑娘太不識好歹，他倒要看看她將來能嫁個什麼人物，稀罕個什麼樣子的。

阮玉嬌沒興趣跟他們多說，損了他們一頓就快步離開了。至於阮香蘭在後面喊著叫她不許說出去……呵！當他們是什麼重要人物，還值得特地威脅？她根本從來就沒在乎過他們，是他們兩個每次都要把她牽扯進去，弄得好像三人糾纏不清似的。如今看那兩人背著人做出這種事，估計是終於定下心了吧。那她也能安心了，終於不用再被張耀祖那個人噁心了。

有了這麼一遭，張耀祖和阮香蘭也沒了繼續的興致，各自回家了。阮香蘭心裡又給阮玉嬌記了一筆。本來好好的氣氛硬是被阮玉嬌給破壞了，害得他們第一次親密就沒個好結尾，晦氣！她唯一慶幸的就是家裡人都還沒回來，她明天可以再找個藉口去找張耀祖。機會難得，她一定要把張耀祖的心抓住！

晚上阮玉嬌燉了魚，兩條一斤多的魚，魚香味很濃，在院子裡都能聞見，兩個老太太都誇她手藝好。

三人正準備吃飯，忽然聽見外面有人喊。「莊婆婆，您在家嗎？」

阮玉嬌和阮老太太都是一愣，因為這裡真的極少有人來，而莊婆婆卻直接沈了臉，冷哼一聲，對外喊道：「滾出去！我家不歡迎妳！」

阮玉嬌從來沒見過她這般動怒的樣子，不禁怔了怔，輕聲問。「莊奶奶，要我出去趕走他們嗎？」

誰知外面的人一點都不客氣，還沒等莊婆婆回話就直接走了進來。一共來了三個人，兩個男人和一個婦人，剛剛就是那位婦人問的話。

婦人眼睛往桌子上一掃，揚眉笑道：「喲，一陣子沒見，莊婆婆這日子也過得好了啊，這魚燉得可真香！」

她旁邊挨著的男人拘謹地打了個招呼，沒多說話，倒是另一位書生打扮的年輕男子淡笑著道：「莊婆婆別生氣，我們聽說您摔傷了，特地過來看望您的。您有什麼需要幫忙的只管開口，我們兄弟倆一定幫忙。」

莊婆婆冷笑道：「我摔傷都是多久之前的事了，難為你們過了這麼久還記得。姓許的，我一輩子見過的人比你們吃的鹽都多，別在我這兒裝好人，我跟你們許家半點關係都沒有，趕緊給我滾，別等著我趕你們，到時候誰都不好看。」

婦人板起臉不高興地道：「您咋這麼說話呢？三弟，你看看，我就說不來吧，來一趟還不知道會不會沾上晦氣，真是好心沒好報。」

那位書生倒還是笑咪咪的，對阮老太太和阮玉嬌拱了拱手，道：「想必二位一定是阮家老太太和阮姑娘了？多謝二位幫忙照顧莊婆婆，我……」

「滾！嬌嬌是我孫女，照顧我用你感謝？你們覺著來我這兒晦氣，我還覺得你們家晦氣呢！你們害死我女兒又害死我外孫，幹啥？聽說我有了孫女，又要來害我孫女是咋地？趕緊滾！」莊婆婆一把將筷子丟到他們臉上，暴躁地指著他們罵。

阮玉嬌忙站到她身邊給她順氣，生怕她氣壞了。

書生皺了皺眉，說道：「莊婆婆，當年大娘過世是她身體不好，可不是我們許家誰害了她。您為了給她治病也算是傾家蕩產，仍舊留不住她，這也不能怪誰不是？至於大哥去當兵的事，戰場上刀槍無眼，大哥不走運沒能回來，可咱們村去了十八個人，總共也才回來了兩個啊，這戰場上的事如何能怪到許家頭上呢？」

阮玉嬌這才明白，原來這是莊婆婆的女兒嫁去的那戶人家，她記得莊婆婆只有一個外孫，那這兩兄弟定然就是那家再娶之後才生的，看那婦人明顯不願意過來，這書生卻口口聲聲的大道理，看著，好像是來做做樣子的吧？

莊婆婆被他們氣得渾身哆嗦，想到已經過世的女兒和外孫就紅了眼睛。「你們還敢站在我面前大言不慚。我閨女若不是被你家磋磨，咋會熬壞了身子？我好好的外孫，要不是你家不肯出銀子，他咋會上戰場？」

「當時家裡確實拿不出銀子……」

「你放屁！你家有銀子給二兒子交，有銀子供三兒子讀書，就是沒銀子管大兒子！你們全是一家人，只有我外孫是外人是不是？我用不著你們假好心，我看不見你們才能長命百歲！你們滾不滾？再不滾就別怪我砸破你們的頭！」

阮玉嬌見她激動得厲害，忙擋到她身前，皺眉看著那三人道：「我奶奶已經說了，不歡迎你們來。想要好名聲到別處去，別來拿我家的人作伐子，不然，我總有辦法叫你們的好名聲臭大街。想必鎮上的人對你們為什麼放棄大哥會很感興趣吧？」

三人沒想到看著嬌弱漂亮的阮玉嬌說話這麼衝，那婦人立刻罵道：「妳算什麼東西啊？不過就是個過繼來的病秧子，裝什麼主人呢？」

「妳也知道我過繼過來了，那我自然是這家的人，你們又是什麼東西，以什麼身分站在這裡的呢？」她直直地看向那個書生。「莫非，你想多一個欺壓老弱婦孺的名聲？我不介意去給你宣揚宣揚，我在錦繡坊這麼久，確實還是認識一些人的。」

書生臉色微變。他是想要個好名聲，特別是大哥出事後難免有一些閒話，他就一直很在意這些，刻意做些好事給大家看。這次書院放假，他回來聽說莊婆婆摔斷了骨頭，就說家裡人不該不管不問，到底從前也是親家，好歹上門關心一下，讓人知道他們許家是有情有義的。可他失策在忽略了阮玉嬌這個人，此時一聽她在鎮上有認識的人，他便知道這裡以後是來不成了。

不管阮玉嬌說的是真是假，就算在村裡說，也肯定會影響他的名聲，萬一到時候書院的先生對他有意見，那對他的前途可是影響很大的。

書生權衡利弊，連忙阻止了婦人再次開口，拱手道：「是我們唐突了，不過我們沒有惡意，真的只是想來看看有什麼可以幫忙的？既然阮姑娘把莊婆婆照顧得很好，那我們也就放心了。不打擾妳們用飯，我們這就離開。」

書生說完就帶著他二哥、二嫂走了。許家老二也許還有幾分良知，從頭到尾都低著頭沒怎麼說話，一副羞愧的樣子。可有時候沈默本身就是一種傷害，他既然當初沒有阻止許老大上戰場，後來也沒有對莊婆婆施以援手，那他此時的羞愧就十分可笑，這種懦夫大概也只能這樣沈默一輩子。

阮玉嬌等他們走後把門鎖了，坐回桌邊靜靜地陪著莊婆婆，她和阮老太太誰也沒有說話。這種時候，也確實不知道說什麼才好？

許久之後，莊婆婆哽咽一聲，摀住臉道：「我可憐的外孫啊！怎麼就這麼丟下我這個老婆子了呢……」

飯是吃不成了，阮玉嬌拿了軟枕讓莊婆婆靠得舒服點，陪在她身邊勸道：「莊奶奶別難受了，您外孫要是知道您這樣也不安心啊。」

莊婆婆這幾年一直很壓抑，可能是如今有了孫女、有了親近的人，一下子就把情緒放開了，哭著說道：「我外孫從小就長得壯實，沒了娘，沒人精心照顧，他也從不生病，懂事又肯吃苦，受了委屈都不跟我說，全都自己一個人扛著。

「好不容易等他長大了，他家裡卻不管他，還是他自己想法子跟個老獵戶學了打獵，也算有一門手藝傍身。誰知這又惹了那女人的眼，見天兒的使喚他去山裡打獵。有一次他打著一頭狼，後背都被抓得血肉模糊，我真是心疼啊！可我又沒本事把他搶過來，是我沒照顧好他啊，叫他最終被那女人害了去！五兩銀子，就差那五兩銀子，我的外孫就被丟到戰場上送了命啊，他走時還受著傷呢！」

阮玉嬌抱住莊婆婆，輕聲安慰道：「莊奶奶別這麼想，世事無常，誰也想不到會發生那樣的事。您當初傾家蕩產去救姑姑，也不會想到許家竟然對自家的孩子這般冷漠，這不怪您。」

「是啊老姐姐，快別哭了，當心眼睛疼。」阮老太太拉著莊婆婆的手嘆氣。「都過去三五年的事了，妳也該想開些，慢慢放下了，若是你們祖孫有緣，下輩子還能託生到一家，到時妳再好好疼他。妳看看我，有兒孫還不如沒有，妳的外孫雖然走了，可前頭十幾年都是個好小夥兒，一點不讓妳操心，咱該知足了。」

再多的勸慰都顯得蒼白空洞，那畢竟是喪親之痛，猶如在心上挖下一塊肉，觸之即痛，莊婆婆還是平復了好一會兒才緩過勁兒來，長舒口氣嘆道：「是啊，我有過那麼一個懂事的乖孫，知足了。」想到許家兄弟倆剛剛那副樣子，她冷笑道：「許老三這心眼是越來越精了，這麼些年的書可沒白讀。」

阮老太太皺皺眉，道：「當初我還想著看看許老三和嬌嬌配不配呢，幸虧沒說出來，原來許家有這麼多事，他們瞞得倒挺好。還有那許老三，一個男人還算計個老太太，可見人品低劣，讀了書又咋樣？人品不行就是不行。」

「哼，他機關算盡，就惦記踏上青雲路呢，我倒要看看他能爬到多高。」莊婆婆想起許家就來氣，看見桌上的飯菜還沒動呢，忙招呼她們兩人繼續吃飯。

第二十三章

阮玉嬌去熱了飯菜，三人都沒再提那些糟心事。倒是莊婆婆這幾年終於有了可以聊天的人，不住地回憶過去外孫還在時所發生的事。

「青山那孩子的名字還是我給取的，我想讓那孩子像青山一樣可靠，屹立不倒。那孩子也確實沒辜負我的期望，好多別人學幾遍都學不會的東西，他都是學一遍就會。那會兒我本想叫他去學木匠，可惜沒錢，他爹又是個軟耳朵，娶了新婦就不管兒子了，不送他讀書，也不給他打算，只管叫他在地裡頭幹活。還是我青山聰明，自個兒拜了個師父，不用交錢就把人家的本事都學了，他師父把他當親兒子一樣呢。」

莊婆婆搖搖頭，無奈道：「可能青山確實沒那個好命，他師父有一次進山遇見老虎，雖說最後青山找過去幫著把老虎打死了，可他們倆都受了傷，他師父還是重傷，把家裡多年攢的銀子都花光了也沒能保住命。就是那次，青山手頭那點銀子全沒啦，受傷又不能再進山，就被帶走去當兵了。」

阮玉嬌疑惑道：「受了傷的人也要去當兵嗎？一點都不給通融？」

莊婆婆冷哼道：「那些人哪管這些？他們只管收銀子湊人頭，有受傷的到戰場上咋辦可不關他們的事。許家那些混蛋，以為我這些年孤苦伶仃就忘了他們幹的好事呢！那許老三汲汲營營這麼能算計，等他高中的那天，我就把他老許家的齷齪事鬧得人盡皆知，我看他還咋往上爬！」

阮玉嬌怔了怔。上輩子許青柏確實考上了秀才，但她似乎沒聽說有人鬧出什麼事來。她餘光瞟過莊婆婆包著的腳踝，突然目光一凝，想到了緣故。上輩子她鮮少外出，也不認識莊婆婆，自然是沒幫過什麼忙的，想來那時莊婆婆摔斷骨頭後沒人幫忙，在許青柏考秀才之前就撒手人寰了。

幸好，如今她成了莊婆婆的孫女，既然她們有這個緣分，她必然不會讓莊婆婆再出事。

瞭解莊婆婆過往的痛苦之後，阮玉嬌的上進心又更重了一些。為什麼劉氏、許青柏他們都敢上門來找麻煩？還不是因為她們家沒個真正的頂樑柱。一家老弱婦孺，在旁人眼裡就是被欺負的對象，她得讓他們往後多一份顧忌，再不敢隨便上門。

許青柏的心計雖是用錯了地方，但他往上爬的那份決心卻是對的。阮玉嬌從他身上看到了野心，看到了對權勢與富貴的無限嚮往。她想她還是有點太過安逸，這世上哪裡都沒有什麼安逸日子，只有不停地往上爬才能讓自己立於不敗之地，才能實現她的夢想，讓兩位奶奶享福。

心中有了更明確的目標，阮玉嬌做起事來就更加用心，也更加嚴謹認真。她要抓住每一個機會，做到最好，這樣才能獲得更多的機會。如此一想，她修補衣裳時就不再單單只是想解決問題，她對衣服有了更好的想法，一針一線都十分謹慎，出來的效果竟比她之前預想的還好上許多。

就這樣過了幾日，沒有人再來家裡，她們也甚少出去，只偶爾撈條魚、買點肉，去河邊洗洗衣裳罷了，日子過得也算和樂。結果天氣驟變，這天她們睡到半夜就下起了瓢潑大雨。

阮玉嬌被雷聲驚醒，看到屋裡幾處地方都在漏雨，急忙披上衣服爬起來找了盆子接，又忙著把兩個房間的東西挪一挪，避開漏雨的地方，這一通折騰把她累得夠嗆。兩位老太太也醒了，被阮玉嬌叮囑坐在床上沒下地，兩人看她忙完，連忙招呼她過去歇著。

阮玉嬌擦了擦額上的薄汗，坐在床邊看著窗外的雨幕，嘆了口氣。「雖然床鋪都避開了漏雨的地方，但是這樣還是不行，我看等雨停了就找人幫忙蓋房吧。咱們在旁邊起個小房子，然後把這邊簡單修一下，往後當灶房和倉房；院子也圍出前後院來，咱們這裡比較偏，價格也能便宜一些。」

「若是起房子，還是去村裡頭人家多的地方好些，這裡在村邊上，連個鄰居都沒有，妳個小姑娘不適合吧……」莊婆婆有些遲疑地說。她遲疑的原因則是她的剋星傳言，若她跟著一起搬過去，恐怕會惹出不少閒話來，到時候就給阮玉嬌添麻煩了。

這時莊婆婆倒是有點後悔。她親人都死絕了，在村裡得了個剋星的名聲，又身無長物，幹麼認阮玉嬌做孫女呢？她不但幫不上阮玉嬌什麼忙，還淨給她添亂了。

阮玉嬌一眼看出她的憂慮，拉住她的手笑道：「莊奶奶，咱們就住這兒，清淨。您也知道我跟村裡好多人都處不來，她們看到我過得好了總在背後說閒話，我不耐煩應付她們，住在這邊挺好的。再說，咱也不是沒有鄰居，再往南走走不就有一家嗎？等著得閒了跟他們走動走動，若是性子好的，咱也算有個來往的人家。而且，我一直都是想去鎮上的，這裡只能算我們暫住的地方，我們以後一定會在鎮上有更大、更好的房子！」

阮老太太驚訝道：「妳想自個兒在鎮上買房子？唉唷，那可得不少銀子呢，咱這些全加上也不夠啊。」

「所以我要更努力點才行啊！放心吧，我能行的。」反正不幹農活，搬去鎮上的生活更好、更便利，熱熱鬧鬧的街道總能給人生機勃勃的感覺，而且到鎮上以後就不像村裡這般，有點什麼事都傳得沸沸揚揚的了。

兩位老太太對視一眼，不約而同地想到，這還真不能在村裡給她找婆家了，不然往後搬去鎮上定要有阻礙，倒不如等將來阮玉嬌真的搬到鎮上去再說。那時候阮玉嬌自己就有本事在鎮上買房子，能相看的人家也能更好些。至於阮玉嬌說帶著她們兩個老太太的話，她們也就聽著高興高興，沒往心裡去。

雖說是起個小房子，但她們三個人還是要住三間房才舒適，比著她們在阮家的那間正房再大一倍，正好夠分四個屋子，其中一間當堂屋吃飯待客。這邊比村裡便宜些，但阮玉嬌還打算圍起個院子，把舊房修一修，再打一口井，這樣粗算一下加上給大夥兒的工錢，得十五兩銀子才將將夠。

兩個老太太聽她這麼一盤算都覺得太奢侈，紛紛說房子可以再小一點，井也不用打。不過阮玉嬌再也不願意委委屈屈的過日子，笑著勸她們掙錢就是用來花的，而且這房子花的錢又不會虧，以後不住了還能賣掉呢，總算是好說歹說讓她們同意了。

阮玉嬌手裡才有十一兩，剩下的幾兩暫時不著急，等蓋完房子再付清就行。所以她第二天去找里正談這事時一點也不心慌，她相信房子蓋好的時候她肯定已經掙夠錢了；至於阮老太太手裡那些銀子，她是從來沒想過動的，之前拿的那五兩也早還回去了。老人手裡有錢才能心安，她自然是希望兩位老太太手裡的錢越多越好，等她賺多了錢，肯定會孝敬她們的。

里正之前就聽說了不少關於阮玉嬌的事，可這次聽說她要蓋房，依然覺得很驚訝。村子裡一般除了掙大錢或者給兒孫娶媳婦，是沒人蓋房子的，舊房破了修修不就行了，她們兩個老太太和一個小姑娘還要蓋房圍院牆？十幾兩銀子花出去圖什麼呢？

不過阮玉嬌是自己來的，里正也不好跟她一個小姑娘多說，只多問了兩句。「妳跟妳奶奶商量過了？都考慮清楚了？」

阮玉嬌笑著點頭。「里正叔，我們都想好了，還得麻煩您幫幫忙。」

「這都是小事，妳們想好了就行。」里正看了眼天色，起身道：「那成，妳跟我去地裡走一趟，我給妳找幾個可靠能幹的人。」

「多謝里正叔。」

里正為人還是很公正的，說話、做事也很讓人信服，這自然也有一部分是他對村裡較弱的人家會照顧幾分的原因，如今的阮玉嬌家就屬於被他照顧的人家。別看阮玉嬌一下子就拿出十五兩起房子，他可還沒忘記阮玉嬌是為啥被分出來的，不是說阮玉嬌惹上大事了嗎？興許啊，這阮玉嬌起房子就是為了安頓家裡老太太倆呢，以免將來她出了啥事，那老太太連個好住處都沒有，走都走得不安心。

阮玉嬌可不知道自己在里正心裡是個快出事的人，她第一次擁有自己的房子，心裡有種壓不住的興奮勁，讓她臉上都帶著笑，見人就主動打招呼。大家瞧見他們也都有些好奇，問過好之後都看著他們，想知道里正帶阮玉嬌來地裡幹麼，難道跟阮家又有啥衝突了嗎？

不止他們這麼想，連阮家人都是這麼想的，畢竟阮玉嬌之前威脅過他們說要把那些醜事告訴里正，這一看見他們倆一起出現，不就想歪了嗎？阮香蘭緊緊揪著袖口，看著阮玉嬌的眼神既恐懼又仇恨。她比別人更加害怕，因為阮玉嬌是唯一知道她跟張耀祖親熱過的人，這要是被說了出來，她就真的沒法做人了！

有人好奇地問了一句。「里正您這是有事啊？」

里正點點頭。「這丫頭有點事找大夥兒幫忙，都是鄉里鄉親的，你們可別推了。」

阮家幾個人的心一下子就提了起來，在他們走過來的時候，陳氏先忍不住打破了沈默，乾笑著問道：「嬌嬌，妳這是有啥事啊？妳跟錦繡坊的事，跟咱們都沒啥關係了不是？」

阮玉嬌揚了下眉，故意問道：「是嗎？我跟錦繡坊的事，跟你們都沒關係了？」

阮金來忙道：「那是肯定的。大侄女，妳看我們跟大哥都分家了，還買了老太太的房，手頭可是啥都沒了，妳三個弟弟還得吃喝呢！妳有事往前走，找妳爹去吧。」

阮金多冷哼一聲。「二弟你記性咋這麼差？這死丫頭早過繼了，不是咱家的人了。」

這麼不留情面的話一說出來，附近的人都用充滿同情的目光看著阮玉嬌，阮玉嬌卻絲毫不受影響地笑道：「是啊，阮二叔記差了，我爹是莊岩，早就過世很多年了。這下我倒是想起來了，當初我過繼的時候，咱們簽了文書的，從此以後，不管我欠了多少債，都跟你們沒關係，而不管我掙了多少錢，也一樣不會分給你們一文，對吧？」

阮家幾人臉色變了變，就算他們覺得這事合情合理，此時在眾人的目光中也有些彆扭。畢竟過段時間阮玉嬌欠二百兩的事就要傳開了，到時候大家必然知道他們是為啥把人給過繼了的。這死丫頭真是越來越討厭，越來越不會說話！

阮玉嬌看著眾人的表情卻是十分滿意。簽了文書算什麼？他們扯皮起來肯定是不要臉的，今天她就叫大家都知道知道，是阮家非要跟她一刀兩斷，對她避之唯恐不及，不承認血緣之親，那日後他們就別想再拿血緣纏上來說事！

里正在村裡算是見多識廣，腦子比他們要好一些，他看了阮玉嬌一眼，覺得之前可能小看這姑娘了。不過阮家這嘴臉也實在是太難看，把老娘、閨女弄出去，以為臉上好看？

他輕咳一聲，皺著眉頭說道：「阮丫頭找我是想要起房子，她家那舊房子大夥兒也知道，破得不成樣子，剛下過雨，漏雨漏得都沒法睡覺，實在不適合老太太倆住。乾脆就在旁邊重起一個，我幫著找兩個人，誰這幾天得空，幹活得快點，不包吃，工錢一天二十文。」

碼頭扛大包累個半死才一天十七文，也不包吃，這起房子就在自家村裡，早晚能回家歇著，飯也能回家吃熱的，還能得二十文，這可是天大的好事啊！眾人一聽，頓時都擠上前來說自己能幹，自家的兄弟、小舅子等等也都能幹。

里正滿意地點點頭，從中點了八個身強體壯、幹活索利的漢子，說道：「她們這房子要得急，就你們吧，到時候多下點力氣，好好幹，別給自個兒丟人。」

「里正您就放心吧！保管把這房子蓋得妥妥當當。」

「對，我都蓋過兩個了，保管她們住的舒舒服服。」

涉及到掙錢的事，這些漢子們一個個笑得歡快，有那之前被媳婦拉著不讓上前的，沒搶到活計臉都黑了，回頭就衝媳婦發脾氣。掙錢不好掙，能在家門口掙到比扛大包還多的錢更是機會難得，結果就被她們這些頭髮長、見識短的嘴碎婆給攪和了。什麼莊婆婆是剋星、什麼沾上了要晦氣，人家有錢起房子，他們有嗎？比起來也不知道是誰更晦氣！

不管怎麼吵吵嚷嚷的，這事最後還是定了，而這也成了村子裡新一輪的談資。

阮玉嬌這姑娘被趕出家門，還被過繼給個剋星當孫女，她不但沒傷心反而還見天兒的吃肉，之後更是連半點農活都不幹，整天連門都不出，除了做衣裳就是閒待著。如今她竟然還要起新房子！這姑娘手頭到底有多少銀子？做衣裳賺了這麼多？怎麼可能。

大家不相信阮玉嬌偷偷賺了那麼多銀子，更願意相信她花的是阮老太太的銀子，畢竟阮老太太對她多好是全村人都知道的。有不少嫉妒羨慕的人就開始說起閒話，說她之前還口口聲聲標榜自己多孝順，到頭來還不是騙光了阮老太太的銀子？等她往後嫁了，阮老太太又跟兒孫起了隔閡，這可還怎麼養老？最後說不定也要落得個晚景淒涼的下場。

明明是一件大喜事，莫名的就被不少人給看到了未來的悲劇，只因他們到現在還只當阮玉嬌是個一年掙四兩銀子的普通女工，根本不相信她有本事奉養兩個老太太。

阮玉嬌對村裡的閒言碎語充耳不聞，旁邊緊挨著蓋房子，她們祖孫還住在原來的舊房，什麼都不影響。阮老太太正好閒著沒事，就站在院子裡跟他們說說話，看著他們幹活，連莊婆婆也挪出來坐在院子的破椅子上，邊曬太陽邊看著將來的新房子，倒是讓兩位老太太感覺熱鬧了不少，心情也好了不少。

不管什麼時候，蓋房子都是特讓人高興的事，阮玉嬌接連幾日心情飛揚，連手上的動作都快了許多，到房子蓋好的時候，她已經將那件華貴的衣裳完全改好了。

當她把那件衣裳在喬掌櫃面前徐徐展開的時候，喬掌櫃眼睛睜得大大的，吃驚地掩住了自己的嘴。不是她沒見過好衣裳，而是沒見過能把一件衣裳改動得這麼成功的，尤其是她還見過這衣裳破損的樣子，如今更是覺得阮玉嬌有一雙神奇的巧手啊！

喬掌櫃小心地接過衣裳，揚起嘴角笑道：「太好、太好了！嬌嬌妳可真是我的福星，我錦繡坊得了妳這樣的人才，何愁將來的發展？不只這鎮上第一鋪的位置坐穩了，在京城我們也是有巨大的利潤可圖的，這裡離京城這麼近，絕對能發展過去！」

她轉身拉著阮玉嬌玩笑道：「嬌嬌，妳可得答應姐姐，絕不能離開錦繡坊啊！妳喜歡什麼，將來姐姐都幫妳，妳可得繼續幫著姐姐。」

阮玉嬌笑道：「喬姐對我有知遇之恩，又幫了我那麼多，我怎麼可能忘恩負義？妳就放心發展吧，我能做的肯定用心去做，絕不拖妳後腿。」

一個姐姐、妹妹的稱呼將兩人的關係瞬間拉近，說話也不再客套，代表著喬掌櫃徹底將阮玉嬌當成自己人看待了。這可不是什麼女工能達到的高度，將來若阮玉嬌肯努力，成為二掌櫃也不是不可能的事呢。

祥子在旁邊看著，想起了阮玉嬌給他娘做的那件合身又舒服的衣裳，心中很慶幸當初拉了阮玉嬌一把，如今結下善緣對他也是一大好事。

喬掌櫃摸著那件衣裳，心中十分喜悅，又拉著阮玉嬌聊了許久。兩人親近之後，她也不再只是吩咐一些活計，而是真心拿阮玉嬌當妹子看，說著她在衣服上的許多看法、對將來發展的期望、心中最惦記的夢想等等，甚至連她的家庭也說了不少。

原來喬掌櫃是一個寡婦，錦繡坊是丈夫留下來的產業。她上無公婆，下頭只有一個兒子，當初夫家的族親想搶奪產業，她可是費了好大一番力氣才保下來的。而她也是真心喜歡這門生意，將錦繡坊打理得有聲有色，比原來的生意更好，一直拚著一股勁兒想要開到京城去呢。

阮玉嬌聽了露出幾分驚訝，卻又覺得喬掌櫃有這種性格，這般的堅強能幹也在情理中。本來她就因為許青柏的算計被激起了上進心，如今知曉了喬掌櫃的事後，更是直接將喬掌櫃當成了榜樣。喬掌櫃能一個人阻擋豺狼虎豹，經營這麼大的生意，她為什麼不能？喬掌櫃是一個寡婦，她是一個未嫁的姑娘，本質不都是一個女人嗎？就算有再多人嘲笑她嫁不出去會多麼多麼可憐，她始終認為女子不比男子差。

想當初她在員外府給那位最受寵的姨娘當丫鬟時，可是親眼看著那位姨娘將府裡的老爺耍得團團轉的。老爺又怎麼樣，還不是被那個滿口謊言的女人給抓在手心裡。雖然她不覺得那姨娘有什麼值得羨慕的，但那至少讓她明白了男人沒有那麼的不可超越，也是那位姨娘，讓她徹底顛覆了在阮家認知的一切。重男輕女，只是一種錯誤罷了。

兩人從中午聊到傍晚，眼看天都快黑了，才在祥子的提醒下回過神來。

喬掌櫃歉意地說：「瞧我一說起來就忘了時辰。」她去開了櫃子的鎖，拿出十兩的碎銀子和一張五十兩的銀票放到阮玉嬌手裡，笑道：「給，這都是妳應得的，別嫌少，等我把這件衣裳送過去，看看效果怎麼樣再說。咱們還要出一批同類型的，到時候少不了妳的好處。」

這回阮玉嬌沒有推辭，直接收了下來，笑盈盈地說：「喬姐一向不會虧待我，我怎麼會嫌少？我先歇幾天，收拾一下家裡的房子，下次來就多拿幾件衣裳做。」

「成，有事我差人去喊妳。」她看了看天色忙道：「那嬌嬌妳趕快往回走吧，我就不留妳了，路上小心點啊。」

「嗯，沒事的，這會兒回去還不晚呢，你們就別送了。」阮玉嬌起身跟他們道別，拿了之前選好的布料就出門了。她拿的是給自己和兩位奶奶做衣裳的料子，還有做被罩床單之類的。有了新家，自然要煥然一新才顯得喜慶呢。

何況，她又賺大錢了，必須好好慶祝一下！

阮玉嬌嘴角上揚，滿眼都是笑意。一下子賺了六十兩銀子，這還不是最終的數目，她的好心情直接帶到了臉上，白皙的雙頰透著粉嫩，讓那本就惹人注意的好樣貌更添了幾分風采。

路邊茶館裡一個健壯的男人正在喝茶，抬頭時看到阮玉嬌便多掃了一眼，眼神無意識地透著銳利。沒想到她突然腳步一頓，往他這邊看來，他下意識地低下頭用茶杯擋住半張臉，做完這動作忽然皺起眉。在蠻子那邊當了三年的細作，如今回歸平凡，還真是一時半會兒改不了習慣。

阮玉嬌疑惑地四處看了看，沒發現有人盯著她，便略微不解地繼續趕路。她一向小心慣了，對旁人的目光也比較敏感，剛剛明明感覺被人盯上，可怎麼又沒有了？她很想當做沒事，但走著走著，那被盯上的感覺又來了，這次讓她直覺有些不對，心裡頭湧起幾分不安來。

已經到了鎮口，再走的話人就會比較少，通往村裡的那條路上人會更少，萬一真有什麼人跟著她可就麻煩了。她裝作累了靠在一邊四處看熱鬧，想要找出有什麼異常來，不過看了有一刻鐘也沒看出什麼名堂，頓時覺得自己有些大驚小怪。

她不禁自嘲地一笑。看來真是從沒拿過這麼多銀子，六十兩啊，帶在身上膽子都變小了，還是趕緊回家跟兩位奶奶報喜才是，她又沒露出錢財來，哪有人會來搶她的？

這麼一想，阮玉嬌就不再耽擱，重新揹好背簍快步趕起路來。片刻後，一個相貌平凡的男人從拐角走出來，盯著阮玉嬌的方向快步跟了上去。

從茶館的方向正好能看到這一幕，茶館裡那位健壯的男人本來只覺得阮玉嬌能發現他的目光挺有意思，沒想到居然會有人跟蹤阮玉嬌。他想了想，端起茶杯一飲而盡，將銅板放在桌上，也快步跟了上去。回鄉頭一件事，不如就幫那有趣的姑娘解決一下麻煩吧。

第二十四章

阮玉嬌用最快的速度趕路，可她體力本就一般，再快也快不到哪裡，等她走到一半看不見其他人影時，前面突然就跳出一個樣貌平凡的男人，驚得她接連後退了數步，嚇得睜大了眼，心跳飛快。「你、你是何人？攔著我幹麼？」

男人冷笑一聲，慢慢上前道：「聽說妳是錦繡坊第一女工，連京城的活都能接下，剛剛就是去交活了吧？賺了多少銀子拿出來！」

阮玉嬌深吸一口氣，一邊觀察四周找稱手的武器，一邊同歹人虛與委蛇。「你聽誰說的？我才進錦繡坊不久，只是普通女工，每次來都是得六十文錢，你、你要的話，我可以給你……」

男人瞪著眼打斷她。「放屁！老子要是沒弄清楚能費勁跟妳這麼遠？妳不拿銀子是想讓我自己搜？妳這麼如花似玉的大姑娘，搜身我可是樂意得很，還能叫妳好好跟哥哥樂一樂呢！哈哈哈！」

男人臉上露出淫笑，猛地朝阮玉嬌撲了過去。阮玉嬌早有防備，矮身一滾，瞬間從路邊摸起一塊石頭朝男人頭上砸去。阮玉嬌用了十成十的力氣，離得又近，這一下直接將對方的頭砸出了血。

男人慘叫一聲，表情猙獰起來，一手捂著頭，一手抓住了阮玉嬌的腳踝。

「媽的，妳個賤貨竟敢打我！我今兒個就叫妳知道爺爺的厲害！」他死死掐著阮玉嬌腳踝往自己這邊扯，口中還不乾不淨地罵著，狠戾地道：「本來只想拿了銀子樂一樂，既然妳這麼不識抬舉，那就別怪我毀了妳的右手，看妳往後還能不能當女工！」

這下阮玉嬌臉都白了，銀子和清白沒了還可以站起來，若她的手毀了，她將來還靠什麼活，拿什麼奉養兩位奶奶？阮玉嬌激烈地掙扎起來，心中滿是絕望，但她還沒來得及陷入悲傷，就聽到那歹人發出一聲慘叫，對她的鉗制突然就鬆開了。

她驚慌地抬頭一看，竟是有人折斷了歹人的胳膊救了她！

阮玉嬌急忙爬起身跑到一邊，手中抓著石頭緊緊盯著他們。其實她心裡更想跑，可這人救了她，她怎麼也該說聲謝謝再走，且萬一要是那歹人還有什麼後招，她跑了，那救她的人吃虧怎麼辦？她糾結著要不要拿石頭再去砸一下，又怕不小心砸錯了人，站在那裡很是無措。

救了她的男人穿著暗青色的布衫，身形高大，看著很是結實，他掐住歹人的脖子，一把就將人給提了起來，冷聲道：「凌南鎮何時出了你這麼個敗類，對一個姑娘家下手，我看該送你去衙門才是。」

歹人臉脹得通紅，幾乎喘不過氣，連掙扎的力氣都沒了，只能拚命搖頭。「放、放我……」

「放了你讓你再去禍害別人嗎？」男人重重地哼了一聲，手指一縮，歹人頓時雙眼暴突，不停地蹬腿。

只聽那歹人用極小的氣音說道：「有人、指、指使……」

男人眉頭一皺，將他甩到地上，抬腳隨意地踩住了他後背，問道：「誰指使你的？說！」

「咳咳咳！咳咳！」歹人狠狠咳了一通，才斷斷續續地說：「是、是錦繡坊的玉、玉娘……咳咳……」

阮玉嬌手中的石頭瞬間落地，不可置信地呢喃。「玉娘？怎麼、怎麼可能？我和她無冤無仇，我……」她不是傻子，幾句話的工夫就什麼都明白了。

玉娘一直是錦繡坊女工裡的第一人，而她進了錦繡坊之後就一直被重用，先是贏了玉娘得了賞銀，後來又接下京裡的大活直接入了喬掌櫃的眼。如今她在錦繡坊的地位已經徹底壓過玉娘，雖然錦繡坊的其他人還不知道，但玉娘之前備受器重，想必是有自己的渠道，知道了她的事吧？

可是大家靠手藝吃飯，各憑本事。就因為她比玉娘手藝好，玉娘就叫人來毀她清白，甚至毀了她的手，這得多惡毒的人才能做得出來？難道將來遇到手藝更好的人還全都要毀掉嗎？

阮玉嬌臉色白得像紙，是被嚇到的，也是被驚到的。這時男人已經審問完了歹人，問清楚了玉娘是怎麼找到他，又是怎麼跟他交易的，男人回過頭來看向阮玉嬌，問道：「這個人，妳想怎麼辦？」

這下阮玉嬌終於看清了他的臉，卻是瞬間瞪大雙眼驚呼出聲。「恩人？」

男人淡淡地道：「我只是偶然看到，幫了妳一點小忙，不必叫我恩人。」

「不是，你就是我的恩人！」阮玉嬌說完也知道自己和他說的是兩個意思，但她也顧不上那麼多了，急忙靜了靜心，上前認真地說道：「恩人，剛剛若不是你，我就要毀於此人之手了。不管恩人是不是順手而為，對我來說都猶如再生之恩，請問恩人高姓大名？我一定會報答你的！」

男人低頭看了她一眼，擺擺手道：「沒什麼大不了的，不必放在心上，以後自己小心些就是了。」

阮玉嬌急了，她找了那麼久，好不容易遇到恩人，怎麼能不問姓名就放他走？這次要是再錯過，難道她要等到上輩子死去的時間，跑到那間破廟等恩人出現嗎？可她死也不願意再去那破廟了！

男人見她皺眉糾結的樣子，頓覺有趣，隨口道：「姑娘，看妳走的方向，也是這個村子裡的人，那我們就是同鄉，其實也沒什麼不能說的。我姓許，叫許青山，一直出門在外，正要回村。」

阮玉嬌呆了一下，盯著男人的臉就像見了鬼，突然她回過神抓住他的袖子，失聲叫道：「你說你叫什麼?!」

許青山揚了揚眉。「許青山啊，莫非姑娘認識我？」

「當然認識！你是莊奶奶的外孫對不對？是去當兵的那個許青山！你沒死？」

提到莊婆婆，許青山柔和了眉眼，看向村子的方向輕輕點頭。「嗯，我沒死，我活得好好的，回家來孝敬我外婆了。」

阮玉嬌心裡滿是不可置信，好半晌都沒能從這震驚的消息中回過神來。她找到她的恩人了，而且恩人竟是莊奶奶的外孫？這可真的太巧了！最重要的是，莊奶奶的外孫居然沒死，這要是叫莊奶奶知道還不得高興壞了？

許青山看眼前的姑娘激動得臉都紅了，當真是面若芙蓉，好看得緊，他忍不住盯著看了一眼，然後又很快移開目光，保持著有禮的樣子，提醒道：「姑娘，不知妳打算將這賊人如何處置？他口中那位玉娘是妳認識的人嗎？可要上報官府？」

阮玉嬌這才想起地上還躺著個人，低頭看去，頓時露出厭惡憎恨的神情，皺眉道：「自然是要報官！這種膽大妄為的人，若這麼輕易放過了他，下次他豈不是又要害別人？」

那歹人嚇得急忙發誓。「我再也不敢了！我發誓往後絕不再為非作歹，求求你們別把我送官，我家裡還有老母妻兒，求求你們饒過我這一次啊！姑娘，求求妳，我要是坐了牢，我娘、我兒子他們都抬不起頭了啊。」

許青山看向阮玉嬌，覺得聽了這話她可能要心軟，畢竟阮玉嬌看上去就嬌嬌柔柔的，說不定真會放人呢。

哪知阮玉嬌竟是俏臉一板，眼神凌厲地怒斥道：「你家有妻兒竟還想欺辱於我，你這分明就是對妻子不忠！你以為做出這種事，你兒子還能抬得起頭嗎？他花著你搶去的髒錢才一輩子抬不起頭！哼，你在選擇這條路的時候就已經不孝、不忠、不義，如今又在這兒裝什麼可憐？只有牢獄才是你的歸宿！」

歹人見求饒不成，立刻就破口大罵，滿嘴的污言穢語，惡劣至極。許青山皺了皺眉，掏出一塊布巾將他的嘴給堵住了，這才得以清淨。

阮玉嬌轉頭看著許青山，認真道：「能否煩勞恩人將他送去衙門？還要請恩人幫忙做個證，將他關進大牢才好。」

許青山對她的態度頗為詫異，沒想到自己看走眼了。他點點頭，揪起歹人的衣領說道：「那我們就快去快回吧，再等下去天就要黑了。」他往村子那邊看了一眼，問道：「妳要不要去找幾個家人來陪妳，或者回去跟他們商量商量？」

阮玉嬌還沈浸在找到恩人的喜悅之中，沒聽出他話裡有話，直接回道：「不用了，回村再出來更耽誤事，還是趕快把他送去衙門，以免夜長夢多。恩人你待會兒也是要回村的吧？」

「嗯。」

「那就行了，待會兒我跟你一塊兒走，沒什麼好怕的。」

許青山一挑眉，輕笑道：「妳倒是很信任我，妳這麼跟我走，不怕我是另一個歹人嗎？」

「你是我的恩人！而且你還是莊奶奶的外孫。莊奶奶說你從小就懂事，像青山一樣可靠，我當然相信你。」阮玉嬌兩世都被許青山所救，目光中不由得露出幾絲依賴和崇拜。方才若不是許青山，她都不知道自己會悲慘成什麼樣子，這個男人兩次都在她最絕望的時候出現，真的是她命中的貴人。

許青山聞言一愣，一邊走，一邊問道：「我外婆跟妳提起了我？這幾年我沒傳回消息，她肯定很傷心吧。她如今怎麼樣？還好嗎？」

阮玉嬌搖搖頭。「莊奶奶當然過得不好，之前村裡回來了兩個當兵的，說其餘人都死在戰場上，莊奶奶以為她又一次白髮人送黑髮人，心裡特別難過。有不少嘴碎的人說她剋親，她只能搬到村西頭去住了，這幾年都很孤單。前陣子她摔了一跤骨折，如今正養著呢，不過只要你活著回來了，之前所有的難過、傷心就不算什麼了。」

許青山越聽眉頭皺得越緊，腳步也慢了下來。「外婆骨折？很嚴重？有人照顧她老人家嗎？」他之前沒著急是因為他沒想到外婆會認定他死了，還過得這麼慘。如今聽到她摔傷，自然歸心似箭。

阮玉嬌突然頓住腳步，一拍額頭。「哎呀，看我都懵了，我們先別管這個人了，把他送到里正叔那裡關起來。你趕快跟我去見莊奶奶，莊奶奶作夢都想著你呢！走走走，恩人，我們快回去！」

阮玉嬌說著就調轉了方向。之前她光想著不能叫歹人逍遙法外，而且尋找了恩人那麼久，突然找到恩人，還又被救了一次，她的腦子有些混亂，倒是沒想到要趕緊去找莊奶奶。至於這歹人，先關在里正叔那裡也一樣，她是村子裡的人，報官的話最好還是跟里正叔說一聲比較好，要是里正叔能幫著出頭的話，這件事也能更方便些。

許青山看了眼已經折騰得沒什麼力氣的歹人，點頭道：「好，先回村，明天妳把這人送去官府之前去叫我，我就住在我外婆那兒，或者許家。對了，我還不知道我外婆搬去了哪兒，能不能煩勞姑娘給我指一下？」

「呃，我帶你去吧。」阮玉嬌突然想起他們如今的身分似乎是表兄妹，一下子成了恩人的表妹，總感覺占了好大便宜。畢竟恩人在她心裡的形象是很高大的，如今和恩人有了這般關係，她有點不知道該怎麼跟恩人說？直接介紹說「我是你表妹」，好像挺奇怪的吧？

兩人一起進了村子，正是家家戶戶做飯的時候，外頭鮮少有人走動，但還是有人看到了他們，不由得驚了一下。跟她們祖孫不對盤的李婆子最是嘴碎，在他們背後嘀嘀咕咕地說：「不得了，不得了啊！怪不得說什麼也不樂意嫁人，原來是有人啊。」

別人不會像她這麼髒髒，但心裡著實也好奇得緊。阮玉嬌怎麼會領兩個男人回來，其中一個還是被另一個拎著的，這是出了啥事了？有好事的去別家一傳，出來看熱鬧的人就又多了不少。

許青山敏銳地感覺到，他救的這位姑娘在村子裡好像很不一般，不然哪有這麼多人在意她的動向呢？再看阮玉嬌淡定無視的模樣，就更肯定這樣的事過去應該時常發生，他難得的起了些許好奇心，不知道他離開這些年，村裡怎麼突然多了個引人注目的姑娘？

兩人很快到了里正家，阮玉嬌快言快語地說清楚事情經過，請求里正幫忙看押歹人，又道：「里正叔，我打算明日一早就將此人送去官府報官，不讓他再有機會害人，您可千萬別讓他跑了啊。」

里正臉色難看地盯著歹人，沈聲道：「妳放心，他在我這兒絕對跑不了。哼，竟敢欺負咱們村的人，這事必須得討個說法出來！不過阮丫頭，妳當真要去報官？就實話實說？」

「當然，把他關進大牢才是最好的懲罰。」

里正看了一眼自家媳婦，里正媳婦立刻會意地把阮玉嬌拉到一邊，小聲道：「嬌嬌啊，這事妳可得想好了，雖然妳是被人給救了，可這人當時到底是抓住了妳，這、這要是傳出去，話可不好聽啊，妳個還沒嫁人的黃花大閨女，被人輕薄，將來連親事都不好說了。」

阮玉嬌一愣，這才想起之前許青山也問過她類似的話，原來是這麼個意思。她心裡一暖，淡笑道：「嬸子，您看我啥時候在意過這些？莫說我被救了根本沒出什麼事，就算我真被毀了我也得去告他。再說，世上沒有不透風的牆，要是遮遮掩掩將來反而更容易被人揪出來說道。這件事錯不在我，明理的人自然能接受我，不明理的人，我也不需要理會他，嬸子您就放心吧。」

里正媳婦看著她堅定的表情，也不知道該怎麼勸了，只得叮囑她回去再跟她兩位奶奶商量商量。事關女子名節，這可不是小事吶！

許青山耳力比旁人好，自然聽到了她們的對話，發現這姑娘的想法跟別的姑娘很不同。一般姑娘家遇到這種事早哭哭啼啼的六神無主了，她卻異常冷靜，把什麼事都想清楚了，倒是很有點當家做主的意思，也不知這事鬧開以後，面對村裡人的非議，她還能不能這麼鎮定？

不過他這會兒也沒心思多想，他更惦記五年未見的外婆，他離這邊太遠，又潛入敵國當了細作，著實沒辦法往回傳消息。只是他也沒想到別人會說他死了，叫外婆白白傷心了一場，方才聽阮玉嬌說了一些外婆的事，他已經有些等不及了。

等阮玉嬌說完話，里正打量著許青山，遲疑道：「阮丫頭，這位救下妳的好心人今晚可是要留在村裡住下？我怎麼瞧著有幾分眼熟呢？」

阮玉嬌一聽就笑了。「里正叔，您仔細看看他，他是莊奶奶的外孫許青山啊！也是我的救命恩人，您說是不是巧了？」

「喲！是青山小子？」里正驚訝萬分，定睛一看認出了許青山。

不等里正多問，阮玉嬌就說道：「恩人回來，莊奶奶肯定高興壞了，剛剛恩人為了幫我耽擱了不少時間。里正叔，我這就帶恩人先回去了，明日再來找您。」

這麼一說，里正就不好留他們了。兩人同里正告別後，阮玉嬌就領著許青山往家裡走。這會兒工夫，已經有不少人聽說阮玉嬌領男人去找里正的事，都裝作有事出來往這邊看呢。見他們出現，便三五成群地湊在一起說話，都在猜那男人到底是什麼人？瞧著瞧著，有人發現阮玉嬌的衣裳好像髒了，又發現她竟領人往家裡去，頓時就嘀咕了起來。

「咋回事，這咋還往家領男人了呢？」

「該不會真是在外頭給自己找好了婆家吧？她隔個三五天就去鎮上，誰知道都在鎮上幹啥了？」

「你這話說的，她不是錦繡坊的女工嗎，那能不去鎮上嗎？」

「那誰知道呢，你瞧瞧這不就領人回來了嗎？不過剛才去里正家好像還有一個人吧？」

「對對對，那人好像是被抓的，你們看阮玉嬌衣服都沾土了，該不會……是遇見歹人了吧？」

幾人倒抽一口冷氣。「那阮玉嬌她……」

「說不準啊！」

阮香蘭也是聽著信跑出來看熱鬧的，此時聽見幾個嘴碎的湊在一起說這說那，不禁露出了鄙夷的神情。阮玉嬌那天看見她和張耀祖親熱還一副不屑的樣子，如今還不是跟男人去野地裡滾了，不然衣裳咋會髒呢？就算是被歹人欺辱，那也不清白了，這下看阮玉嬌還能得意什麼！

對於這些莫名其妙的人，阮玉嬌一向是不予理會，有聲大點的傳過來，她也當沒聽到，只同那些對她沒惡意的人點點頭，算是打了招呼。許青山冷著臉，有一種生人勿近的感覺，所以即使是邱氏和葉氏也沒敢上前，就那麼看著他倆走了過去。

快到村西頭的時候，許青山低聲說道：「姑娘，這邊沒什麼住家了，我自己找過去就行，妳今天受了驚嚇，快些回家吧。」

阮玉嬌一愣，轉頭笑道：「我也住這兒的，待會兒你就知道了。」

許青山正要再問，就看到阮玉嬌推開了一個新院子的大門，朝裡頭喊道：「奶奶、莊奶奶，我回來啦！」

阮老太太快步走出房門，口中不住念叨。「妳這孩子，咋這麼晚呢？」她一眼看見阮玉嬌身後的許青山，腳步一頓，驚疑道：「這位是？」

阮玉嬌笑說：「這是莊奶奶的外孫！」她回頭招呼許青山進屋，先一步對莊婆婆說道：「莊奶奶，您快看是誰回來了？」

莊婆婆剛剛就聽她說什麼「外孫」，一抬頭突然就看見了高高壯壯的外孫站在那裡，雖然沈穩了許多，不似以前青澀，臉上還有幾處傷痕，可她一眼就看出這是自己的外孫啊！她幾乎懷疑是在作夢，盯著許青山瞬間就濕了眼睛，顫巍巍地開口。「山子……」

「是我，外婆，我回來了！」許青山大步上前，撲通一聲跪到莊婆婆面前，握著莊婆婆的雙手，虎目含淚。「外婆，孫兒不孝，這些年讓您受苦了。」

莊婆婆不敢置信地用顫抖的手去摸他的頭髮、臉頰、肩膀，感覺到他是真的存在的人，才哭出聲來。「山子！我的孫兒啊，你還活著，你還活著啊！」

許青山忙起身抱住莊婆婆，有些無措地拍著她的背道：「我活著，您看我一點事都沒有，外婆您別哭了……」

莊婆婆緊緊抓著他的胳膊，哭得直抽噎，根本就停不下來。許青山哄了半天沒用，扭頭看見阮玉嬌，目光中不由得露出些許求助之意。叫他上陣殺敵、充當細作都難不倒他，可他真的不會哄人，遇到這種事就變得笨嘴拙舌了。

阮玉嬌輕輕一笑，上前說道：「莊奶奶這是見到你太開心了，喜極而泣。」說著她便拉住莊婆婆的手，勸道：「莊奶奶，恩人他回來是好事啊，您快別哭了，好好看看您的外孫變了沒？他在外頭當兵這些年，您不好奇他都經歷了什麼嗎？」

莊婆婆聽進了這話，哭聲漸歇，可許青山卻苦笑起來。他這些年的事哪能說，就算不是當細作的時候，那些拚殺血腥的場面也不能提啊，別的就是吃飯睡覺，還當真沒什麼好說的。不過看莊婆婆好不容易止住了哭聲，他只得硬著頭皮說起邊關的風俗和飯菜，比研究兵法都費勁。

阮玉嬌看他們二人平靜下來，微微一笑，默默地退出房門，將空間留給了他們。阮老太太卻注意到那「恩人」二字，忙把她拉去旁邊的房間問她是怎麼回事？

阮玉嬌還打算去告那個歹人，自然知道是瞞不住阮老太太的，只好略去驚險的部分同她說了。即使這樣，還是把阮老太太嚇得滿臉煞白，拉著阮玉嬌不住地看。

「唉喲，那個玉娘真是個髒心爛肺的玩意兒！不自己練好手藝，竟找人來害妳。幸好遇見了妳莊奶奶的外孫啊，不然、不然……」阮老太太只要一想起可能發生的事，眼淚就控制不住地往下掉，捂著心口幾乎喘不過氣來。此時玉娘若是在她眼前，她能活撕了她！

阮玉嬌急忙扶著她坐下，安慰道：「奶奶，您看我不啥事都沒有嗎？一根手指頭都沒傷到，那人剛抓住我，就被恩人把手給折斷了。您可千萬別難過了，您這樣我心裡也不好受。」

阮老太太緊緊握著她的手，氣道：「都怪妳爹和妳二叔那倆混帳玩意兒！要是他們能好好的給妳撐腰，別人哪敢這麼輕易的對付妳？還不是欺負妳家裡只有兩個老太太。不行！明天去鎮上，我跟妳一起去，我倒要看看那玉娘是何方神聖，居然膽大包天到這種程度，她就不怕遭報應嗎！」

「好好好，明天咱們一塊兒去，把他們都丟進大牢。」阮玉嬌順著阮老太太的話說，給她順好了氣，才道：「天不早了，我去做飯吧，恩人他趕路回來想必也餓了。」

阮老太太擺擺手起身道：「不用，我都做好了，熱一下就能吃。我去端菜，妳去跟妳莊奶奶他們招呼一聲。」

阮玉嬌哪裡能讓她去，忙攔了一下。「您別忙乎了，我去熱，您先歇一會兒吧，洗把臉，仔細眼睛疼。」

阮老太太早年傷了眼睛，阮玉嬌一直很小心照顧，就怕她累著眼睛，出去給她打好水放到屋裡才去灶臺那邊熱菜。

房子蓋完了，她們現在新房、舊房挨在一起，中間有個過道通著前後院；比人還高的圍牆在房子四周圍出了寬敞的院子，安了牢固的大門，從外頭根本看不見院子裡，跟別人家很不一樣。阮玉嬌讓人這麼蓋也是考慮到這邊人煙少，而她們又只有三個女人，儘量弄得安全一些。不過新房子蓋完要先放著去去潮，所以她們暫時還是住在舊房這邊，灶臺也還是院裡原來搭的那個。

第二十五章

許青山聽見她熱菜的動靜，才想起奇怪之處，對莊婆婆問道：「外婆，剛剛那位姑娘怎麼住在您這裡？還有那位老太太，是跟您搭夥兒住的鄰居？」

莊婆婆愣了一下，往窗外看看，瞇眼笑道：「啥鄰居，那是你表妹！」

「表妹？」許青山懵了一下。他記得他就一個舅舅，還沒成親就去世了，他哪裡來的表妹？

莊婆婆樂呵呵地說起和阮玉嬌相識的經過。她對這個孫女可是一千一萬個滿意，嘴裡說出的全是誇讚，簡直把阮玉嬌說得跟天上的仙女似的。不過阮玉嬌在她最悲慘的時候救了她，不但悉心照顧她，還當了她的孫女，對她來說這可不就是仙女嗎？

莊婆婆說得高興，倒把許青山聽得一愣一愣的。「所以說，阮姑娘已經過繼成舅舅的女兒了？那她真的是我表妹了。」

「可不是嗎！你不知道她原來那些家人有多過分，一個、兩個排著隊算計她，多虧她警醒，又不貪那些便宜，要不然指不定就被人賣了！」莊婆婆氣憤不已地說完，又笑道：「我之前還發愁，我個老婆子當了人家奶奶卻啥忙也幫不上，這下好了，山子你回來了可得給你表妹當靠山啊，往後再不能叫人欺負了你表妹，知道不？」

許青山自然是點頭應下，保證道：「只要表妹用得著我，我肯定沒二話。不說別的，單說她在您受傷時救了您，她就是我的恩人。」

莊婆婆聽到「恩人」倆字愣了一下，皺眉仔細一想才想起，方才阮玉嬌就是這麼叫許青山的，她心裡一驚，急忙拉著許青山問咋回事？許青山老老實實地說了，還特別著重說了阮玉嬌遇事冷靜，並不像受到刺激的樣子，莊婆婆卻仍是又驚又氣，忙衝著外頭喊阮玉嬌，叫她進來。

之後自然又是一番關心的詢問，若不是莊婆婆受傷不能夠走動，她定然也是要跟去鎮上找那玉娘算帳的。不過她不能動，還有她外孫，她對著許青山又是一番囑咐，叫他一定要給阮玉嬌出了這口惡氣才行。

正好飯菜也熱好了，許青山幫著阮玉嬌把飯菜擺好，四人一邊吃一邊說，更多的還是家人團聚的溫馨。尤其是莊婆婆幾乎不錯眼地看著許青山，不停地給他挾菜，生怕一場夢醒就看不到這個外孫了。還好這不是夢，她的寶貝外孫真的回來了，還看著比從前更結實、更穩重了，她就是立時死了也能安心了！

吃過飯，許青山要幫忙收碗，阮玉嬌忙攔著他道：「恩人你陪著莊奶奶吧，這些我來就好，你們多年未見，肯定有許多話要說的。」

沒等許青山說話，莊婆婆就責備道：「叫啥恩人這麼見外。山子是妳表哥，救妳是應該的，往後別提啥恩不恩的，就叫他表哥。山子你也是，別姑娘、姑娘的，嬌嬌是我孫女，就是你表妹，往後你可一定得照顧好她，不能叫外人給欺負了去！」

許青山點頭道：「外婆放心，誰也不能欺負表妹。」

阮玉嬌笑道：「表哥，你歇歇吧，哪有剛趕回家就幹活的？我來就行。」

阮老太太也跟著說了兩句，許青山這才不再堅持。他就是覺得讓人家小姑娘照顧他外婆這麼久，他怎麼也得幫忙幹點啥，不過他也明白，阮玉嬌是想讓他多陪外婆說說話，也就沒拂了她的好意。

等阮玉嬌收拾完，天色幾乎全暗了。許青山往外看了看，起身道：「外婆您早些歇著，我先回家去，明兒個一早再來看您。」

莊婆婆立刻拉下了臉。「回啥家？這兒就是你家！那老許家做事那麼不地道，你還惦著他們幹啥？回去再給他們當牛做馬？你看看許老二那個窩囊廢都有個閨女了，你今年二十，比他大三歲還在打光棍呢！還有許老三，他從小讀書眼看就要考秀才，你呢？他們連個木匠都不讓你學！」

許青山忙道：「外婆，我又不傻，怎麼可能他們說啥就是啥？我早就不惦著他們了，一直都當自己只有您一個親人呢。」

「那你還回去幹啥？」

許青山為難地看了阮玉嬌一眼，低聲道：「外婆，我住在這兒實在是不方便。我倒不怕外人說什麼，但壞了表妹的名聲就不好了。」

莊婆婆這才想到表哥、表妹住一個院子裡頭確實不適合，說是兩個屋子守著禮，可外人看不見，到時候指不定怎麼編排。不過讓許青山回許家，她實在是不樂意。

阮玉嬌見狀提議道：「要不去問問里正叔？他家裡大，肯定有房間的。」

莊婆婆有些遲疑。「麻煩里正不大好吧？」

阮玉嬌笑道：「這有什麼不好？里正叔就管咱們村裡的人，咱們有事當然得找他了，而且正好也讓他知道一下表哥跟許家已經有了嫌隙，這樣往後萬一有個什麼矛盾，里正叔也能偏著表哥一點不是？」

莊婆婆一想還真是這麼個道理，笑起來。「妳個鬼靈精，人家見了里正都怕，就妳有啥事都去找里正，難得里正願意搭理妳。」

「只要自己不做虧心事，怕里正幹麼？越是公正的人才越不用怕呢。」阮玉嬌笑了笑。她見過不少小人和仗著權勢囂張跋扈的人，見人說人話，見鬼說鬼話，她都懂，所以里正這樣光明正大的人是不用怕的。而且外面有權有勢的人那麼多，里正也沒有什麼高不可攀的，自己堂堂正正做人，怕里正幹麼？

許青山發現這個表妹的想法總是跟村裡人不大一樣，倒是和他的想法類似，他剛剛就想說不回許家可以去請里正幫忙，不過被阮玉嬌先給說了。有了個好去處，許青山就打算趁天沒黑透之前過去。莊婆婆捨不得他，拉著他又說了好一會兒話，後來有些累了才放他離開。

阮玉嬌把許青山送到門口，說道：「表哥，你明天早點過來一起吃早飯吧！我多做一點，你喜歡吃什麼？」

許青山低頭看她，覺得她的眼睛亮亮的，就跟此時天上的星星一般，極為耀眼。被這樣的眼睛注視著，感覺好像自己很值得信賴、值得依靠，莫名多了一種責任感。

他笑著道：「我不挑食，隨便做點就行。」

「誒！那表哥你路上小心，到了里正叔家裡也早點休息。」

「好，妳進去吧。」

看著阮玉嬌關門落鎖，許青山才大步朝里正家走去。他嘴角微揚，感覺多了這樣一個嬌嬌柔柔的妹妹也是一件挺好的事，何況妹妹的性子外柔內剛，正是他最欣賞的樣子。從小跟兩個弟弟不和，他也沒體會過當哥哥的感覺，如今有一個需要他護著的妹妹了，很奇妙的感覺。

阮玉嬌又是租地又是起房子的，招了不少人的眼，還真有幾個紅眼病沒事閒得老盯著她。李婆子就是其中一個，她也不嫌累，從許青山進了阮玉嬌的家門就躲在不遠處盯著，腿都蹲麻了。這會兒一見許青山出來，還在裡頭待了這麼久以後，被阮玉嬌親自送出來的，頓時激動起來，彷彿捉到了姦夫淫婦。

許青山路過李婆子藏身的地方，瞇起眼往那邊一瞥，頓住腳步，冷哼一聲，見李婆子臉色發白才不再理會，快步離開。他記得這個婆子，他剛進村時就是這個婆子說阮玉嬌在外頭有人了，他不好把一個老太太怎麼樣，卻也不會讓她繼續得意。對這樣的人，嚇她一嚇就夠了。

李婆子果然被嚇得雙腿發軟，臉白得不像話。許青山畢竟是在戰場上殺過人的漢子，是真正見過血、要過人命的，身上的氣勢哪裡是她一個老婆子承受得住的？她都有些後悔了，站這麼往前幹啥？都被人給發現了，也不知阮玉嬌領回來的那個野男人會不會記恨她？萬一是什麼山匪強盜，她可就要遭殃了！

李婆子好半天才緩過來，急忙踉踉蹌蹌地跑回家關緊大門，生怕許青山會突然闖進屋禍害她全家，但實際上許青山早就把她拋到了腦後。

許青山到里正家時，剛一提來意，里正就叫家人給他安排了一個屋子。其實就算他不來，里正也正想著找他，畢竟一個被認定死了好幾年的人突然回來，看著還頗有一番經歷的樣子，里正自然是想要好好瞭解一下的。

他們兩人坐在院子裡聊到半夜，里正因著管理這個村子，算是有些見識。讓他驚訝的是，許青山到外頭走了這麼一圈，言談舉止都和過去頗為不同，見識也是非凡，不管他提什麼，許青山都能接得下去，兩人聊得十分盡興。

不過說起許家，許青山倒是沒有什麼怨懟，也沒有添油加醋，只將當年的事原原本本地說了出來。無非就是親爹娶了後娘，耳根子太軟，就把他這個長子給忽略了個徹底。等朝廷徵兵的時候，他正好把攢下的銀子給師父全用了，自己又受了傷，後娘氣他偷偷攢私房錢，又覺得他不能打獵沒什麼用，自然不願意給他出那五兩銀子，他只能被帶走當兵去了。

在邊關當兵這五年是怎麼過的，許青山一語帶過，沒有多提。但里正看到他臉上的幾道傷痕，也能知道他在外頭有多不容易，特別是當初去了那麼多人，最後只回來兩個，回來那兩個還一個瘸了腿、一個成了病秧子。病秧子那個三年前就沒了，瘸了腿的那個也過得很是落魄，怎麼想都知道那戰場不是誰都能去的地方。

想到許家的老三許青柏，里正也只能嘆口氣，勸道：「當兵時不管如何，回了村裡還是要找個活計好好過日子，不然想熬出頭，十分不容易。雖說當年許家人做事不地道，但如今你回來了，打斷骨頭連著筋，和他們還是一家人。你三弟眼看就要考秀才了，若他考中，甚至再往上考到舉人、做了官，你身為他大哥也必然能跟著沾光。讀書人都是在意名聲的，單憑這一點他也不能虧待你，總比鬧成仇人要好，你說是不是？」

許青山心想，為了名聲，把不順眼的人弄死才是許青柏會做的事情，不過他自然不會把心裡的真正想法說出來，只是順著里正的話點頭道：「我對他們沒什麼仇恨，如今我好好的回來了，就是為了孝敬我外婆，踏踏實實地過日子，其他的事都不重要。我向來不喜歡吵鬧，也不願意讓人驚擾到我外婆，里正叔不必擔心我會找他們麻煩。」

里正輕咳一聲，說道：「我也沒有讓你忍氣吞聲的意思，能靠著你三弟過好日子的話，也算他們補償你了不是？不過若他們再有什麼過分之舉，你只管來找我，咱們村裡不能有惡意害人的齷齪事，即使是秀才也不能肆意妄為。」

他的里正之位坐得這麼穩，靠的就是公平公正。秀才對每個村子來說都是稀罕的、珍貴的，但若因為許青柏能考中秀才就無限度的偏頗，那他離下臺也不遠了。

許青山見里正是這個態度，頓時就明白了阮玉嬌為什麼一有事就找里正。在這樣的人面前，可能遇到事情時不能讓他徇私，但若相處得多了，讓他對他們的人品性格有了一定的瞭解，那遇事之時他自然就會更信任他們一些，更容易無意識地幫著他們。

許青山嘴角一勾。他記得那歹人說過，阮玉嬌做件衣服就掙了六十兩銀子，看來這位小表妹還真是本事不小，既懂自保之法，又懂生財之道，就是不知道小表妹還會不會給他帶來其他的驚喜？

里正瞭解了許青山的態度，便安頓他去廂房歇息，承諾第二天會帶他一起去許家。其實他對許家的人什麼想法都沒有，從來都沒在意過他們，跟路人也差不了多少，回去會遇到什麼事都無所謂。只是外婆不願意他回去，且他頭一天回來，也不知晚上回去有沒有地方睡，自然還是來里正這裡是最好的選擇。

躺到硬硬的床上時，許青山長吁一口氣，只覺無比安穩。回到家鄉，遠離了那些勾心鬥角、戰火硝煙，見了外婆，還多了個小表妹，這一切的一切都是那麼美好，美好到有些不真實。但他知道這就是真實，且是他以後繼續生活的地方，心裡自然就踏實了，沒一會兒就進入了夢鄉。

倒是被他嚇到的李婆子一整夜都提心吊膽的，連眼都不敢合，到了第二天眼底青黑一片，渾身無力，哪裡還有工夫去說阮玉嬌的閒話？她還怕阮玉嬌叫許青山來找她的麻煩呢！往日裡最愛湊熱鬧嘴碎的人，這一日竟是大門緊閉，躲在屋裡不敢出門了。

這一夜同樣沒怎麼睡的還有阮玉嬌和莊婆婆，不過她們都是興奮的。一個是找到了恩人，還成了恩人的表妹，終於有機會光明正大地報答恩人，心裡滿是達成心願的歡喜。另一個則是失而復得，終於盼回了這輩子最寶貝的外孫，時刻都想著趕緊天亮，好能趕緊再看見外孫。

天色剛亮，阮玉嬌就起來去後院摸出幾個雞蛋煮了，又和麵擀了麵條，用之前剩下的五花肉做了一小盆肉絲滷，弄了兩盤涼菜。兩位老太太醒時就聞到了香味，心情都跟著變好，笑容就沒收起來過。

許青山記得阮玉嬌的叮囑，早上洗漱過後就推拒了里正的挽留，到家裡來了。待嚐到阮玉嬌的手藝，許青山不由得誇讚了一聲。「表妹做的麵真不錯，比外頭麵館裡的還好吃，夠勁道！這涼菜也挺好，可惜沒有酒。」

「表哥還喝酒嗎？我還會做下酒菜，下次做給表哥吃。」恩人喜歡她做的飯菜，阮玉嬌打從心底裡高興，覺得又能為恩人做一件事了。

許青山喝了口湯，笑著說：「不用特意弄什麼，我吃什麼都行。」

阮玉嬌見他碗裡見了底，立即就要起身。「表哥喜歡吃麵，我再去下點。」

「不用了，已經吃飽了。」許青山擺擺手，放下碗笑道：「時候不早了，咱們去官府還不一定鬧騰到什麼時候，這就準備走吧。」

提到這件事，兩個老太太臉色就冷了下來，莊婆婆道：「我今兒個是不能去，妹子，妳見到人一定要把我那份一塊兒罵回來！居然使這種下作手段，什麼東西！」

阮老太太冷哼一聲，摩拳擦掌地道：「何止罵她，我還要打她，叫她知道欺負咱嬌嬌的後果！」

阮玉嬌心裡暖暖的，對上許青山的目光卻忽然有點不好意思，感覺自己這麼被奶奶們寵著，好像還是沒長大的小娃娃呢。

到官府去報官不是小事，里正特地換上了家裡最好的衣服，叫兩個兒子押著那歹人，同阮玉嬌他們一起去。里正家就有牛車，由他兒子趕車，其他人全都坐在車上，只有那歹人是用繩子拴在車後跟著走的。

他們這麼大動靜，人們免不了湊過來看看熱鬧，問問到底是咋回事？

「里正，這人是誰啊？咋還堵著嘴、捆著手呢？」

「對啊，這好像不是咱們村的人啊，他犯啥事了？」

一聽這話就有人往阮玉嬌身上瞄，卻只看到她淡定的樣子，完全沒有什麼被迫害之後的淒慘可憐，不禁有些懷疑之前的猜測是不是弄錯了？這時卻聽里正說道：「此人是鎮上的混混，被錦繡坊一個女工指使，要毀掉阮丫頭的手，叫她再也動不了針線，我這就要將他送到官府去，交由官老爺處置。」

葉氏猛地吸了一口涼氣，擠上前擔心地看著阮玉嬌問。「嬌嬌妳沒事吧？這混蛋沒傷到妳吧？」

阮玉嬌笑著搖搖頭，抬起雙手給她看了一眼。「嬸子，我沒事，多虧表哥昨天回村給碰上了，直接把這人抓了起來，他還沒來得及傷我呢。」

葉氏聞言朝許青山看去，有些疑惑。「表哥？」

「是啊，這是我表哥許青山，是莊奶奶的外孫。」阮玉嬌順勢將許青山的身分介紹給大家，笑著道：「我當時只想問清恩人的姓名，以便將來報答，沒想到一問，居然是表哥回來了，昨兒個莊奶奶都樂壞了！」

眾人頓時譁然一片，驚疑不定地看著許青山。他是走了五年，氣質打扮都變了一些，可畢竟樣貌沒變。之前沒人認出來只是沒人往他身上想，畢竟大家幾年前就聽說他死了，此時仔細一看，立刻就有大半的人給認了出來。

旁邊一個嬸子推推許老二的媳婦姚氏，嘀咕道：「這是妳家大哥啊！妳兩年前進門的時候，他都走了，妳還沒見過他吧？」

許姚氏此時完全是一副不敢置信的模樣。她嫁人的時候聽說大伯早死了，她嫁進門就算長嫂，而且原來大伯的那間屋子也被她要去，就等以後生了兒子給兒子住呢。如今居然告訴她眼前這個男人就是她大伯？這樣一看就不是好惹的性子，會是她那個任勞任怨的大伯？

她盯著許青山看了半天，還是很不願意相信。「不會弄錯了吧？這、這之前不是都傳回消息說我大伯沒了嗎？」

這話里正就不愛聽了，他剛知道許家對許青山過分刻薄，如今又見這當弟妹的不認人，自然就對許家多了份不喜，皺眉道：「等我們辦完正事回來，我帶青山上許家去。許老二家的，妳先回去給妳爹娘帶個信，告訴他們青山回來了。」

阮老太太瞥了眼許姚氏，跟著說道：「記得叫妳爹娘趕緊著給收拾好屋子啥的，可別山子回去，連睡的地方都沒有啊。」

里正開口，許姚氏不好再說什麼，只得應下，但任誰都能看出她臉上半點喜色都沒有。里正不耐煩地揮了下手，高聲道：「大家都趕緊散了幹活去，湊啥熱鬧？那錦繡坊的女工欺負咱們村的人，咱們饒不了她，我這就帶阮丫頭去鎮上討公道，快點讓開，讓開！」

「對對，不能叫外人欺負咱們的人！」

「里正您可一定要給阮丫頭討回公道啊！」

事關自己人被欺負的問題，大家態度還是很明確的，紛紛後退讓牛車過去，還不忘叮囑他們一定要討回公道。

牛車很快就離開了村子，村民們卻沒立即散開，還沈浸在許青山「死而復生」的震驚中回不過神來。有人就納悶了。「這人好端端的，瞎傳什麼消息呢？」

「就是啊，那劉瘸子還說別人都死了，叫莊老太太差點沒哭瞎眼睛，真是造孽啊！」

「咦？你們說，既然許青山沒死，那別的去當兵那些人會不會也沒死啊？沒準兒哪天也像這樣回來了呢？畢竟咱們都在村裡，誰也沒看見屍體不是？」

旁邊驟然響起一道哭聲，眾人一看，認出這王婆子的兒子也是當年去當兵的，之後說是死了，可剛剛那番議論讓她瞬間又起了希望。「我兒啊！我兒說不定還活著呀！」

接著哭起來的又多了幾個，全是有家人當初沒回來的。旁人也不知該如何安慰，只得勸他們收收聲，等許青山辦完事回來好好問問。劉瘸子當初傷著腿，回來的早，指不定是對別人的事不瞭解呢。這許青山當了五年兵才回來，問他總是比較清楚的吧？

幾個失去親人的村民聚在一起，商量著等許青山回來一定要好好問問。不論結果如何，能有個人跟他們把事說明白了，他們也能甘心一點啊。許姚氏本還想說那男人臉上帶傷，說不定這幾年在外頭是幹啥的，沒想到被她們這一打岔就沒機會說了，氣得不再搭理他們，一扭身就走了。

許姚氏回家後不敢耽擱，才進院就向裡頭喊了起來。「爹、娘！你們快出來啊，出大事了！」

許方氏抱著個女嬰走出來，皺眉道：「叫喚啥呢，會不會說話？不吉利！」

許姚氏顧不上挨罵，急忙上前道：「娘，大哥他沒死，昨天阮玉嬌帶回村的那個男人就是大哥許青山，怪不得他要去阮玉嬌家呢，那不正是去看那死老婆子了嗎？」

「啥？你說山子沒死？這是真的？」許老蔫本蹲在一旁編籃子，聽見這話騰地就站了起來，聲音顫抖。

許青松、許青柏也走出門來，臉上滿是不可置信。許方氏疑惑道：「妳咋知道的？妳又沒見過許青山，看錯了吧？」

許姚氏擺擺手。「哪是我認的啊，是里正。對了，昨個兒阮玉嬌不是押回來個男人關里正那兒了，原來那人是錦繡坊一個女工找來害阮玉嬌的，說要把她的手毀了，叫她再也搶不了活計。可巧就碰上許青山回村，這不許青山就把阮玉嬌給救了嗎？阮玉嬌聽說他是那死老婆子的外孫，急急忙忙就把人帶回家了，聽說昨晚上許青山是在里正家住的呢。」

許方氏看了許老蔫一眼，冷哼道：「回來就回來唄，挺大個人了，這些年也不知道往家裡送個信，叫人誤會他死在外頭，白傷心了一場，真夠不懂事的。」

許老蔫激動得抹了把眼淚，帶著笑說：「太好了！我兒沒死，沒死。」

第二十六章

許方氏最不樂意看他在意前頭的兒子，諷刺道：「有啥好的？你沒聽見你大兒子回來都不進門，看完那老婆子就去里正家住了。你惦著人家，人家可不惦記你這個爹，指不定當年讓他去當兵還怨恨咱們呢。」

許老蔫動了動嘴，低聲道：「當年我們確實沒管他……」

「那又咋了？反正我不虧心，家裡銀子供了老三讀書，上哪兒給他湊五兩出來？他自個兒明明偷偷攢了銀子，不想著孝敬爹娘，反倒全給他師父了，結果呢？他師父還不是沒治好。他要怪也得怪他自己，誰讓他把銀子花得一乾二淨了？」

許老蔫的性子跟他外號一樣蔫不拉嘰的，耳根子也軟。從前許青山的娘跟婆婆之間鬧矛盾，他就是聽他娘的，以至於許青山的娘被磋磨得留下病根，後來更是染上重病，沒能治好，丟下他們父子走了。等他娶了許方氏，許方氏厲害，沒在婆婆手裡吃虧，還熬到了婆婆過世，自那以後他就習慣了聽這個媳婦的。此時許方氏聲音一大，眼睛一瞪，他也就不吱聲了，又蹲回去繼續編他的籃子。

許青柏上前說道：「爹，娘說的也有幾分道理，當年的事是趕巧了，不能怪娘。若大哥回來要找人算帳的話，就讓他找我吧，畢竟是我讀書用了銀子。」

許老蔫不知道家裡有多少銀子，但聽他們這麼一說，就連忙擺擺手。「瞎說啥呢，讀書要緊，你就要考秀才了，往後是給咱老許家光耀門楣的。你大哥……他都是命，他不會怪你的。」

許青柏聲音低了一些，似是有些忐忑。「爹，您說大哥他既然回村了，咋不回家呢？莫非他在外頭吃了苦，記恨上了家裡，往後都不打算回來了？這、這我馬上就要考秀才了，若是大哥他這時候鬧出事，恐怕我就要被取消資格，那我這些年的書可就白讀了。」

「啥？這麼嚴重？幸好我剛才沒說他啥，不然當著那麼多人的面鬧起來，就真麻煩了。」許姚氏後怕地拍拍心口。她之前只想著給許青山潑髒水，倒是忘了許青山要是亂說話會影響許青柏的，他們全家供他讀這麼多年書，可就指望他考秀才，絕不能出問題。

許方氏也皺緊了眉頭，想了想道：「老頭子，你去找老大說，既然他回來了就老老實實的過日子，家裡不缺他一口飯吃，等往後老三當了官老爺，虧待不了他。」

許老蔫已經被他們說的嚇著了。他一輩子就這麼一個出息的兒子，可不能耽擱他光宗耀祖，於是他想也沒想就應了下來，連忙問許姚氏這會兒許青山在哪兒？

許姚氏又把里正去鎮上討公道的事跟他們說了，聽得許方氏直撇嘴，嘲諷道：「阮家那丫頭可真能作，見天兒的聽大夥兒說道她，還說什麼奉養老太太，這不就給自個兒招禍了嗎？」

許姚氏討好道：「她那沒人教養，哪能跟咱們桃花比？還是娘會教閨女，把小妹教得知書達禮，將來肯定能嫁個大戶人家。」

許方氏總算露出笑容，不過下一刻就將懷中的嬰孩塞到了許姚氏手裡，斥道：「妳有工夫多看看妳閨女，別老出去瞎竄。等會兒把孩子哄睡了就去弄個雞蛋羹，等桃花回來給她吃。」

看見孩子，許姚氏突然想起了那間要來的屋子，忙道：「娘，您看大哥回來住哪兒啊？西邊那間屋子都被我放上東西了，要不……把旁邊那個小點的給大哥收拾出來？」

旁邊的那間何止是小點，根本就是柴房隔出來的一個小空間，除了一張床，大概都放不下什麼東西了。許青柏聞言皺皺眉，一看許方氏竟在考慮，十分反感她們的目光短淺，出聲道：「娘，大哥好不容易回來，我們一定要讓大哥過得好一點，別跟家裡頭生分了。」

許方氏接觸到他暗示性的目光才反應過來，忙道：「就收拾他原來住的那間。老二媳婦，妳也別弄雞蛋羹了，趕緊收拾出來，誰知道里正他們啥時候過來，別到時候人回來還沒收拾好，那不叫人說閒話嗎？」

許姚氏心裡暗罵幾句，但這是許青柏的意思，關係到考秀才的大事，她一句都不敢反駁，只是抱著孩子回屋的時候，使勁兒掐了許青松一把。許青松也沒什麼反應，往旁邊挪挪也去編籃子了，還時不時看一眼外面，好像在盼著許青山回來，把許姚氏氣個半死。

但不管怎麼樣，該收拾還是得收拾，一個消失五年的人，他們還沒見到面，就各自心思複雜，沒一個是真正開心的，就好像家裡被一個外人侵入了似的，哪兒都透著彆扭。

馬車上的阮老太太問許青山。「還真要回家啊？你外婆該氣壞了。」

「總得回去一趟，其他的之後再說吧，畢竟我還是許家的人。」許青山對他們說道：「等我安頓好了，再好好向你們道謝，多虧你們幫忙照顧我外婆，不然她這次傷這麼重，恐怕後果不堪設想。」

里正擺擺手，慚愧地道：「說來我倒沒做什麼，是阮丫頭一直在照顧莊婆婆，你要謝，就好好謝謝阮丫頭吧。這也是個苦孩子，你們是表兄妹，你就多照顧著她點，至少別被什麼歹人給欺負了去。」

「這個我知道。表妹以後去鎮上還是同人結伴而行得好，若妳信得過我，有什麼事叫我跑一趟也一樣，別跟我客氣，反正往後我也要常到鎮上找活計幹的。」許青山怕阮玉嬌不好意思，隨便找了個藉口，當成是順便幫忙。

果然，聽到他是順路，阮玉嬌才點點頭，若不然，她肯定是不想麻煩他的。

幾人又閒話片刻，很快就到了鎮上。那歹人餓了一宿，又跟在牛車後跑了這一路，早就無力掙扎，癱在地上動也不動一下。

里正要帶他去衙門，阮玉嬌想了想，說：「里正叔你們先去吧，我得先到錦繡坊跟掌櫃的說一聲，好歹是和她手下的人有關，還是事先知會一下。」

阮老太太點頭道：「是該這樣。我跟妳一起去，說不定那個玉娘就在錦繡坊做工呢，要是她在的話，正好抓住她！」

里正乾脆叫許青山跟著她們，自己和兩個兒子先押著人往衙門走，幾人說好，等最後會合了再進去，免得說不清楚。之後阮玉嬌就帶著阮老太太和許青山去了錦繡坊。祥子一見她詫異了一下，立刻笑道：「阮姑娘怎麼今兒個就來了？這是妳家老太太吧，這位是？」

阮玉嬌介紹道：「這是我奶奶和我表哥。祥子哥，喬姐在嗎？我找她有點事。」

祥子看了阮老太太和許青山一眼，點頭道：「掌櫃的在後頭呢，跟我來吧。」

阮老太太往四周看著，臉色不算好看，走了幾步忍不住問道：「你們這兒是不是有個叫玉娘的？她在這兒沒？」

「玉娘？」祥子心中的疑惑更大，總覺得他們來意不善，可看阮玉嬌的態度又不大像是找麻煩的，他猶豫了下才點頭道：「玉娘今兒早上就來了，說想接個好點的活，正跟掌櫃的商量著呢。」

阮老太太一聽，直接就沈了臉催促道：「我們正要找她，麻煩小二哥快帶我們過去。」

祥子琢磨著阮玉嬌今非昔比，說不定將來還有更好的發展，乾脆什麼都不說了，快步將他們帶到了喬掌櫃的房間，揚聲通報了一聲。

喬掌櫃打開門，驚訝地笑道：「嬌嬌？喲，什麼風把老太太也吹來了，這是來鎮上逛逛？」

阮老太太打了聲招呼，目光越過她，落在屋子裡的婦人身上，眼神陡然淩厲起來。

「掌櫃的，這些日子多虧妳照拂嬌嬌，我心裡感激不盡，但今日恐怕是要得罪了！」

喬掌櫃還沒明白過來，阮老太太就直接捋起袖子，衝進屋把玉娘給摁在了地上。

「叫妳害我孫女！妳個髒心爛肺的東西！妳爹娘沒教妳咋做人，今兒我就倚老賣老教妳一回！妳自個兒學藝不精，嫉妒我孫女，還敢找人廢我孫女的手，妳也不怕遭報應，我看妳也是嫁了人、有婆家的吧？我得問問妳娘家、婆家都咋教妳的？這種下三濫的手段也敢使，妳就不怕生孩子沒屁眼？還是妳生了孩子就教他這些下三濫的玩意兒，叫他一輩子當個人渣？」

阮老太太罵人都不帶換氣，手上也沒閒著，左右開弓把玉娘打得臉都腫起來了，更別說這會兒她還坐在人身上，微胖的體重把玉娘給壓得幾乎喘不上氣，吱哇亂叫得淒慘極了。

幾人都被阮老太太這一齣給弄愣了，連阮玉嬌都驚得檀口微張，沒想到她會這麼彪悍。回過神來，阮玉嬌忙要上前拉阮老太太起來，許青山見狀，伸手一擋，沈聲道：「沒事，我看著呢，傷不著阮奶奶。叫她老人家出出氣吧，她昨晚肯定氣壞了，不發洩出來憋心裡難受。」

阮玉嬌一想也是，看玉娘被打得全無還手之力，也就停下動作不阻攔了。

旁邊的喬掌櫃和祥子都看呆了，特別是在許青山不讓攔之後，喬掌櫃拉住阮玉嬌吃驚地問。「到底是什麼事？老太太這、這到底怎麼了呀？玉娘得罪你們了？」

許青山還是頭一回替妹妹出頭，很自然地上前一步站到了阮玉嬌前面，說道：「喬掌櫃，今日是我們失禮了，不過事出有因，還望喬掌櫃見諒。」他先道了個歉，接著便道：「昨日我表妹半路遇襲，對方對她接了什麼活、掙了多少銀子十分清楚，意欲廢掉我表妹的右手，叫她再也無法動針線。經過審問之後，那人供出是受了玉娘的指使，只因我表妹搶了她的地位。」

喬掌櫃震驚地轉頭瞪著玉娘，怎麼也沒想到竟是這麼回事，她有些不敢相信。「嬌嬌有本事接更好的活，又沒影響玉娘原來的活計，值得下這麼重的手？」

許青山點了下頭。「事實就是如此。若不是那人事無巨細全都交代了，我表妹也不相信一起做事的女工竟會做出這種事。但事已至此，多說無益。喬掌櫃，今日我們就是來告官的，到時恐怕會對錦繡坊有一點影響。」

那邊阮老太太還在怒罵：「混帳玩意兒，妳以為挨一頓打就完事了？妳找的人早把妳供出來了，妳等著吃牢飯吧！叫妳家裡人、村裡人都瞧瞧妳是個什麼人物，妳不是嫉妒嗎？不是想往上爬嗎？平常沒少張揚跋扈吧？沒少跟他們炫耀自個兒能耐吧？這回就叫他們都看看，妳這個披著人皮的惡鬼到底是什麼面目！」

阮玉嬌怕阮老太太累著，覺著她氣出得差不多了，就連忙上前將她扶起，勸道：「奶奶坐會兒歇歇吧，消消氣，待會兒自有大人會處置她的，別把您累壞了。」

阮老太太喘了口氣，才對喬掌櫃歉意地笑笑。「掌櫃的，對不住了。我老婆子這輩子最在意的就是這個孫女，妳是不知道我昨個兒聽見這事有多生氣，那真是氣得恨不得殺人啊！剛剛我看見她實在是忍不住，對不住、對不住了。」

喬掌櫃看著同記憶中一樣和善的老太太，實在無法把她和剛剛那副凶悍的模樣結合在一起。說實話，剛剛若不是看阮玉嬌的面子，有人在她面前這麼鬧事，她早就叫人丟出去了。不過也幸好她信任阮玉嬌，沒做出什麼不適合的舉動，瞭解了真相。

她肅容道：「老太太您這話說的，嬌嬌也是我妹子，就是我聽了這事都氣得要命。如今那歹人在何處？可是要捉玉娘去報官？」

玉娘驚懼地爬了過來，拉住喬掌櫃的裙角喊道：「掌櫃的別信他們！我沒做過啊，我是冤枉的，定是他們想要誣陷我，找了這麼個藉口來害我。掌櫃的，妳相信我啊，我在妳手下這麼多年，妳還不知道我是什麼樣的人嗎？」

玉娘叫喊的時候，牽扯到受傷的嘴角，又是一陣疼痛。她現在渾身都疼，站都站不起來，心裡更是害怕得厲害，臉色慘白慘白的，對比淡然而立的阮玉嬌，她才更像是被害者。

玉娘的視線在阮玉嬌身上打量一圈，瞬間就攥緊了拳頭，不甘心得厲害。剛聽說阮玉嬌被救了她還不信，沒想到阮玉嬌竟真的什麼事都沒有。明明她把一切都安排好了，那王麻子怎麼可能沒得手，還愚蠢到把她給供出來了？

玉娘咬咬唇，狡辯到底，她心裡始終不信阮玉嬌會那麼幸運，不到最後一刻，她都不會承認這件事是她做的。

阮玉嬌本也不是來和玉娘對峙的，原因她都能猜到，再說問不問都無所謂，抓到人才是最重要的。她看了下玉娘身上都是皮外傷，對喬掌櫃道：「我們村的里正已經帶人押著那歹人去衙門了，我是一定要報官的，否則他們這樣的人一有機會，必定還會害別人。若是可能，最好將他們關進大牢，這樣他們就不能害人了。」

「對，為民除害！」阮老太太怕喬掌櫃不願意，急忙道：「掌櫃的您可不能幫她呀，世上沒有不透風的牆，與其以後叫人知道了說三道四，還不如咱們光明正大地把事說出來，您說是不是？」

喬掌櫃心裡已經理清了事情經過，聞言好笑道：「老太太，您也太看輕我了，我就算不認嬌嬌這個妹子，也不可能為了一點子名譽包庇這種人。您放心，我親自陪你們把人送去，到了衙門該咋說就咋說，不用隱瞞，店裡的事我自然會處理，不礙事的。」

許青山見喬掌櫃如此明事理，對表妹在這裡上工倒是放心了許多。轉念一想，他又覺得自己多慮了，以阮玉嬌的性格，定然是看中喬掌櫃的性格才簽下契約吧？

玉娘還在不停地喊冤，但喬掌櫃相信阮玉嬌不會無的放矢，根本不理會她。幾人說定之後，急忙就收拾收拾出門了，由祥子負責押著玉娘。

里正這些年時不時同衙門來往，多少混了個臉熟。阮玉嬌他們趕到的時候，里正早就把話說清楚了，連那歹人也已經供認不諱，將他和玉娘是怎麼認識、怎麼找到他、怎麼吩咐他，甚至連玉娘給他的銀子放在哪兒都交代得一清二楚，讓玉娘想辯駁都辯駁不了，一瞬間面如死灰。

接著就是升堂問案，將證據一一羅列出來，再次審問他們二人，命他們交代清楚。兩人都挨了打，心浮氣躁，最後竟互相攀咬，牽扯出不少事。

縣令是個二十幾歲的年輕人，調來不久，正是該為民請命、伸張正義的時候，遇見這等惡劣之事，自然極其重視，直接判了王麻子入獄三年。

王麻子一聽，氣得指著玉娘破口大罵。「妳個賤人害我！妳以為事都是我做的，妳就能跑了？大人、大人！草民有話要說。這賤人身為錦繡坊第一女工，但私底下已經被錦繡坊的對頭收買了！她害那個姓阮的絕對是惡意對付錦繡坊，是彩瀾莊幹的！」

縣令大人眉頭一皺，厲聲質問。「你所言可是真的？」

「真！絕對真！大人您千萬別放過他們，草民是被他們害的啊，他們都是主謀，草民只能算是幫凶！」

這件事一下子又牽扯出了錦繡坊的對頭彩瀾莊，這下連喬掌櫃都板起了臉，看向玉娘的眼神尤為凌厲。在等待彩瀾莊掌櫃的到來的時候，喬掌櫃低聲對阮玉嬌說：「看來我又欠了妳一個人情，若不是因為妳的事讓她漏了底，我還不知要什麼時候才能發現店裡出了叛徒。怪不得上次給員外府做衣裳，她居然會輸給彩瀾莊，是我太相信她了，竟沒懷疑她。要不是那次妳誤打誤撞地奪得頭籌，錦繡坊第一成衣鋪的地位就要不保了！」

阮玉嬌笑道：「如今沒事就好了，而且就算上次真的輸了也沒關係，錦繡坊這麼多年的地位不是那麼容易動搖的。彩瀾莊只能靠這種手段取勝，說明他們也沒有什麼真材實料，以喬姐的精明，若是吃過一次虧，下次定然會翻盤打敗他們的。」

至少上輩子直到她死的時候，錦繡坊還是鎮上第一成衣鋪，而彩瀾莊已經淪落為三流鋪子，這就足以證明喬掌櫃的能力，她受喬掌櫃這番謝意實在是受之有愧。

不過喬掌櫃可不知道什麼上輩子、這輩子，在她眼裡，就是阮玉嬌幾次幫忙化解了她的危機，還如此巧合地揭破了玉娘是叛徒一事，簡直就是她的福星，她心裡的感激一點不假，對阮玉嬌也更加親近了兩分。

事情上升到錦繡坊和彩瀾莊的爭鬥，喬掌櫃便帶祥子離開去各處打點。畢竟在鎮上這麼多年了，人脈肯定比別人要強。阮玉嬌不知道她是怎麼做到的，反正在彩瀾莊掌櫃的拒不承認的時候，就有人給縣令大人送來了證據。那證據雖然不能證明彩瀾莊對錦繡坊做了什麼，但足以證明彩瀾莊的二掌櫃和玉娘私下交易，壞了錦繡坊幾筆生意。如此，彩瀾莊的二掌櫃直接就栽了。

阮老太太冷哼一聲，瞪著玉娘道：「人證、物證都齊了，這下叫妳插翅難飛！」

縣令大人看完所有的證據，判了玉娘賠償錦繡坊一百兩銀子、賠償阮玉嬌二十兩銀子，入獄五年；判彩瀾莊二掌櫃賠償錦繡坊一百兩銀子，入獄一年；判王麻子賠償阮玉嬌三十兩銀子，入獄三年。而彩瀾莊掌櫃的也遭到縣令大人的訓斥，名聲大受打擊。

他們的家人早就被叫了過來，此時看見他們被帶走，一面覺得丟人至極，一面怨恨他們害家裡傾家蕩產。尤其是玉娘，她婆婆指著她破口大罵。「妳個賤蹄子、掃把星，妳這是要害死我們全家啊！一百二十兩，妳咋不去死呢？妳去死啊，妳個賤東西！」

要不是有人拉著她，她能撲過去把玉娘掐死！一百二十兩，雖然玉娘這幾年手藝越來越好，越來越受重用，但她程度也就是在這鎮上還算拔尖，類似阮玉嬌做的那種大活，她根本就接不到，自然也沒賺那麼多銀子。再說平日裡她賺的銀子，家裡蓋房、買地、大魚大肉之類的沒少花，如今他們去哪兒弄這一百二十兩？

且他們家根本還沒分家，從前是為了貪圖玉娘掙錢的好處，如今卻後悔莫及，有縣令大人在，他們想賴帳都不行，當真是要傾家蕩產了！

玉娘對上公婆、妯娌、丈夫、孩子等等許多許多人的目光，只看到了怨恨、失望、氣憤，沒有一個人心疼她、擔心她。她要入獄五年，等她出獄之後，這些人還會是她的家人嗎？尤其是她婆家，如今要替她賠錢，將來還會容她進家門嗎？

她正要被帶走，突然看見她婆婆推了推她丈夫，而後她丈夫同衙役快速說了些什麼，接著一封休書很快就送到她手裡，滿眼怒意地道：「銀子必須要賠，我們認了，但孩子不能有妳這樣的娘，家裡也不需要妳這樣的媳婦，妳以後好自為之吧！」

休書，她被休了！直到此時，玉娘心裡才湧出鋪天蓋地的後悔，她掙扎著撲向丈夫，哭喊道：「不要！不要休了我，我都是為了這個家啊，我是為了多掙點銀子供娃讀書啊，我有什麼錯？你們難道沒用那些銀子？如今居然休了我！」

「妳住口！我們可不知道妳會背地裡下狠手去害人，留妳在家裡，我怕哪天自己怎麼死的都不知道！妳往後別找孩子，他跟妳沒關係！」男人說完就走，沒有半點留戀。這麼大的事，全家都被折騰散了，他們一家子窮光蛋還不知道要怎麼活，誰還會念著過去那點兒情分？

玉娘再哭再鬧，還是很快就被人給帶了下去。和她下場類似的還有彩瀾莊二掌櫃和王麻子，他們這一入獄，就抹上了永久的污點，讓他們的孩子一輩子都抬不起頭來，全家在村裡都被人鄙夷，再加上還要賠那麼多銀子，衙門外頓時響起一片哭聲。

玉娘的嫂子看見阮玉嬌，突然靈機一動，拉著玉娘的兒子就衝過來對阮玉嬌下跪。「姑娘！姑娘您可憐可憐孩子吧，要是真賠那麼多銀子，孩子可就沒命活啦！姑娘，您是善心人您行行好，我求求您了姑娘！」

她這麼一嚷嚷，另外兩家的人也全都衝了過來。許青山立刻將阮玉嬌和阮老太太拉到身後，冷聲道：「你們這是對縣令大人的判決不滿，覺得縣令大人沒有同情心，欺凌你們弱小了？」

這頂大帽子扣下來，把幾人全都給嚇住了，沒等她們反應過來，許青山又繼續道：「你們的家人是罪有應得，縣令大人按朝廷律法判刑也已經考慮到了你們的家境，絕不會逼死你們的，否則縣令大人還如何服眾？若你們認為縣令大人判錯了，趁這會兒縣令大人還未走遠，你們可以追上去求個公道。」

阮玉嬌淡淡地看著他們道：「無論什麼時候，拿小孩子作伐子只會叫人更看不起。而且入獄那三個人跟你們朝夕相處，常常拿銀子回家，你們真的不知道他們在幹麼嗎？恐怕只不過是掩耳盜鈴，把過錯都推給了旁人吧？既然他們拿回去的銀子，你們用得心安理得，那如今他們出了事，你們也只能賠償，這就是公道。」

第二十七章

這些人萬萬沒想到阮玉嬌一個漂亮柔弱的小姑娘，居然這麼冷血，看著孩子們哭得這麼厲害臉色都不帶變。只是他們不甘心就這麼放棄，又求了幾句。

阮玉嬌沒搭理，扶著阮老太太，說道：「奶奶、表哥，咱們走吧。不用擔心他們不賠償，官差會去找他們要的。有縣令大人做主，誰敢賴帳？」

「嬌嬌說得對。山子啊，咱們走。」阮老太太招呼了許青山一聲，又招呼里正他們一起走，笑道：「今兒個可真是痛快！里正，你們家誰也別和我客氣，今兒我一定要擺上一桌好的，熱熱鬧鬧地吃一頓，慶祝咱們嬌嬌討回了公道。」

阮玉嬌笑說：「還要慶祝表哥平安歸來。里正叔，晚上一定要到家裡吃啊，記得把嬸子她們也一起帶來，人多熱鬧。」

里正見兩人這麼熱情，想想此行確實痛快，便沒有拒絕，笑著應下了。正好回去還要去許家說說事，吃飯的時候可以再跟許青山聊聊，看他到底有什麼打算？村子裡自然還是和諧點好的，萬一真有什麼不可調和的矛盾，他最好先一步想法子解決，別出什麼亂子。

這天到鎮上來的可不止他們幾個，有碰巧看見他們的，不知道咋回事就跟去衙門湊湊熱鬧，如今得知結果，早先一步跑回村子了。在阮玉嬌還沒回村的時候，她的事又一次飛快地傳開。告倒對手，將錦繡坊第一女工關進大牢，判得五十兩賠償金。阮玉嬌不但沒事，她還發了啊！村子裡頓時又熱鬧起來。

關注著許青山消息的許家人第一時間就知道了鎮上的事，許姚氏嫉妒地跟許方氏道：「娘，那個阮玉嬌還真有本事啊，被人劫了不但沒咋地，還能撈著五十兩銀子。」說到這她突然一拍手，驚喜道：「娘！阮玉嬌可是大哥救下的啊，如今她撈著銀子能不分給大哥嗎？大哥可是她的救命恩人，她連個沒關係的死老婆子都救，咋也不能虧待了恩人吧？」

家裡人正吃著下午的飯，聞言都是一愣，許桃花眼珠子轉了轉，欣喜道：「要是沒有大哥，阮玉嬌估計這輩子都完了，會毀掉手啊。這種大恩大德，五十兩該全給大哥才公平！娘，要是她不給，咱就去要，這可是替大哥出頭呢，您說對不對？」

她才十二歲，許青山離開了五年，她早就把這人給忘了，只記得有個死掉的大哥，對大哥回不回來沒什麼感覺。但一聽許青山可能有錢，她心情就不一樣了。五十兩啊，全村估計就只有里正家能有這麼多銀子吧，要是真要過來，她作為小妹肯定能多沾沾光，找婆家都能把條件抬高一大截了！

許方氏在心裡一琢磨，對那五十兩銀子也惦記起來，抬頭對許青柏問道：「老三，你覺著呢？」

許青柏沈吟道：「阮姑娘被大哥所救是事實，阮姑娘如今的奶奶還是大哥的外婆，是最疼大哥的人，想來娘去同莊婆婆提一句，莊婆婆也會幫著大哥。雖然這報恩是阮姑娘的意願，咱們不會強迫她，但幫大哥想著點也是為了大哥好，不要強求。」

這話幾人都聽明白了，就是拐著彎兒的要唄，只要別鬧得丟臉就成。想到最後至少也能要個十兩、二十兩的，幾人的神情都好了許多；而許老薦向來不管事，見他們終於不排斥許青山回家，心裡就鬆了口氣，露出些笑容來。

他們的算盤打得噼哩啪啦響，而另一邊的阮家則是烏雲罩頂，連幾個孩子都被大人的低氣壓嚇得不敢出聲。阮金多緊緊皺著眉頭，咬牙打破了沈默。「錦繡坊掌櫃的和那死丫頭一塊兒去衙門，擺明是沒鬧崩。衣服的事都過去這麼久了，你們說說是咋回事？」

阮金來氣道：「還能是咋回事，咱們都被騙了唄！當初我就尋思呢，啥衣服啊，剪一道口子就得賠二百兩，金子做的啊？大哥，你說說你咋教的閨女啊，她膽子咋這麼大呢？她今兒這一下子就弄回來五十兩，她是早知道自己能掙錢，不想叫咱們跟著享福吧？她這是嫌棄咱們啊！」

「夠了！當初你家不是頭一個跳出來跟她撇清關係的嗎，這會兒來馬後炮有啥用？」

「那誰能想到她是騙咱們的呢？怪不得老太太非得跟個孫女過呢，還跟咱兩家分家。嘖！老太太鐵定早就知道吧？她跟她大孫女享福去了，把咱全撇下了？」

劉氏氣得眼都紅了，咬牙切齒地道：「那個死丫頭，還揪著春蘭不放，跟咱們訛了五兩銀子呢，她良心叫狗吃了？不行！咱得找她去，她這麼對咱們是忘恩負義，有錢了就把爹娘都忘了，自個兒天天吃香喝辣，誰家有這樣的閨女？」

阮香蘭心裡嫉妒得要命，酸溜溜地說道：「我還當她被過繼出去多可憐呢，那天還當著村裡人的面說啥跟咱沒關係，我聽村裡不少人都說咱們沒人情味呢。誰知道她根本啥事沒有，不用賠錢還撈著五十兩。五十兩啊！咱們攢多少年才能攢到五十兩？」

「五十兩」這個數字刺激著每一個人的神經，可想到如今的情況，所有人都安靜了下來。半晌之後，陳氏嗤笑一聲，道：「鬧了半天咱是叫個十五歲的小丫頭給耍了。惡人都叫咱們當，她既得了名聲又得了銀子，真是厲害呀。你們說，嬌嬌她以前也不會這樣啊，啥時候變得這麼有心眼了呢？」

阮金多看了阮香蘭一眼，顯然是想到了阮香蘭搶走阮玉嬌未婚夫那事。似乎就從那一次起，阮玉嬌就變得跟從前不一樣了，再也不是那個期盼親情，對他們恭恭敬敬的小丫頭了。

阮香蘭急忙低頭降低存在感，卻還不甘心地嘀咕了一句。「她要不是變得有心眼了，也不能會掙錢啊，不會掙錢還不是啥用沒有？」

對啊，這就是個沒用的假設。人家有心眼怎麼了？沒心眼的時候不會掙錢，只能收拾家，對他們來說不過就是個可有可無的人罷了，多看一眼都沒有過。可這事說是這麼說，他們就是不甘心啊！五十兩銀子就這麼飛了，他們心裡癢癢得連坐都坐不住了啊！

這個時候被眾人惦記的阮玉嬌正在鎮上買東西，雖說那賠償的銀子還沒給，但她之前剛剛掙了六十兩，手頭寬鬆著呢。這次到鎮上來，她把銀子都帶上了，就想著說不定有個需要打點的地方，別出了婁子。沒想到這事牽扯到了錦繡坊和彩瀾莊的爭鬥，所有打點之處喬掌櫃都弄好了，根本沒用著她，如今大獲全勝，她只想拿銀子買東西，好好慶祝一番！

正好里正之前跟衙門裡的人攀交情，讓人家通融了一些，事後多少也要多聊一會兒、請人喝個茶什麼的，不會立刻回村。阮玉嬌乾脆道：「里正叔，那我跟奶奶還有表哥就先去買東西。您也知道我們之前的情況，家裡什麼都缺，就趁這次機會添置些東西。」

里正點點頭。「成，那一個時辰後，咱們鎮口見。正好有牛車在呢，多買點也沒事，你們去吧。」

「里正叔，我們先走了，等回村再好好感謝您。」許青山對里正點了點頭，客氣了一句。

里正笑道：「行了，走吧。」

幾人各奔東西，阮玉嬌挽著阮老太太胳膊，笑得十分開心。「奶奶，我第一次掙錢那會兒，您還記得我給您買髮簪的時候說什麼了嗎？」

阮老太太抬手摸了下頭上的髮簪，笑說：「記得，當時妳說往後還要掙大錢，再給我買更好的。」

「對！如今雖說我也沒掙上什麼大錢，但先給您買個更好的首飾還是夠的，咱們這就去挑，給您和莊奶奶一人買一個。」阮玉嬌嘴角的笑容加深，對如今的現狀甚為滿意。

不等阮老太太拒絕，旁邊的許青山突然說道：「表妹這倒提醒了我，我長這麼大，受外婆照顧頗多，但還沒給外婆買過一件首飾。今日表妹就別破費了，妳們挑中什麼由我來買，算我孝敬外婆和阮奶奶的。」

阮玉嬌一愣。「那怎麼行？表哥你……」

「別跟我客氣，這幾年我在外面也攢了些銀子，手頭不緊，表妹就放心吧。」許青山笑了笑。「再說妳幫忙照顧我外婆也是對我的大恩情，這次妳就別跟我爭了。」

阮老太太心裡又欣慰又好笑。「唉唷，我老婆子活了一輩子，還從沒見過孩子們爭著、搶著給買東西的，誰不是偷偷摸摸攢著自個兒用呢？你們倆一個沒娶妻，一個沒嫁人，就更該多給自己攢點家底了，這樣將來才能過得好啊。行了，你們的心意啊，我替老姐姐一塊兒給領了，這首飾就別買了，咱就買點酒菜回去擺一桌得了。」

「那可不行！」

「那可不行！」

許青山和阮玉嬌異口同聲的反駁，說完不禁對視一眼，一起笑了出來。

阮玉嬌搖了搖阮老太太的胳膊，軟聲道：「奶奶，您忘了答應過我只管享福了？有晚輩孝順您還不好啊？我掙錢就是為了讓您和莊奶奶過好日子的，再說往後又不是不能掙了，您就安心挑吧，別操這麼多心了啊。」

許青山也在旁邊勸了兩句，阮老太太說不過他們只能應了，同他們一起進了鎮上最好的首飾鋪。許青山不懂這些，不過也沒像其他男人一樣躲得遠遠的，反而是站在阮老太太身邊認真的看著她們挑選，像是在取經。

阮老太太當然是專挑那便宜的，阮玉嬌慢慢也不問她了，只管自己好好選。挑了一會兒，拿起一對扁寬的銀鐲子，放在手心掂了掂，問道：「掌櫃的，這有多重啊？」

掌櫃的看了一眼，說道：「這一對鐲子重二兩多，上頭的雕花都是京城新流行的樣式，不講價，三兩銀子一對。」

阮老太太當即道：「這太貴了，嬌嬌。」

「還好啊，奶奶我看這個就很適合妳；還有這對，這對適合莊奶奶。」阮玉嬌看到另一對略圓一點的鐲子，眼前一亮，伸手就拿了過來。

這次不等她問，掌櫃的就高興地道：「姑娘真有眼光，這對跟妳之前挑的一樣，都是剛從京城弄過來，花樣都是最新的，也是三兩銀子一對。」

阮玉嬌把兩對鐲子在阮老太太手腕處比了比，又掃了一眼其他的鐲子，抬頭笑道：「我們就要這兩對鐲子了，麻煩掌櫃的幫我包起來。」

她話音才剛落，旁邊就伸出一隻寬厚的手來，將六兩銀子放在櫃檯上。阮玉嬌笑道：「表哥這是怕我跟你搶啊？不過鐲子你買了，其他的可不能再跟我搶了。」說著，她就拿起之前看好的兩對耳環、兩根銀簪子，一共也是六兩銀子，接著手快地掏出銀子付了。

許青山好笑地看她一眼，搖搖頭沒有說話，卻是將掌櫃的給他們包好的首飾拿了過來，放在手中提著。因為一共買了十二兩的東西，掌櫃的還額外送了一對小巧的耳釘，正好可以給阮玉嬌戴。

出了鋪子，阮老太太走幾步就要看一眼許青山手中的盒子，心疼地不知該說什麼好？「你們兩個孩子，真是不聽話！嬌嬌妳看看，妳一個姑娘家啥都沒有，還要戴人家送的耳釘，妳都不知道好好打扮打扮，反倒給我們兩個老太太買了一大堆。這叫什麼事啊，我們都半截身子入土的人了，還打扮個啥？妳這長得跟朵花兒似的，渾身素淨得都快吃齋了！」

阮玉嬌聽見「跟朵花兒似的」就不好意思了，看了許青山一眼，低聲道：「奶奶您說什麼呢？我素淨點還不好啊，這還有人總在背後說我呢，我再打扮打扮還不知道多招閒話。反正我也不愛出門，這樣就挺好。」

「說啥閒話？她們那是嫉妒妳長得好看，不打扮都比她們打扮了好看，妳別在意他們，儘管自己活得高高興興的，叫她們嫉妒瘋了也沒招！你說是不是，山子？」

阮老太太是把許青山當自家孩子了，當著他的面就把阮玉嬌給誇到了天上去。可阮玉嬌心裡一直是把許青山當恩人的，這會兒真是羞得臉都紅了，只覺恩人肯定要在心裡笑話自己。

許青山看了一眼阮玉嬌變紅的耳垂，唇邊溢出幾許笑意。「嗯，是。」

阮老太太滿意地笑道：「妳聽聽，妳表哥也這麼說，他在外頭這麼些年可見過不少人呢，咱們一個小村子算啥？妳不是想到鎮上來住嗎，妳看看鎮上的姑娘哪有一個不打扮的？」

阮玉嬌無奈道：「那就等我搬到鎮上以後再說吧。」

聽了她們的對話，許青山有些詫異。「表妹想要搬到鎮上來？」

「嗯，我覺得鎮上的生活好一些，想和奶奶、莊奶奶一起到鎮上生活。不過鎮上的房子很貴，要買一個能住的寬敞點的還得多攢銀子才行，不急在一時，不然我也不會在村裡起房子了，怎麼說也還要在村裡住一陣子的。」說起正事，阮玉嬌臉色也恢復了正常，回答得很認真。

許青山聽了若有所思。他在哪裡生活都無所謂，當兵打仗時條件艱苦，餓了連草都啃過。當細作時逢場作戲，高床軟枕、上好的酒菜也曾體驗，全都不稀奇，所以之前他只想著回來能過平靜的生活，倒是沒想到對莊婆婆來說，鎮上要比村裡好上許多。

雖說老人大多不願意挪地方，說是習慣了，但他們的情況卻又不一樣。鎮上離村子這麼近，本就很熟悉，而兩位老太太在村裡又沒有什麼特別交好的人，不至於捨不得離開，離了村裡反倒還遠離了那些閒言碎語，真是個好想法。

不過就像阮玉嬌說的，這件事要徐徐圖之。他才剛回來，對這裡的一切都有些陌生；也正因為他才剛回來，剛剛卸下身上的差事，更不能惹人注目，要安生一段日子，平庸一點得好，以免被什麼有心人留意到，徒惹是非。

三人慢慢走著，阮玉嬌看到什麼喜歡的就買下來。髮繩、手帕、糖葫蘆、油鹽醬醋，還有好多零零碎碎的東西，她這邊看好了，那邊許青山就付了帳，偶爾幾次她手快搶先付了，可大部分的東西還是被許青山買了，而且所有東西都是許青山提著，弄得她很不好意思。可每次她一說，許青山就提她照顧莊婆婆的事，看樣子是真的特別想報答她這份人情，叫她也不知道該說什麼，只好管著自己一點，不要買不重要的東西。

但她這真是第一次揣這麼多錢逛街，總是忍不住想買很多東西，畢竟算上上輩子，她也只是個待字閨中的小姑娘而已，少女的心思難得雀躍起來，根本控制不住自己，這一次當真是買了個高興，痛快得不得了！

阮老太太回過神來，看見許青山身上大包小包地掛著，哭笑不得。「嬌嬌，妳再買可就要把妳表哥的銀子花光啦，不花光也要把他累趴下了！」

阮玉嬌輕笑一聲，說道：「表哥，奶奶心疼你呢，這些東西也確實太多了，你先送到牛車上去吧。其實我買得差不多了，你先走一步，我和奶奶歇歇，慢慢走。」

許青山不疑有他，點頭道：「那好，妳陪著阮奶奶休息會兒，不著急，小心看好了錢袋子。」

「嗯，表哥放心吧！」

等許青山提著滿身的東西離開之後，阮老太太看了阮玉嬌一眼，笑問道：「妳這個鬼靈精，剛剛是故意的吧？把妳表哥支走幹啥呀？」

阮玉嬌嘻嘻一笑。「表哥他太愛付帳了，有他在，我哪好意思放開了買？如今他走了，奶奶，我們去多買點東西吧！要把我們的家佈置得溫馨舒適，還要買好多東西呢。還有表哥，他回來什麼都沒拿，許家肯定也不會給他準備，我們給他也添置一些東西。」

「得，走吧！」

阮老太太這麼半天也是想開了，看見孫女樂呵呵挑選東西的樣子，心裡就有些心疼。她想，阮玉嬌掙了銀子之後突然買這麼多東西，定是因為從前想要又不捨得要啊。她腦海裡頓時浮現出阮玉嬌眼巴巴看著喜歡的東西，卻不敢說要的樣子，這心就軟得一塌糊塗，自是再不阻攔。

她心想，買吧買吧，反正這都是孫女自個兒賺回來的，就算全花光了又能咋樣？她手裡那三十多兩棺材本還怕不夠給孫女辦嫁妝嗎？大不了往後節省些也就是了。

有了阮老太太的縱容，阮玉嬌這才算徹底買了個痛快。其實她看似胡來，卻是心裡有數。華而不實的沒用東西，她一樣都沒買，買下的都是家裡能用上的。這是第一個真正屬於她的家，而且還是充滿了溫馨的家，她當然要好好佈置，用心珍惜了！

她訂了全套的櫃子，去錦繡坊買了兩疋適合許青山的布料，又買了做被子、褥子的材料，準備給許青山做一套新的。接著又買了不少精細的白麵、大米，叫掌櫃的幫忙送到牛車那裡。她還想給每個人各買兩雙鞋，納鞋底需要下力氣，她做不了，但阮老太太說這東西買了不划算，還沒她和莊婆婆做的好穿，硬是只讓她買了材料，準備回去和莊婆婆一起做。阮玉嬌想著，她們兩人成日閒著也沒意思，鞋又不急著穿，累不著，便同意了。

之後阮玉嬌又給許青山買了束髮的、擦臉的、打獵的等等，連盆子都買了兩個，就怕恩人回到許家什麼都沒有，住著不舒服。那邊許青山等了半天，看她們還沒過去，就有些著急了，接著就見有人陸續往牛車上送東西，說都是阮玉嬌買下的。他心裡立即就明白了，不禁搖頭失笑，跟剛剛過來的里正父子說了一聲，又去找她們了。

雖然阮玉嬌已經讓各個鋪子的人將重的、大的東西送去鎮口了，但在許青山找到她的時候，她還是雙手提滿了東西。許青山大步上前，將東西提了過來，無奈道：「妳想買什麼買就是了，我不跟妳搶。」

阮玉嬌沒反應過來就手中一輕，剛要著急就聽到了恩人的聲音，忙抬頭笑道：「表哥，你怎麼過來了？」

「我再不過來，怕是妳都要累壞了。還有什麼要買的嗎？牛車快放不下了。」

阮玉嬌點點頭。「沒什麼了，再買幾個糖人，回去給弟弟們吃。」

許青山有些詫異。他聽說阮玉嬌跟原來的家人鬧翻了，相處得很不好，沒想到她還如此惦念弟弟。他轉頭朝阮老太太看去，果然連阮老太太也有幾分驚訝，不過隨後就變成了欣慰感動的神情，想來沒有哪一位老人是不希望孩子們相處和諧的吧？

買完糖人，這次就是真的買完了。聽說里正他們已經到了鎮口，阮玉嬌忙扶著阮老太太快步往那邊走。到了地方，只見里正對她們笑道：「真是買了不少東西啊，阮大娘有福氣，有個如此本事的孫女，將來什麼都不用愁了。」

阮老太太笑眯了眼，擺手道：「里正可不要再誇她了，別叫她太驕傲了，往後日子還長著呢，誰知道咋樣啊。」

「我這說的可是實話，您這孫女比我兩個兒子都強了，往後您就等著享福吧。」

幾人說說笑笑，都上了牛車打道回府。里正的兩個兒子聽親爹這麼說他們，也不生氣，畢竟阮玉嬌這段時間一次次刷新了他們對姑娘家的認知，確實不能否認人家小姑娘的能耐，他們心裡也是佩服的。

回了村裡，一牛車的東西那麼扎眼，幾乎是立刻就引起了轟動。牛車剛剛趕到阮玉嬌家裡，就被二、三十個村民給圍住了，七嘴八舌地詢問事情怎麼樣了、誰買了這麼多東西等等。雖然牛車都到了阮玉嬌家門口了，可他們還是不敢相信阮玉嬌真的這麼有錢，說買就買，臉上都看不出為難來，他們更願意相信車上的東西都是里正買的，那樣他們心裡還能平衡一些。

不過他們也不用猜了，因為許青山下車第一件事就是往院子裡卸東西，而里正則是站到一邊，跟大夥兒說起這件事的前因後果。從玉娘因妒生恨找人欲毀掉阮玉嬌，到許青山救人抓住王麻子送官，再到攀咬出兩家店鋪的爭鬥以及最終幾人的判刑。村民們聽得是心驚肉跳，只覺比那話本裡的故事還要精彩。

而親身經歷過這些事還能淡然而笑的阮玉嬌，在眾人心中第一次和別人有了不同，那是種明顯的區別，有一種自己和她的距離越來越遠的感受。這時一個眼尖的媳婦突然看見阮老太太手中的盒子，吃驚道：「這、這是珍寶閣的盒子吧？買首飾了？」

「不會是給阮玉嬌置辦的嫁妝吧？」

葉氏看了眼阮玉嬌素淨的打扮，詫異道：「該不會……是嬌嬌又給大娘您買首飾了吧？」

阮老太太笑得紅光滿面。「妳算是猜著了，可不就是給我和老姐姐買的嗎？」她打開盒子給眾人看了看裡面的東西，嘆息著說：「這鐲子是山子買的，耳環和簪子是嬌嬌買的。兩個孩子搶著付帳，我攔都攔不住，妳說我這都老太婆了，給我戴這些不是白瞎了？」

葉氏慣會說話，聞言便道：「這可不白瞎，妳哪是戴首飾啊，這分明戴的是晚輩的孝心啊！要是往後我家孫兒有這份心，我作夢都得樂醒嘍！」

「肯定有、肯定有，自個兒立身正，孩子們也能教得好。」

第二十八章

阮玉嬌看見阮老太太樂呵呵的模樣，心中好笑。就算長輩再怎麼推辭，收到晚輩孝敬的禮物也還是打從心底高興的，還會不自覺地跟旁人分享，叫人知道自家晚輩有多好。恐怕平日裡看她們不順眼的人，這會兒都嘀咕阮老太太是在炫耀了吧？不過她這輩子的願望，不就是希望奶奶能肆無忌憚地跟人炫耀嗎？看奶奶開心，就是她最開心的事了！

許青山同里正的兩個兒子一起，手腳麻利，很快就把東西全搬進新屋子裡去了；至於最後怎麼收拾，那就等阮玉嬌得空慢慢歸置了。阮玉嬌趁這會兒工夫，已經燒好了熱水，兌上早上晾的涼開水，給里正幾人都端了水喝，連圍觀看熱鬧的人也招呼到了，葉氏等人都誇她知禮數。

阮玉嬌正好看見之前在她家蓋房子那八個人都在人群裡，便把欠下的五兩銀子分給了他們，笑道：「這幾日事情多，耽擱了，幾位大哥把銀子收好，將來若是還有要幫忙的地方，還得煩勞幾位大哥。」

「大妹子放心，往後再有這好活計別忘了我們就行。」

之前阮玉嬌手裡就十一兩，有一兩還是日常生活加給莊婆婆吃藥、換藥的錢，這蓋房子就欠了五兩。耽擱這幾天時間，已經有不少人說閒話了，猜測阮玉嬌是不是要賴帳？畢竟她們兩個老太太加一個小姑娘，就是賴帳，別人也不能把她們咋地。沒想到這會兒見著人，阮玉嬌這麼痛快就把錢給付了，倒是他們以小人之心度君子之腹了。

不過大家心裡也琢磨了，雖說阮玉嬌被判得了五十兩賠償，可這不是剛判，銀子還沒到手嗎？買一車東西，把房錢付了，還給老太太倆買了一盒子首飾，這、這銀子哪兒來的啊？難道阮老太太有那麼多私房？

這麼想的不單是外人，連剛剛趕來的阮家人也是這麼想的。劉氏擠到人群前頭就嚷嚷了起來。「娘，您這偏心都偏得沒邊了吧？不光跟這死丫頭一起騙我們分家，還把您的私房銀子都給她花了。您一共就三十兩，拿了十五兩起房子，又買了這麼些東西，剩下的都不夠吃飯了吧？」

向來聰明的陳氏這次也沈不住氣了。「娘，我們來也不是惦記您的私房，當初分家時我們沒吵著要，今天自然也不可能跟誰爭。可我們就想來說說理兒，妳兩個兒子、四個孫子，都不管了？都抵不過您一個孫女？往後您到底還認不認我們這些人了？」

阮老太太被兩個兒媳婦上來就噴一臉，滿心的高興都化成了憤怒。「妳們倆啥意思，跑這兒吵啥？我啥時候說我把銀子給嬌嬌了？妳們眼睛鑽我錢袋子裡了？還有啥叫我跟嬌嬌騙你們分家？是我要分家嗎？你們哭著、喊著非要分，到頭來把錯全推到我身上了？老大、老二，你們咋不說話？就由著你們的媳婦欺負我老婆子呢？得虧我是跟著我的孝順孫女過，要是跟了你們，哼！早晚得把我磋磨死！」
這話太誅心了，阮金多和阮金來都變了臉色。阮金多皺著眉上前，沈聲道：「娘，我們都知道了，嬌嬌她根本沒欠人二百兩銀子，當初妳們為啥那麼說？要不是為了這個家不垮掉，我們能著急分家嗎？」
他這話說得大聲，旁邊的村民聽見都震驚了，目光在他和阮玉嬌之間來回看著，被這突如其來的轉折驚得都有些反應不過來。許青山上前一步，擋在阮老太太和阮金多中間，冷冷地看著阮金多，讓阮金多忍不住心生怯意。不過許青山沒有說話，畢竟他什麼都不瞭解，只要表達出護著阮老太太的態度就行了，旁的還得他們自己解決。
阮老太太這下也明白過來他們是為啥來了，當即臉色一冷，嚴厲地道：「我就是念著你們是我兒孫，嬌嬌受了委屈，我也沒讓她把事往外說。既然你們現在不要臉，那今兒個咱們就把那些彎彎繞繞都給掰扯清楚了！老大，你說說，分家當天你為啥賠給嬌嬌五兩銀子？」
劉氏心裡一急。「娘，您可不能亂說啊，您還管不管您孫子了？」
阮老太太狠狠地瞪著她。「管我孫子？管我孫子就得讓你們逼死我孫女，往我們祖孫身上潑髒水？妳想得這麼美，咋還不上天呢？」
里正聽得糊裡糊塗的，但若是阮老太太占理，阮家人這麼胡說八道不敬老，他可就容不得了。於是便站到了阮老太太身邊，皺眉道：「怎麼回事？當天分家的時候我可是在的，是你們一再堅持分家，並把阮丫頭過繼，最後才簽下文書，這會兒又來鬧什麼？莫不是聽說阮丫頭得了賠償，就來占便宜了？」

陳氏可不能讓里正對她家壞了印象，忙說：「里正您誤會了，不是我們鬧什麼，我剛剛不也說了嗎，沒想跟誰爭什麼，我們是怕嬌嬌這孩子見多了外面的花花綠綠，歪了心思，把老太太的私房都騙光啊。您看我們身為子女的也是為了老太太好不是？真沒別的意思。」

陳氏算是阮家最會說話的了，明明藏著歪心思的是他們，還能被她說得這麼體面，阮玉嬌都不知該是欣賞她聰明，還是鄙視她無恥了？

她慢慢走到人前，對著阮家人笑了下，說道：「阮二嬸，您的意思是，你們今天過來就是怕我欺騙奶奶？那你們可以放心了，奶奶手裡的錢，一個銅板都沒花過，全都她自己攢著呢。我早就說過，寧願不嫁人也要好好孝敬奶奶，自然不可能自打嘴巴，叫奶奶替我操心。」

劉氏嘴快道：「黑白都是妳說的，那妳咋解釋起房子和買東西的錢？分家的時候，妳是不是說得賠錦繡坊二百兩？結果現在錦繡坊幫著妳一起打官司，分明就沒有賠償的事，妳這又咋解釋？」

阮玉嬌沈吟道：「按理說，我都過繼了，有什麼事都是不需要跟阮大嬸您解釋的，不過我看今日我要是不說清楚，這日子也沒法消停了。奶奶還累著，趕緊說完也好讓奶奶進去歇著。」

陳氏有些臊得慌。她才剛說他們過來是孝順老太太，阮玉嬌就把話點得明白透亮。要真孝順老太太能挑這時候來？老太太去鎮上大半天，肯定累了，有啥事能急得連老太太歇會兒都不讓？再說還這麼多人呢，怎麼看怎麼都像是找茬的。但他們既然要鬧，自然也預備好跟阮玉嬌鬥嘴皮子了，只要阮玉嬌解釋不出個一二三來，他們非得叫阮玉嬌把好處吐出來不可！

村民們連議論的工夫都沒有，全都盯著他們看，心裡頭猜什麼的都有，最震驚的莫過於欠錦繡坊二百兩銀子。打從阮玉嬌過繼以後，他們都看著呢，那一件件事都說明阮玉嬌有錢，本來還以為阮玉嬌是花了阮老太太的銀子，誰知阮玉嬌卻說阮老太太一個銅板都沒掏，這他們就不理解了，一個個簡直好奇得要命。

阮玉嬌頂著眾人的目光，淡淡開了口，卻是再一次在村子裡掀起了風暴。

「阮春蘭偷偷剪壞的那件衣裳，我說過了，是京城一位大戶人家的夫人的，我只是接了活，負責補補繡花。阮春蘭弄壞了人家的東西，人家卻只會找我算帳，賠二百兩銀子還是輕的，被遷怒全家才不堪設想，這也是你們當初要分家的理由，是還不是？」阮玉嬌冷靜地看著他們，半絲慌亂都沒有。

劉氏冷哼一聲。「要不是妳撒謊騙我們，還說得那麼誇張，我們會分家嗎？我們還不是為了家裡的幾個孩子好？妳也別揪著春蘭說事，她早就嫁到外地去了，且我們還替她賠了妳五兩銀子，不過是一時不知事，如今說這個還有啥意思？」

眾人一片譁然，怎麼也沒想到二百兩竟是這麼來的。阮春蘭那個悶不吭聲的黑瘦姑娘長什麼樣來著，她居然幹得出這種事？怪不得阮家大房的兩口子會賠給阮玉嬌五兩銀子，這是封口費啊！雖說跟二百兩一比，五兩實在是杯水車薪，但若阮玉嬌是惡意欺騙，那就不一樣了。

許青山已經皺起了眉頭。單從這隻言片語就瞭解了阮家人都是什麼樣的性子，看著阮玉嬌處變不驚的樣子，心中湧起的不是欣賞，而是疼惜。

卻見阮玉嬌似笑非笑地看著劉氏，淡淡地道：「當時遭逢危機，我和奶奶都在一心想著解決辦法，可你們只想和我撇清關係，當晚就堅定地要分家，把奶奶都氣壞了，這我沒冤枉你們吧？」

陳氏皺了皺眉。「嬌嬌，我們沒那麼大本事和妳一起承擔二百兩的賠償，下頭幾個孩子要養，我以為妳能明白的，而且這事從頭到尾也跟我們二房沒什麼關係，我總不能讓妳們兩姐妹的爭執連累到我三個兒子，妳說是不是這麼個道理？」

聽見的人不禁跟著點頭。阮春蘭和阮玉嬌的事，人家二房當然不該跟著摻和了，這家分得沒錯啊。可阮玉嬌卻笑了。「阮二嬸，您這話說得好，不管是什麼理由，我們原來可是一家人，可我被害背上二百兩的賠償，賠不出來還要進大牢，奶奶說要賣房子、賣地幫我還債，一家人應當齊心協力，可你們說，這都是我一個人的事，就該把我分出去，叫我別連累你們。我明白你們的難處，可既然當初在我危難時踩了我一腳，如今在我危難解除的時候，我幹啥你們就管不著了吧？」

眾人將心比心，想起前陣子阮玉嬌去地頭找人給起房子，當時阮家人還怕她跟家裡糾纏，主動說她是過繼的，跟阮家沒關係。當時阮玉嬌說，那她和錦繡坊的事也和阮家沒關係，阮家還巴不得的應了，想來那就是因為阮家以為她欠了二百兩，急著撇清關係呢。如今，不管阮玉嬌有沒有騙人，阮家見人有錢就黏上來，也真是夠難看的了！

不等陳氏等人糾纏，阮玉嬌就繼續把這裡頭的事給說清楚了。「我過繼到莊家，你們當時可是高興得很，里正可以替我作證，是你們樂不得的把我變成了別家人。之後奶奶疼我，願意跟著我一起出來，我當然不能讓奶奶替我操心。所以我一夜沒睡，想出了修補衣裳的方法，跟錦繡坊的喬掌櫃商量之後，就把那件衣裳改成了另一種樣式。大家都是做過衣裳的，手巧的也明白，破了的衣服能有法子改成不像破過的吧？」

「對，就是有人改得好看，有人改得難看唄。嬌嬌手藝能被喬掌櫃認可，那肯定能改好看嘍！」賣豬肉的葉氏立刻說了兩句，擺明站在阮玉嬌這邊，其他婦人們也跟著點點頭。

阮玉嬌又道：「喬掌櫃看過改好的衣服後，說我在這方面頗有天賦，不但把那道口子補得半點看不出來，還把那件衣裳改得好看了不少，本來值二百兩，一下子就能值

四、五百兩了。」

抽氣聲紛紛響起，阮家幾人更是瞪大了眼，劉氏不敢置信地質問。「咋可能就值四、五百兩了？以前妳做一件衣裳才掙二十文，哪有這本事？還是說妳一直就藏著、掖著，怕我們跟著妳沾光呢？」

阮玉嬌看她一眼。「阮大嬸真有意思，我藏著掖著有什麼好處？畢竟我從小到大也沒聽說過把閨女單分或過繼出去的，我還能未卜先知，瞞著你們這些？若不是這次被逼到了絕境，我也不知道自己還有這種本事，不然喬掌櫃怎麼會突然器重我，惹得別人嫉妒來害我呢？就因為我手夠巧，喬掌櫃極為滿意，不但讓我負責最新一批的衣裳樣式，還給我分了不少銀子，我才能起房子、買這些東西，讓我兩位奶奶過上舒服日子。至於我到底掙了多少銀子，我想就沒必要跟任何人交代了吧？畢竟，我是莊家的孫女，跟旁人可沒關係！」

阮玉嬌最後一句話不但讓阮家人尷尬，其他剛剛隱隱質疑過她的人也跟著臉紅。這人家自個兒的事關他們什麼事呢？頓時有不少人都看阮家人不順眼了。若不是阮家沒事找事，他們至於跟著丟人嗎？還好他們剛才啥也沒說，不然這會兒可就把阮玉嬌給得罪死了。一個能掙錢受錦繡坊掌櫃器重的人，得罪她不是缺心眼嗎？

將所有事情都解釋清楚，這是為了洗刷冤屈，剩下的就沒必要再多說。許青山向阮家人邁了一步，沈聲道：「清楚明白了沒有？我表妹如今是莊家的人，雖說我舅舅不在了，但有我在，就沒人能欺負我表妹。不管我表妹往後是發達還是落魄，再叫我看見你們糾纏她，就別怪我不客氣！」

許青山雙手握在一起，不見如何用力，就聽到骨節喀喀直響；再看他那高大勁壯的身板，沒人會懷疑那鐵拳落在人身上會有多恐怖。阮家兄弟倆瞬間就臉色發白，下意識地朝阮老太太看去，卻見阮老太太面無表情地看著他們，這一次，連失望都沒有了，只有無盡的冷漠。

兩兄弟心裡一突，感覺從前再如何鬧騰也不會放棄他們的娘，似乎真的不在意他們了。因為他們對阮玉嬌一而再、再而三的過分舉動，阮老太太已經徹底站到了阮玉嬌那邊，他們恐怕真的失去了什麼。但只是一個模糊的想法，他們並沒有多想，感覺到眾人目光中隱含的鄙夷，他們幾個都待不住，話也沒說一句，匆匆忙忙就走了。

當然他們這麼乾脆的離開，也有許青山的緣故在。許青山是當過兵、殺過人的，之前劉瘸子回村被人嘲笑的時候，有一回就差點把一個人掐死；後來他們雖然還是看不上劉瘸子，卻都不敢當面說他什麼，見著了也多是躲著走，畢竟誰也不願意惹一個敢下殺手的人。對許青山也是如此，剛剛許青山說得明白，阮玉嬌已經是莊家的人了，可以說是老莊家唯一一個後代，許青山成了阮玉嬌的表哥，不可能讓任何人欺負她。想要錢？那更是白日作夢，想都別想！

正因為明白了這一點，阮家人才不再說什麼，直接放棄了。跟阮玉嬌要好處可不容易，別弄到了錢卻沒命花，那真就哭都找不著地方了！

阮家人跑掉之後，里正掃了眼圍觀的眾人，冷聲道：「事情都一清二楚了，大夥兒往後也都管管自己的嘴，別聽著啥瞎話都往外胡咧咧，叫我知道誰挑撥是非，定然饒不了他！今兒個我就給大家個準話，錦繡坊原來的第一女工，就是今兒下大獄的那個，她的手藝比起阮丫頭還差得遠。如今阮丫頭就是錦繡坊第一女工了，喬掌櫃很器重她，將來她定然還有更好的前程，什麼歪門邪道都用不著，人家光明正大就能過上好日子。所以大夥兒再看見阮丫頭過得好也不用瞎猜了，這都是人家堂堂正正在錦繡坊掙來的。」

幾個心裡嫉妒的婦人，被里正說得臉紅，努力保持著臉上的鎮定，裝作自己一點歪心思沒有的樣子。葉氏則是笑盈盈地道：「我就知道嬌嬌有本事，但也沒想到能有這麼大的本事。錦繡坊啊，那可是鎮上最大的成衣鋪，我長這麼大都沒進去買過衣裳呢，嬌嬌厲害，將來指定差不了，老太太享福了。」

老鄰居邱氏也跟著道：「別管旁人咋樣，自個兒過得好才是真的。老太太，看您孫女這麼孝順，我們都替您高興呢，您辛苦了半輩子，往後只管享福就是了。」

其他人雖然嘀咕這兩人從一開始就跟阮玉嬌關係好，但這時候也只能默默感嘆，嘴上跟著說笑附和。看看人家葉氏和邱氏，不知不覺就抱上了阮玉嬌的大腿，阮玉嬌見天兒的去葉氏那兒買豬肉，還把地租給了邱氏，給了她們倆多少好處。不過這也羨慕不來，誰叫她們之前一直看輕阮玉嬌，還覺得莊婆婆家晦氣不肯靠近呢？如今只能多說好話陪笑臉，希望阮玉嬌往後能多提攜了。

阮老太太這才再次露出笑臉，在眾人的恭維中謙虛了幾句，客氣著讓大家散了。

熱鬧看完了，大家各回各家，里正跟許青山說好了等會兒過來吃酒就上了牛車，準備走的時候，往旁邊一看，卻看到了一個穿著粉色裙子的小姑娘跑走了。他詫異了一下，對許青山說道：「青山，剛剛你小妹過來，你看見了沒？」

許青山往四周掃了一眼，略有些茫然。「我小妹？」

「看我都糊塗了。你走的時候，你小妹約莫才六、七歲，如今長大了你不認得也在理。」里正恍然大悟，微微皺眉。不過那許桃花過來聽了半天，總不會不知道這是哥哥吧，怎麼一個招呼都不打就跑了？看來許家對於許青山的歸來還真是沒什麼喜悅，不然不可能都這時候還不露面。要是他家小子失蹤五年好不容易歸來，他估計就算沒穿好衣服都能衝出去見兒子，這老許家幹得是什麼事？

其實這也是許家人習慣了，從前許青山沈默寡言，總是悶頭幹活、進山打獵，能吃苦又不愛計較，他們都習慣忽視許青山的感受了。回來就回來唄，自己不進家門還等著他們去請嗎？就連許老蔫知道大兒子沒死，也僅僅是高興多了個兒子罷了，根本沒有急迫想要見到的心思，反正早晚得回來不是嗎？

於是他們就安安穩穩地在家待著，還對許青山回來兩天都沒到家裡頗有意見。唯一個腦子清楚的許青柏，因為要去書院早就走了，忘了叮囑他們表現得熱情點，就無意中給里正留了個壞印象。連好奇大哥究竟長什麼樣的許桃花，跑來看了會兒熱鬧也沒有打招呼的想法，特別是剛剛許青山嚇阮家人的時候，眼神真的好凶，嚇得她一個哆嗦，現在人群散了她不跑還等什麼？她還著急回去跟家裡人說這些事呢。

等到門前的人都散完，阮玉嬌扶著阮老太太進屋，讓她歇著和莊婆婆說話。兩個老太太把幾樣首飾拿出來擺弄，說著家裡又添置了什麼東西，把不高興的事都忘了，樂呵呵地直誇兩個孩子懂事。

阮玉嬌去新房子裡看了一圈，拍了拍身上的灰，對許青山笑道：「表哥，你剛才真厲害啊，把他們直接嚇跑了。」

「還是因為妳講道理，讓他們無地自容，他們才那麼容易退卻。」許青山拿起掃把掃了掃院子，繼續道：「待會兒要招待里正，光買豬肉顯得單薄了一點，趁還有時間，我去山裡看看能不能找回點東西吧？」

阮玉嬌聞言一拍手。「哎呀我都忘了，表哥你等等。」說著她就跑進屋翻找了一下，片刻後拿出一套弓箭來，笑意盈盈地望著他。「表哥，我聽莊奶奶說你喜歡打獵，想著你走了這麼多年，也不知打獵的東西還在不在，就給你買了一套。你先用著，若是不合手，將來再買新的。」

許青山詫異地接過，在手裡掂了掂。「妳還給我買東西了？」

「嗯，表哥，你過來看看。」阮玉嬌領著他到屋裡一個角落，指著一堆東西道：「這些都是給你的。我看你什麼都沒帶回來，不管你回不回許家，這些總是要準備的。我也不知道準備齊全了沒有，表哥你要是還缺什麼就跟我說，千萬別客氣。」

許青山看著許多瑣碎，可卻都是日常必備的東西，心中忽然湧起一股暖流。這麼多年，似乎除了他外婆，就再也沒人這麼用心的給他準備過東西了。但看到阮玉嬌關心中隱隱帶著崇拜的眼神，他又有些無奈。「表妹，我那天只是順手而為，妳真的不用一直記在心上。妳還說讓我不要客氣，但我們如今是親戚，我救妳也沒什麼恩情不恩情的，妳這樣記著，倒是讓我不知該如何是好了？」

阮玉嬌笑道：「你還說我，是誰在鎮上先搶著付帳的？我這也是有來有往，跟你學的啊。」

許青山笑著搖搖頭。「我說不過妳。不過聽外婆說，妳操心的事太多了，往後還是多考慮自己才好。行了，我去山裡轉轉，儘量帶回點獵物來，妳先忙著吧。」

「那表哥小心啊，獵物不獵物的不重要，豬肉就能做好幾樣菜呢，一定要注意安全。」阮玉嬌不放心地叮囑了幾句。她雖然給許青山買了弓箭，但那可不是要讓他靠打獵為生的，只是因為他喜歡才給他買了一套備用，若是他像五年前那樣打獵受傷，那她可就愧對恩人了。

許青山從前出門時，許家人都是叮囑他多打點獵物回來，如今聽阮玉嬌說獵物一點也不重要，心裡越發舒暢，又去莊婆婆那邊說了一聲，便快步進山去了。莊婆婆自然也是不放心的，不過許青山保證絕不進深山，看見大的獵物也不會招惹，這才被放行。

第二十九章

重新進入這片熟悉而又陌生的山林，許青山想起去世的師父，心情頗有些複雜。但到底這幾年經歷得多，對生死看得也淡了，除了心底的懷念，並沒有像五年前那樣悲傷。想到家裡那對祖孫對他的關懷，他感覺十分溫暖，覺得這次請辭退伍真是做的最正確的一件事。

戰場上刀光劍影雖然讓他熱血沸騰，但他到頭來最惦念的還是家裡這一份溫馨。也許是因為從小到大，他一直都想要擁有一個溫馨的家吧！

當年他師父是附近幾個村子裡最好的獵戶，他跟著師父，算得上是青出於藍而勝於藍。之後他在外五年的歷練，不但練了軍中的拳法，還對弓箭、匕首等物的使用更加得心應手，打獵自然是毫無問題。他想著家裡要待客，先逮了一隻野雞，隨後看到雨後的蘑菇，琢磨著可以配著雞一起燉，便採了一捧，都放進背簍。

山林是越往裡走越清淨，有一種鳥語花香的愜意，許青山動作也慢了下來，先到小河邊洗把臉，坐下休息一會兒。坐著坐著，他看到河裡有幾條魚，想著讓菜式多一點，乾脆挽起褲腿，下河撈魚去了。

水裡的魚滑不溜丟很是難抓，不過這難不倒許青山，他隨手抓過個拇指粗的樹枝，用力一刺，就挑起一條魚丟到岸上，如此反覆了幾次，共抓到六條一斤左右的鯽魚。他上了岸，搓了幾根草繩把魚串了起來，弄好之後，腿上的水也乾了，便又去打了一隻野兔。

看著天色不早，這些獵物也至少能做三道菜了，他才返身往回走，臨下山的時候，還掏了一窩鳥蛋。這東西有營養，就算拿回去不做菜，也可以給阮玉嬌和兩位老太太補身子。

下山的時候，遇到了兩個砍柴的，那兩人見了他便同他打招呼，再看到他獵到的東西，頓時眼睛一亮，笑著道：「青山這麼快就打了這麼多東西啊？出去一趟，越發有本事了！」

「是啊青山，往後靠打獵就吃喝不愁了，獵到這麼多，累得夠嗆吧？快回去歇歇！」

許青山客氣地點點頭。「家裡還等著做菜，那我就先回去了，改日得空再聊。」

「誒，快回去吧。」

等許青山走了，兩人說起他來也是頗為欽佩。畢竟不是誰都能在這麼短時間內獵到這麼多東西的，這本事真的能吃穿不愁，他們羨慕都羨慕不來。再者也不是誰都能完好無損的戰場上回來，對比之前死了的那些，和回到村裡，最後卻只剩一個劉瘸子的兩人，許青山居然是他們村去當兵那些人中唯一一個健康平安的，這就讓人不得不佩服了。

之前還有幾家人說要問問許青山別人是不是真的死了？誰知去晚了一步，就聽見阮家人在那兒吵吵了。後來見鬧得不太愉快，里正和許青山都沒什麼好臉色，他們就憋著沒問，打算等一天再提，別這麼不長眼的在人家高興的日子裡淨提些不高興的事。其實他們心裡也沒敢報太大的希望，拖一天，也是想再多做做心理準備吧，不要再聽一次噩耗，再傷一次心。

這兩人知道了許青山打獵比從前厲害的事，下山後同人閒聊就提了起來。這下子在阮玉嬌的本事令人側目之後，許青山也成為眾人的談資。

而許青山回到阮玉嬌家裡的時候，阮玉嬌已經燉上了紅燒肉，正在切肉準備炒菜。她見許青山拿了這麼多東西回來，擦擦手，驚訝地迎上前去。「怎麼獵了這麼多啊？這吃不完吧！」

許青山卸下東西笑道：「多了總比不夠強，畢竟是咱們村的里正，招待他們一家還是要豐盛一些比較好。我幫妳把這些處理了吧，妳看看還有什麼是我能幫忙的，再跟我說。」

阮玉嬌忙接過幾條魚道：「我來就好，你進山這麼久肯定累了，快洗一洗，進屋歇著去吧，跟莊奶奶說說話。」

許青山自然是不可能看她一個人忙。手洗乾淨之後，就和她一起蹲在井邊打水處理這些獵物。等開水燒好，燙雞毛、給野兔剝皮，許青山動作俐落，力氣又大，比阮玉嬌的速度快了一倍不止。阮玉嬌見狀，便也不阻攔了。這麼多樣菜，若是她一個人做，恐怕做完最後一道，第一道都涼了。

兩個人剛開始都是悶頭幹活，過了一會兒，許青山問起她們在村子裡有沒有被誰欺負過，顯然是打算秋後算帳，去找人麻煩。阮玉嬌從前雖聽過不少閒言碎語，但還真沒同人有多大矛盾，最無恥的就是阮家了，但她已經不放在心上，便跟許青山說不必在意。說完了自己的事，她也對許青山這些年在外頭的經歷很是好奇，知道軍裡有些事不能問，便隨口問起邊關與這邊有什麼不同？

許青山去過就不覺得稀奇，但沒去過的人總是對外面的一切心生嚮往，他便也很有耐心地同她講在邊關發生的趣事。兩人一個說一個聽，手上的動作不停，很快就把食材都處理好了。接著阮玉嬌盛出紅燒肉悶著，直接點了兩個灶，一起把雞和兔子都燉上，另外拿了兩條魚在平日裡熬藥的小爐子上熬魚湯。

許青山怕她忙不過來，就在旁邊幫著燒火，兩人配合得越來越默契，動作都快了許多。

莊婆婆坐在床上納完一個鞋底，抬頭就見阮老太太在窗邊往外看呢，不禁疑惑道：「妹子妳看啥呢？嬌嬌做飯用幫忙不？」

阮老太太搖頭道：「山子幫她燒火呢，我看他倆做得挺好，就沒出去。妳還別說，山子真有當哥哥的樣兒，才回來兩天就真心把嬌嬌當妹妹疼了，嬌嬌還從來沒被人這麼照顧過呢。」

莊婆婆往床邊挪了一下，伸長了脖子看了半晌，突然眼珠一動，問道：「妹子，妳說他倆看著配不配？」

「啊？」阮老太太頓時愣住了，再看看阮玉嬌和許青山說笑的樣子，怎麼看怎麼配，心裡就活泛開了。「妳不說我還沒注意到。他倆是表兄妹，又不是親兄妹，再說嬌嬌還是過繼的，原來都沒啥關係，還真能湊成一對。但是……兩孩子有那意思嗎？咱可別亂點鴛鴦譜，叫孩子尷尬了。」

莊婆婆笑起來。「那當然，咱倆又不是愛管事的，他們自己咋樣讓他們自己琢磨去。我就是看他們相處得好，才突然想到這一層，要是將來真能行，那也挺好的呀。兩孩子都懂事、都孝順，模樣也都生得俊俏，我真是咋看咋滿意。就是不知道山子這次回來打算幹點啥？嬌嬌可是都成了錦繡坊第一女工了，山子要是不努力，那這事咱也不能提。」

「有妳這麼想外孫子的嗎？我看山子好得很，光看他為人處世就知道這孩子錯不了。妳等著瞧吧，山子將來必成大器！」

老太太們在屋裡越說越高興，看阮玉嬌和許青山的眼神也多了幾許不知名的期待，竟有一種肥水不流外人田的感覺。尤其是她們倆之前都給孩子相看過親事，可就是沒找著滿意的，如今看著看著，眼前的可不就比旁人都要般配嗎？

只是兩人心裡也都各有顧慮。莊婆婆擔憂外孫配不上阮玉嬌也是常理，誰讓阮玉嬌現在改件衣裳都能掙六十兩了呢？她是咋想也想不出外孫子除了打獵還能幹啥？可打獵多危險啊，她又不願意讓孫子去山裡頭掙命。再說打獵也沒有阮玉嬌在鎮上上工體面，說不定阮玉嬌會嫌棄呢，不是一直說要搬去鎮上的嗎？

而阮老太太也有顧慮。她之前看上了許青柏會讀書，很有可能考秀才，就去側面瞭解了一下許家。雖說當時沒瞭解得這麼徹底，但也知道許青柏為人傲氣，他娘和二嫂都不是好相與的人，那一家的媳婦不容易當，嫁過去指不定都不比阮家舒坦。所以雖然她這會兒看許青山順眼，卻也顧忌著阮玉嬌跟他進許家門會受委屈，提起來也是含含糊糊。

阮玉嬌和許青山熱火朝天地做飯，還不知道老太太倆都想那麼長遠了，他倆一個念著對方的救命之恩，一個念著對方救下了外婆，心裡都特感激對方。此外，一個頭一次有哥哥，一個是頭一次體會到當哥哥的感覺，兩人還真沒有想歪，都把對方當自家人，倒是讓她們白操心了一場。

等到雞和兔子都燉好了，阮玉嬌又把剩下的四條魚燉上，另一個鍋則開始炒菜。一個青菜炒肉，三個素炒青菜，再加上之前做好的紅燒肉和魚湯，總共是八菜一湯，且個個都是大盤裝的，分量十足，擺了滿滿一桌子，看著就食欲大開。

他們掌握的時間剛好，這邊菜餚才擺上桌，里正就領著一家十口人上門了。瞧見桌上這麼豐盛的飯菜，幾人都露出驚訝的神色，里正先開口道：「咋弄這麼多好菜呢？不是說家常便飯嗎？我看人家辦喜事的都沒你們這一桌豐盛。」

阮老太太笑著迎他們入座，說道：「咱今兒個不是高興嗎？再說招待里正你們一家也不能寒磣了不是？」

舊房裡地方小，桌子是擺在院子裡的，莊婆婆也被許青山揹出來坐到了椅子上，笑道：「妹子說得對，里正你們快坐下，菜剛出鍋，大家趁熱吃吧！」

里正除了兩個兒子以外，還有個十五歲的小女兒，只比阮玉嬌小了兩個月，是個善良活潑的性子。她前陣子去外婆家了，剛剛回來就聽到不少關於阮玉嬌的事，早好奇了，這會兒就主動坐到阮玉嬌身邊，笑著跟她打招呼。「嬌嬌姐，我叫蓮花，妳還沒見過我吧？我聽我娘說過妳的事了，妳可真厲害啊！我要是有妳這麼大本事就好了。」

阮玉嬌給眾人分了筷子，笑道：「妳有家人疼寵，哪裡需要像我一樣在外拋頭露面的啊！若真要咱倆換換，妳才該不樂意了呢。」

蓮花一想，笑嘻嘻地道：「那還真是，怪不得我娘總說我身在福中不知福，我以後得好好孝順我爹娘。不過嬌嬌姐，我以後能來找妳玩嗎？平日裡總是在家繡花，好沒意思。」

「妳來我這兒也是天天繡花、做衣裳呀。」

「才不是呢，我都聽說了，妳之前帶著幾個弟弟的時候，帶他們採花、採果子、抓魚，還給他們講故事，玩得多著呢。」

阮玉嬌這才想起在鎮上買的糖葫蘆和糖人還沒給他們。一直忙著做飯，把這事都忘了。她看看蓮花笑道：「敢情妳這是想讓我哄妳這大孩子呢？」

里正媳婦頓時笑了起來。「嬌嬌妳別管這個皮猴，小姑娘家的整天就想著往外跑，一點都不老實，她要是煩妳，妳別搭理她。」

阮玉嬌笑說。「活潑點好啊，我也很喜歡蓮花妹妹，若是妹妹日後得空，就來找我玩吧。」

幾人都坐好了，阮老太太和莊婆婆想到這段時間發生的事，都有些感慨，以水代酒各自敬了里正一杯，說道：「家裡發生這麼些事，多虧里正幫忙主持公道，這要是碰到那種不地道的人，我們老的老、弱的弱，恐怕真就在村裡待不下去了。真是要謝謝里正啊，幫了我們這麼多。」

里正連連擺手。「兩位大娘說的這是什麼話，我既然做了這個里正，自然得公平公正，村子發生的事也都是要管一管的。往後若是再有人想欺負妳們，妳們只管去找我。」

里正的兒子笑道：「爹，您糊塗了？如今青山兄弟回來了，誰還敢來欺負人？我看青山兄弟就是個不好惹的。」

幾人聞言都笑出了聲，想起了之前許青山嚇唬阮家人那一幕。許青山也跟著笑，給他們倒滿了酒之後，舉杯說道：「我這五年不在村裡，多虧里正叔照顧我外婆和表妹她們，我敬里正叔一杯，往後若是里正叔有用得著我的地方，知會一聲，我定無二話！」

「好！」里正跟他碰了杯一飲而盡，笑道：「你小子辦事光明磊落，如今回家來，咱村就又要多一個好小夥兒了。不管你打算幹點啥，記著一定要好好幹，腳踏實地，穩穩當當的，將來才能有出息，叫妳外婆她們驕傲，知道不？」

許青山點點頭。「里正叔的話我都記下了，定不會辜負里正叔的期望，也不會叫我外婆她們失望的，您放心。」

桌上的菜色香味俱全，讓人垂涎欲滴，三個孩子早就忍不住想吃了。阮玉嬌見狀就招呼大家開飯，而許青山也繼續為里正倒酒，邊勸酒，邊勸他吃菜。酒過三巡，菜下去一半，里正已經有了三分醉意，卻還沒忘記待會兒要帶許青山去許家走一趟，看看許家到底是怎麼安排的？

許青山見里正這麼惦記他和許家之間的矛盾，想了想，便放下酒杯主動提了起來。

「五年前我尚有幾分愚孝，自覺身體髮膚受之父母，總念著那份恩情，任勞任怨。但我師父去世的時候，我受了傷，不但不能繼續打獵、不能幹重活，還要花錢養傷。結果里正叔也知道了，朝廷招兵，一家出一個，我家三個兄弟，二弟、三弟都健康，最後卻推了我這個受傷的人去當兵。當時我外婆懇求他們出五兩銀子把我保下來，但他們不肯。從那時起，里正叔，我覺得我這份生恩已經還了，父慈子孝，首先要父慈才行，不是嗎？」

許青山表情淡淡的，彷彿說的是別人的事，卻讓阮玉嬌看得有些心疼。原來她的恩人從小到大也極少感受到親情嗎？她只有奶奶疼，他是只有外婆疼，她奶奶好歹還能壓制住家裡人，沒讓她受過太大的委屈，可他，他的外婆畢竟是外人，那些年他受了很多苦吧？

里正聽了這話，瞬間酒醒了一半，心裡琢磨了一下，沈吟道：「這件事，確實是許老蔫狠心了。」

許家到底有沒有這五兩銀子，別人不清楚，他還能不清楚嗎？在許青山去當兵之後，許家還在想法子給許青柏找更好的老師呢，沒錢怎麼找？所以這事都不用掰扯，他就知道是許家放棄了許青山。許青山的爺奶早沒了，那一家子除了後娘和同父異母的弟弟妹妹，就只有許老蔫是和許青山最親的人，可許老蔫……這人不提也罷。

里正打量著許青山的神情，問道：「雖說我能理解你的感受，但不孝的罪過大於天，這種事就算拿出去說，頂多也就叫人念叨兩句後娘心狠，旁的就沒啥了。你如今平安歸來，若是不認他們，跟他們鬧得難看，恐怕最後毀了好名聲的人還是你啊。再者你三弟讀書很受書院的老師賞識，似乎很有把握考上秀才，大夥兒看在秀才的名頭上，也很難站在你這邊的。青山，我不是叫你忍氣吞聲、受委屈，只是，你將來要在這裡生活一輩子，有些事要考慮好啊。」

許青山給他斟滿酒，笑容中並沒有仇恨，只有對路人一般的不在意。「里正叔，這幾年我在外頭經歷過不少生死關頭，對許多事都看開了，家裡這點爭吵矛盾根本無關緊要。人生苦短，有時間還不如多做些自己喜歡的事、做些有意義的事。」

莊婆婆聽到這兒有些急了。「山子！你這就原諒他們了？許老蔫那個窩囊廢什麼主也做不了，你回去還不是被你後娘拿捏？她有好的全給她兒子和閨女了，你就是累死累活給他們掙錢的，最後撈不著啥不要緊，咱也不稀罕，但你要是累出個好歹來，叫外婆可還咋活啊？你聽外婆的，待會兒你要跟里正去許家是不？你揹著外婆一起去，這麼多年的恩恩怨怨，我跟他們說道清楚了，既然五年前他們不要你，那如今你就跟他們沒關係！」

里正苦笑了一下。「莊大娘啊，妳這不是讓青山為難嗎？他要是回來像劉癘子那樣落魄，怨怪爹娘還有幾分道理。可他如今好端端的，看著比從前還壯實，若是就這麼跟許家鬧掰，村裡人全都得說他白眼狼啊。妳說幹活太累啥的，那家家戶戶都有幹活重的，咱村裡這樣的人少嗎？站在青山這邊的不會有幾個人的，到時候他在村子裡被人指指點點，咋過日子呢？往後青山說親也不好說啊，就是找活幹，人家都不能樂意要。」

莊婆婆下意識地看了眼阮玉嬌。里正的話她聽進去了，名聲有多重要？單看她這些年被說成掃把星的後果就知道了，她心疼外孫，還真捨不得讓外孫也落得這般境地。

許青山見狀，握住了莊婆婆的手，眼中透著溫暖的笑意。「外婆，您還不信我嗎？我都說了，生恩已還，往後不會再給別人做牛做馬了。他們讓我做什麼是他們的事，但我想做什麼是我自己的事，您就放心吧，我要是那麼容易吃虧，哪還能好好的回來見您？」

莊婆婆想到劉瘸子和那個斷了胳膊沒挺過去的李家小子，心裡頓時一緊，知道他們在外打仗定然凶險極了，外孫指不定遭了多大的罪才能回來呢，不過同時也讓她相信了許青山的話。這麼個高高大大的外孫，除了用孝道壓制，她還真不信別人能欺負了他。於是她也就點頭鬆口了。「你們說得都有道理，唉，我啊，如今只盼著你能早日成個家，有個後。要是許家能分家就好了，往後各過各的，大家都痛快。里正你說呢？」

「這……我也不能攛掇人家分家不是？」里正無奈地搖搖頭。別人家分家還有可能，但許家還真不可能。那許青柏眼看就要考秀才了，誰會放著便宜不占跟他分家啊？這些年許家全家供著許青柏讀書，不就指望著一人得道，雞犬升天呢嗎？

莊婆婆也明白這個道理，而從以前的經歷來看，讓許方氏那個女人主動放棄許青山這麼個苦勞力，也不大可能。莊婆婆嘆了口氣，實在是沒什麼好辦法了，但看到許青山淡然的模樣，她心裡的不甘也漸漸散去。也許應該多讓孩子自己做主了，孩子這麼大，還在外頭見過世面，考慮得總比她一個老婆子要周全吧？

阮玉嬌見她態度鬆動了，便勸道：「莊奶奶別擔心，這會兒還沒見到人呢，就算他們對表哥不好，那咱們也可以到時候再想辦法啊，最差也差不到哪兒去。五年前是咱們沒錢，不認識什麼人，表哥才受了委屈，但如今我們好好生活，還是有能力的，說什麼都不會讓表哥再吃虧。我倒是覺得不用急著做什麼，那天許青柏來家裡，您也看出來了，他心眼不少，若是表哥就這麼跟家裡決裂，恐怕許青柏肯定要潑表哥髒水，那樣不是麻煩更多嗎？」

阮老太太也勸道：「是這麼個道理，雖然咱們不怕啥，但麻煩少點更好。所幸山子這麼大了，不會叫老許家的人欺負了去，有啥事先觀望著看看再說吧。」

里正聽他們這麼說許青柏，心裡有幾分詫異，他對那孩子的印象其實還不錯的，很懂禮貌，也很有學識。不過在他們面前，他什麼都沒說。兩邊的矛盾大約是化解不了了，既然這樣，只希望他們能和平相處，不行就試試問許老蔫願不願意分家吧？

安撫好了自家外婆，別人怎麼想的，許青山根本不在意。酒足飯飽之後，里正媳婦和她的兒媳婦並女兒非要幫著收拾，幾個女人動作麻利，不到一刻鐘就收拾妥了。里正看看天色，便招呼許青山跟他走。回村不進家門是很不像話的，有里正跟著，倒是多了幾分給許青山撐腰的意思，讓莊婆婆心裡舒坦不少，覺得阮玉嬌說的「有事找里正」還真挺對的。

阮玉嬌將他們送到門口，把兩個大包袱交給許青山，叮囑道：「表哥，這些東西你拿好，我都洗過一遍了，你拿過去把房間打掃一下就能用。不過裡頭的被褥是舊的，你先應付著用，新的過兩天就給你做出來。還有，明早上若是在許家吃不飽的話，就到這兒來吃，我多做點，今天的菜也剩下不少呢。」

她說什麼，許青山都一一應了。旁邊的里正好笑道：「妳這丫頭，把那許家當龍潭虎穴了？放心吧，就算是龍潭虎穴，妳表哥也未必闖不得，他可不是當年那個愣小子了。」

阮玉嬌不好意思地一笑。「讓里正叔看笑話了，我這不也是看這兩天許家人一點動靜都沒有，比較擔心嗎？行了，那你們趕緊走吧，待會兒天黑路就不好走了。」

許青山笑笑。「麻煩表妹多陪陪我外婆，我怕她擔心。其實真沒什麼事，頂多就是吵吵鬧鬧，又能怎麼樣？外婆恐怕還把我當小孩子呢。」

阮玉嬌也跟著笑了起來。一想可不是嗎？她是個小姑娘，尚且能從阮家脫身而出，恩人比她厲害許多，怎麼可能被許家人欺負？再說這世道男人和女人畢竟是不同的，就是里正反覆提起的「名聲」二字，對男人也是寬容許多。只要許青山自己立得住，將來成家立業有一番作為，這些瑣事根本就不值一提，她們實在不必過於擔心。

這麼一想，阮玉嬌就放鬆下來，覺得對於恩人的事情太過緊張，笑著道：「表哥，你就放心吧，我會勸莊奶奶的。」

想通之後，阮玉嬌真的就沒怎麼擔心了，想到要給恩人準備被褥和衣服，她就趕緊拿好材料去了莊婆婆屋裡。一邊做針線，一邊逗莊婆婆和阮老太太解悶，她拐著彎勸了勸莊婆婆，又有阮老太太在一邊幫忙，沒多久莊婆婆就不那麼掛念了。到底之前會那麼緊張還是因為曾經失去過，痛失所有親人的慘痛刻骨銘心，她這才想叫外孫待在她眼皮子底下，不過他們說得都對，如今這樣是最好的安排。

第三十章

里正微醺著跟許青山一邊說話，一邊前往許家，里正的大兒子不放心他走夜路，也在旁邊跟著。許家和好多人家一樣都是兩頓飯，下午那頓吃了，晚上根本就沒什麼事，院子裡安靜得很，只有許老蔫和許青松在默默地編著籃子。

里正敲了敲木頭大門，揚聲道：「許老哥，在家吶？青山回來啦！」

許老蔫一愣，立即起身打開大門，待看到許青山時，反倒少了兒子歸來的激動，因為眼前的許青山看著實在是有些陌生。一樣是那麼高大結實的身板，但從前他只覺得這是他兒子，如今卻感覺這和鎮上許多有出息的男人一樣，與他這莊戶裡的人區別甚大。

許老蔫呆了一會兒，才有些不習慣地招呼道：「山子你、你回來啦！」接著他便讓開了路，對里正笑說：「煩勞里正跑一趟，快進來坐坐。老二，趕緊倒點水去。」

許青松的反應跟許老蔫差不多，他大概也是這家裡唯一一個像許老蔫的人了，聞言忙點點頭，跑到灶房倒水；而屋裡歇著的許方氏、許姚氏和許桃花，全都聽見聲走出來，一一同里正問好。

許青山等他們寒暄了幾句，才淡淡地道：「爹、娘，我退伍回來了，以後若是不出意外，應當是不會再遠離故土了。」

許老蔫搓著手點點頭。「好、好！」他想到當年兒子走時質問過他，問他說自己到底是不是他親生的？那時的許青山滿臉失望，如今則有一道鴻溝隔在兩人之間，倒是真的不像父子了，讓他有點不敢看向許青山的眼睛，除了說「好」都不知道該說什麼？

許方氏在里正面前還是很有些「賢良淑德」的樣子，微笑著說：「之前劉瘸子說老大死在戰場上，我就不大信。老大連山裡的老虎都能打死，哪能當個兵就出事了呢？這不，果然叫我給說著了，老大就是有本事，比劉瘸子他們晚好幾年才回來，肯定是得了官爺的賞識了吧？你說你這孩子，咋也不知道給家裡報個平安呢，白白叫我們替你擔心這麼多年。」

她前頭是對著里正說的，後面一句就是對許青山說的了。里正眼皮子一跳，心想果然叫他們給預料到了，許青山一回來，許家人必定要洗白自己，就算故意放棄他也得說成是替他好。可不是嗎？老虎都能打死的漢子，當兵指不定能加官進爵，這是為他前程考慮啊，說得可真是用心良苦。

許青山嘴角一揚，回道：「我託人送了幾次信，若是你們沒收到，那興許是邊關太亂，那些送信的人都死了吧。」他是沒送，但別人有送的。這話雖有點誇張，但也不假，簡單一句話就點出了邊關的危機四伏。他又繼續說道：「五年來幾次凶險差點喪命，我一個山村小子去到外面就不算什麼了。當時又受了傷，著實沒機會討得官爺賞識，保住這條命還是我命大，這次為了回來還欠了同行的戰友幾兩銀子，讓爹娘失望了。」

許方氏臉色微變，看向他的眼神立刻就帶出了冷意。「你為了回來還欠了銀子？多少？你在邊關當兵，那麼亂的地方就一點沒攢下啥？」

「軍紀嚴明，我不敢私藏東西，且打仗的地方太過清苦，為了吃飽，這些年什麼都沒攢下。還好一位戰友家中富裕，典當了他的玉珮，我這才能借了銀子回來，不多，五兩吧。」許青山坐到了一邊，對他們緊繃的情緒視而不見，隨口就編出了一個淒涼的故事。

許方氏已經撐不住關懷的表情了，嘴角下拉，對許青山更多了兩分厭惡，咬牙道：「里正，您看這可如何是好？您也知道，家裡要供老三讀書，我們幾個平日裡都是省吃儉用的，根本沒有多餘的銀子，怎麼幫老大還債呢？」

她給許姚氏使了個眼色，許姚氏立即為難地說道：「大哥，既然是你的戰友，想必你們關係很好，咱們拖欠人家的銀子也不適合。可家裡實在困難，想幫忙都幫不上，這、這可咋辦？」

許老蔫沒那麼多心眼，一聽這話就懵了，著急道：「這咋辦？欠著人家的銀子，人家會不會上門要債來？這、該不會找家裡人的麻煩吧？山子，你戰友家在哪兒啊？」

許青山心中一動，抬眼說道：「住鎮上，似乎就在書院附近吧。」

許方氏突然一個哆嗦，想起了劉瘸子被侮辱差點掐死人的事。這許青山的戰友定是當過兵、殺過人的啊，萬一要債不成，豈不是會就近找老三的麻煩？她家老三可是她一輩子的指望，這怎麼成？

這下子許方氏也顧不上在里正面前裝慈母了，急忙道：「老大啊，咱家是真沒有，要不你先去你外婆那兒借點？」

許青山挑眉道：「我外婆？聽說她這幾年過得孤苦伶仃，無人照拂，若不是表妹心腸好，都等不及我回來見她了，她哪裡管得了這種事呢？」

許家人被他含沙射影的話弄得表情一僵，但許姚氏還是硬著頭皮道：「大哥，今兒個鎮上的事我們都聽說了，表妹她如今有本事，手頭也鬆快，不如先請她幫幫忙吧。」

「對啊，大哥你不是救了她嗎，她咋也該報答報答救命恩人吧？」許桃花忍不住嘴快，把最終目的說出口，剛說完就被許方氏瞪了一眼，連忙閉上嘴退到了許姚氏身後。

許方氏暗罵閨女沒腦子。這種事誰提誰不討好，她一個小姑娘哪能摻和呢？就該讓兒媳婦說才行，就算被人知道了，也只會說姚家不會教閨女，跟他們許家是沒關係的。

但事已至此，許方氏就只能輕咳兩聲跟著說道：「老大，這也是一個辦法，如今阮姑娘是你表妹，那大家就是一家人了。再者你確實救了她，不然她一個小姑娘……唉，那些就不提了，咱不說啥報答的話，請她幫幫你該是可以的吧？」

早知這一家子定然比阮家人更貪心，所以許青山才編了個欠下五兩債的假話，沒想到一詐就詐出來，他們竟想挾恩圖報，貪下阮玉嬌那五十兩銀子呢！雖然他們誰也沒說數目，但一口一個「救命之恩」已經很明顯了。許青山淡淡地道：「是我沒說清楚。我外婆知道我欠了債，雖然幫不上忙，但也幫我求表妹幫忙了，所以那五兩銀子今日在鎮上已經還了。」

許家人頓時一喜，許姚氏忙問。「大哥，那表妹她可還有其他表示？」

許青山自然地點點頭。「表妹見我有難處，一定要給我十五兩銀子作為報答。其實我不過就是順手而為，哪裡好意思要？但表妹堅持，我推卻不了，只得收下。正好在鎮上就把銀子還給了我戰友，後來里正叔告訴我，是表妹她們祖孫救了我外婆，為了表達謝意，我用六兩銀子買了兩對手鐲，孝敬了外婆和阮奶奶，又給表妹的新家添置了幾樣東西，之後想到我空手回來什麼都沒有，就在表妹的建議下買了這些。」

許家人順著他手指的方向看到了地上兩大包袱，看到那木盆、布巾等等都是全新的，且品質上乘，比許青柏用的還好，頓時心疼起銀子來。他許青山一個糙漢買這麼好的東西幹啥？這麼兩大包得花多少錢啊？許桃花咬咬嘴唇，再次沒忍住，小聲問道：「那你……還剩多少錢了？」

這會兒許方氏也顧不上瞪她了，直直地看著許青山，等他回答。

許青山對他們露出個溫和的笑容，說道：「還剩一些，大概二十文吧。」

二十文！一兩銀子一千文，十五兩銀子有一萬五千文，他居然好意思說只剩了二十文？可聽他剛剛說的那些，還真是要花那麼多銀子。但關鍵是，還債也就算了，憑什麼給兩老太太買六兩銀子的鐲子？憑啥給阮玉嬌新家添東西？他是傻子嗎？

三個女人在心裡瘋狂的吶喊，連許老蔫和許青松聽了這數目，也難以控制地彆扭起來。十五兩銀子都能起新房子了，居然就這麼被許青山花沒了，他出去一趟怎麼變得這麼敗家？可無論他們有什麼想法，當著里正的面，什麼都不能說，誰讓剛剛許青山先說了是報答阮家祖孫救了他外婆呢？

他們許家沒念著情分照顧莊婆婆，這會兒人家報答別人，他們還有啥好說的？這時許方氏竟然有些後悔。早知道就跟那死老婆子維持表面的情分了，如此一來，那些銀子就都是她的了。可世上沒有後悔藥可吃，她除了心疼還是心疼。十五兩銀子啊！若她早些去見許青山、早知道這事，起碼能弄過來十兩，她怎麼就端著架子在家等了呢？實在後悔死了！

許青山彷彿看不見他們的難受，往四周打量了一圈，問道：「我的房間還留著嗎？時間不早了，今晚上我住哪兒？」

幾個女人不樂意搭理他，許青松結結巴巴地說：「留、留了，大哥就住你原來的房間。」

許青山狀似滿意地點點頭，就要起身把包袱放進去，突然又像想起什麼似的，問了句。「我這麼久沒在，裡面都是塵土，沒法住吧？會不會堆放著東西呢？有地方睡人嗎？不然，我今晚先在三弟的房裡將就一夜？」

那屋裡可不就堆放著東西嗎，白天許方氏叫許姚氏收拾，可那屋子本來已經打算未來要留給許姚氏兒子的了，如今被迫還給許青山，她心裡能痛快嗎？自然是不那麼盡心盡力，只把能用上的搬回自己屋去，其他閒置的就直接找了個角落堆到了一起，占了大概半張床的位置。至於打掃，她就掃了下地，灰是沒耐心擦的，想來許青山一個當過兵的糙老爺們也不會挑什麼。

可她萬萬沒想到，這個糙老爺們他就挑了，還是當著里正的面挑的，她心裡尷尬，頓時不知該怎麼解釋，只得乾笑道：「我本來正收拾呢，孩子就哭上了，我這、這光顧著哄孩子，還沒收拾完呢。」她可不敢讓許青山去許青柏的房裡睡，那婆婆還不得記恨上她啊！

許方氏一聽就知道她偷懶了，再看里正皺起了眉，似乎對他們有些不滿，忙板起臉斥責道：「那妳還等啥呢？還不趕緊去把屋子打掃乾淨！老二、桃花，你們都去幫忙，你們大哥好不容易回來了，可得讓他住得舒舒服服的！」

若是可以，許方氏恨不得咬下許青山一塊肉，可在里正面前，她咬著牙也要維護好許家的形象，絕不能給小兒子添麻煩，她還等著小兒子考狀元，讓她當老封君呢！許青山算什麼？這點小事，她忍！

但想歸想，許方氏在許家稱王、稱霸十八年，何曾忍過這種氣？心裡憋悶得讓她臉都有些發白了，若非硬憋著一口氣，她恐怕非破口大罵、拿棍子打人，才能發洩心中的怒氣。被她點名的幾個人跑去收拾屋子，只剩下她跟許老蔫還有許青山陪里正坐著了。

不說話是失禮的，可許方氏這會兒腦子快成漿糊了，硬扯了幾句，尷尬得要命。她瞥向許老蔫，頻頻給這個當家之主使眼色，可許老蔫縮著腦袋坐在一邊，對里正似乎本能地有些懼怕，一句話都說不出來，最後竟然是許青山給里正父子續了水，同他們閒聊起來，不管是說村裡的事還是外頭的事，都說得頭頭是道，一點不怯場。

見著這一幕，把許方氏給氣得夠嗆，看看自己嫁的男人、生的兒女、娶的兒媳，竟是一院子人都被許青山給比下去了，這不是說她輸給了前頭那個女人嗎？許方氏暗暗吸了幾口氣，想到許青柏的優秀才覺得稍微好受了一點。可許青柏不在眼前，對著和從前大不相同的許青山，她還是心口發堵得厲害。

里正從頭到尾都沒和許家人說幾句話，尤其是涉及到恩情債務之類的事，他都沒插嘴，想要看看許青山和許家人的態度和立場，沒想到卻是看了一齣好戲。人家許青山沒回來之前就說了不會追究什麼，只願平淡相處，可剛回家隨口一詐，就詐得許家人原形畢露，那貪婪的嘴臉，即使拚命掩飾也顯得難看至極。還有許青山的屋子，先前咋樣他不知道，可這會兒看許青松裡裡外外地搬東西，許姚氏和許桃花蹙著眉洗了多少次抹布，就能知道那裡頭跟倉房也差不了多少。

許青山都回村兩天了，一個不大的屋子都收拾不乾淨？要是這點活都幹不了，他們許家人未免也太沒用了吧！這分明就是輕視許青山，就像許多人輕視劉瘸子一樣，根本沒把他們放在眼裡。里正想起劉瘸子差點掐死人的事，不禁又皺了皺眉。希望許家人識相點，若是惹急了許青山，恐怕屠殺滿門都不是不可能，真就不會像劉瘸子那麼容易收手了。

考慮到這一點，里正斟酌許久，還是開口說道：「你們家裡有沒有打算再起房子啊？」

許方氏剛說了沒錢還債，自然不能露餡，忙擺擺手道：「哪有這個打算，家裡一點銀子都沒有呢，想起也起不了。」

「嗯，這樣的話，你們家三個兒子，我看這院子有些不夠住啊。」里正打量著幾個有些舊的房間。「如今下頭小的還沒長大，若是大了，可就沒地方住了，你家老三若是娶妻，也得讓家裡敞亮點不是？有沒有想過給孩子分分家啊？」

「啥？分家？」許老蔫和許方氏都睜大了眼，許方氏不明白他到底啥意思，問道：「這好端端的分啥家呢？分了不也還是住這些人嗎，別的地方又沒地住。」

里正捋了下鬍鬚，沈吟道：「當年青山他師父在山腳下有個屋子，一日為師，終生為父，那屋子雖說小了點、破了點，但如今青山回來了，就應該是給青山的了。」

意思就是，若許家分家，可以讓許青山去他師父的房子住了？那裡離許家不近，往後若是無心來往，除了過年過節，估計都碰不到幾回，許方氏一聽就心動了。可她轉念一想，許青柏去書院之前再三囑咐，說一定要對許青山好點，體現他們的關懷，不然會影響他讀書人的名聲。至少短時間內是一定要維持表面和睦，那單把許青山分出去就很不適合了。

這般一想，許方氏又想到了阮玉嬌。雖說她看不上阮玉嬌跟親爹鬧翻，拋頭露面，但她不得不承認阮玉嬌很有本事賺錢，如今手裡頭可是有幾十兩銀子呢。之前阮玉嬌給許青山報恩的銀子，她一點沒撈到，但只要阮玉嬌是許青山的表妹，他們將來的機會還多得是啊！這樣一層關係，她可不能說斷就斷，怎麼也要大大撈上一筆才能把許青山丟了，如今能利用的時候，說什麼也不能分家。

這些想法在許方氏腦子裡轉一圈，也不過就是眨眼間的事。她看看許青山，就對里正笑著道：「老大離家這麼多年，我們家裡人也想得慌，分家的事還是等孩子長大真住不下再說吧。不過老大他師父那間房子，畢竟是他師父的一番心意，還請里正幫忙看顧著點，留給老大以後用吧。」

里正皺了下眉，見似乎在許青山預料之中，連臉色都沒變一下，只能在心裡嘆了口氣，覺得許家人若想算計這小子，恐怕要踢到鐵板了，便不再言語，起身道：「收拾好就早點歇著吧，青山這兩天也累壞了，那我就先走了，有事再去找我。」

幾人連忙起身相送，看著是和和氣氣的，彷彿這家人什麼矛盾都沒有似的。里正父子走遠了之後，說起許家的事，里正背著手嘆道：「許家人啊，我一直覺得他們挺聽明，就怕他們聰明反被聰明誤。你瞧著吧，如果他們真要對青山不利，肯定最後怎麼吃了大虧都不知道。」

里正的兒子笑道：「爹說得是，要不是之前跟青山聊過，我還真信了他方才那套說辭。」

里正捋了捋鬍鬚，淡笑道：「你還年輕，只看到了表面。你以為他是故意把自己說得淒慘？你看看他身上那氣勢，收斂了還能讓村民側目，若是不收斂還了得？短短五年他就有這麼大的變化，在邊關吃的苦只會比他說得有多無少。只不過啊，他大概真像他所說的那樣，根本不把這些小吵小鬧放在眼裡，隨口編兩句，耍他們玩呢。你瞧瞧，這不就擋住他們去跟阮丫頭挾恩圖報的意圖嗎？」

里正兒子還是不懂。「如果他們真想要，可以說十五兩太少啊，畢竟阮妹子光賠償就有五十兩，做了京城貴人的衣服又得了不少呢，許家完全可以賣慘再多要點。」

里正搖搖頭。「就因為這樣，青山才會說阮丫頭救了他外婆，對他有恩啊。青山救了阮丫頭是恩，阮丫頭救了他外婆不也一樣是恩？兩相抵消，誰都不欠誰的，那阮丫頭非給他十五兩銀子，就真的是情至意盡了。許家再敢要，就是不要臉，為了許青柏的名聲，他們這輩子也不能再提這救命之恩的事了。」

里正兒子這回明白許青山的套路了，笑道：「那青山一回家就說什麼欠了戰友銀子，必定是嚇唬他們的了！有劉瘸子那個先例在，大夥兒本來就對當兵回來的人有點怕，一提那戰友就住在書院附近，他們肯定顧慮更多，生怕傷到許青柏那個金娃娃呢。爹，青山腦子真好使啊，隨便說幾句話就讓許家人老實了。」

里正呵呵一樂，「說話是說話，那可不是隨便說出來的啊，你呀，學著點吧！」

許青山沒什麼想和許家人說的，見他們也一個個面色僵硬，強忍著怒氣，便打了聲招呼回房休息了。他才一走，許方氏就揉著心口氣道：「你瞧瞧他這是什麼樣子？就算我不是他親娘，你還是他親爹呢！打從他回來跟你說過幾句話？我看他這幾年在外頭，是把性子磨野了，心裡沒這個家了。」

只要一想到許青山給那兩老太太花了六兩銀子，她這心裡就直翻騰。可許老蔫卻體會不到她這層心思，只怔怔地說了句。「與許五年沒見，疏遠了吧……」

許青山耳聰目明，在房裡聽到他們這番話，輕輕勾了下唇角。他對他們其實沒有什麼報復心，因為他早已不在乎他們了。過去的那些傷痛跟他這些年的經歷相比，根本不值一提。只不過村子裡有村子裡的規則，孝道就是一個跨不過去的坎，而他這段時間需要低調，需要不起眼，那麼最好就不要跟他們爭吵不休，僅僅這樣就好。舒舒服服，安安靜靜。

許青山算是抓住了許方氏的軟肋。為了許青柏的安全和名聲，她再氣、再反感，都要維持好許家的平靜，甚至還要讓人看到溫馨的一面，所以在許青山歸家的第一晚，他們奇異的相安無事，早早就各自回房歇息了。

這一晚，倒是阮玉嬌頭一次挑燈做針線活，給許青山做衣裳。

阮老太太躺到床上，一時也沒有睡意，看見她認真的模樣，心中一動，試探道：「嬌嬌啊，妳覺得山子這孩子怎麼樣？」

提起恩人，阮玉嬌就笑彎了眉眼，頭也沒抬地回道：「表哥他人很好啊，心地善良、樂於助人、行事大氣，面對任何人都不卑不亢，好像不把一切放在眼裡，但又好像很樂意歸於平淡，總之，就是一個品性很好的人吧。」

阮老太太眨了眨眼。她怎麼聽都感覺孫女這是看上人家了啊，不過考慮到兩人才剛認識，戳破此事不適合，她就沒繼續問。畢竟兩人如今是表兄妹，又有莊婆婆在，日後少不了要常常見面，若提了兩人是否能做夫妻的事，萬一將來不成，豈不是平添尷尬？所以還是順其自然好了。

她看看做了一半的衣裳，勸道：「明兒個早起做吧，都這麼晚了，仔細眼睛疼。」

「沒事的，我平時都很注意，這一次、兩次的不影響啥。我看表哥也沒帶件衣裳，還是儘快做好兩件給他換著穿吧。」阮玉嬌看了她一眼，笑道：「奶奶先睡，別擔心我，我有分寸的。」

「那行吧，妳記著早點睡啊……」

阮老太太話音還沒落，就突然聽見外頭有敲門的聲音，敲得還挺急的。祖孫倆都是一怔，阮玉嬌放下衣服就要起身去看，阮老太太連忙坐起來，道：「咱倆一起去。這麼晚了，今兒又叫人知道咱家有錢，還是小心著點。」

阮玉嬌猶豫了一下，點點頭，走在阮老太太身前，還在院子裡順手拿了鐮刀防身，到門邊謹慎地問。「是誰？」

「大姐，是我。」

阮玉嬌愣了一下，連忙打開門低頭看去，又往四周看了看，神情頗為驚訝。「小壯？怎麼就你自己？這麼晚，你一個人跑過來的？」

阮老太太也急了，把小壯拉進院子上下打量，問道：「你爹娘呢？你咋突然跑來了？」

小壯神色不安地看著她們，小聲說道：「我早就想來了，他們不讓我來，還把我關在家裡叫三丫看著。我、我聽隔壁的哥哥說了，我爹娘和二叔、二嬸來欺負你們，他們、他們是壞人。奶奶、大姐，妳們會不會不喜歡我？」

阮老太太氣道：「這是誰在你跟前瞎說呢？你是奶奶的孫子，又這麼懂事，奶奶哪會不喜歡你？」

第三十一章

阮玉嬌看出小壯是有些嚇到了，畢竟他還小，很多事都不懂，大人之間的爭吵往往會給孩子帶來很重的傷害，尤其他們一方是他的爹娘，一方是他喜歡的大姐，這就更讓他難受了。

阮玉嬌蹲在他面前看著他，微笑道：「傻瓜，你又沒做什麼壞事，大姐和奶奶怎麼會不喜歡你？大姐今天去鎮上還給你買糖葫蘆了呢。」

小壯眼睛亮了亮。「真的嗎？」

「真的，現在就在屋裡放著呢。走，外頭蚊子多，咱們進屋說吧。」阮玉嬌起身牽住他的手，和阮老太太一起進了屋。

待小壯真的吃到了糖葫蘆和糖人，臉上才露出笑來，高高興興地說：「奶奶、大姐，我一定要快點長大，以後我保護妳們，不讓爹娘欺負妳們！他們說了，等我長大就讓我當家做主。」

阮玉嬌好笑地搖搖頭。「你知道什麼叫當家做主嗎？」

小壯的眼神有些迷茫，說道：「家裡人都聽我的，不就是當家做主嗎？」

「那家裡人為什麼要聽你的呢？小壯，別人說的話都不一定靠得住，我們唯一能靠的就只有自己，自己有真本事，才能當家做主。」阮玉嬌問道：「你長這麼大還什麼都沒開始學，以後真能當家做主嗎？」

阮老太太點頭道：「你大姐說得對，你瞧瞧你姐，她從小就跟我學針線活，學了這麼多年，又有天賦，就當上了錦繡坊的第一女工，在村子裡多風光。她有了本事，如今這個家裡啊，就是她當家做主。咱們小壯要是也想當家，那可得學一門本事，將來能撐起這個家。」

小壯從前跟著阮玉嬌的時候，沒少聽她講故事、講道理，拿著糖葫蘆琢磨了一會兒，就明白過來。「意思是，當家做主跟男女沒關係，有本事就能做主？」

阮玉嬌又拿起衣裳縫了起來，聞言笑道：「錦繡坊的喬掌櫃就是女子，你覺得咱們村裡的男人有幾個比得上她的？」見小壯認真傾聽的樣子，她繼續說道：「不要聽別人說這兒、說那兒的。前陣子你聽到村裡人說大姐壞話，不就罵他們胡說八道嗎？可見不是人人都會說真話。你只要自己知道什麼是對的、什麼是錯的，應該怎麼長大，長大了幹麼，那就行了。」

「那我長大了應該幹麼呢？種地嗎？可是爹娘他們天天種地，應該算沒本事的吧？我覺得大姐就很有本事，可是我也不能學做衣裳啊。怎麼辦啊大姐，我一定要當家做主的！」小壯左思右想也不知自己能幹麼，不禁就有些著急了，連糖葫蘆都忘了吃。

阮老太太都被他給逗笑了。「你個毛頭小子才八歲，嚷嚷啥當家做主呢？至少要過個七、八年再提這事啊，你急個啥？」

小壯認真道：「奶奶，您不是說大姐從小就學針線活了嗎？那我當然也得從小學點啥啊，長大了不就來不及了嗎？」

「喲，你還挺懂道理，那讓你姐給你出主意吧，奶奶這腦袋是不如你姐轉得快。」

阮玉嬌想了想，笑說：「小壯，你可以看看你覺得有本事的人都在做什麼，然後再看自己喜歡什麼。這頭一個肯定是讀書，讀書能學到很多道理，能得到別人的尊敬，還有機會考秀才、考舉人、考狀元，當上大官。但是你看，村裡這麼多年也沒出過幾個秀才，就知道科舉有多難考了。再來就是腦子靈活，能發現賺錢的機會，能跟別人搭話牽線，遇見事能有很多辦法，這樣的人啊，到了鎮上自然有門路過好日子。不然，還可以學門手藝，廚子、木匠、釀酒，都行，端看你在哪方面有天賦了。小壯，這是要你自己去想的。」

小壯把她的話都聽進去了，呆在那裡，不停地想像自己將來會長成什麼模樣？最後他看了看阮玉嬌和阮老太太，問道：「當初三姐搶了大姐的未婚夫，別人還怪大姐不好，是不是因為……讀書人特別被人尊敬，說話也有好多人聽？」

「是啊，但這個讀書人必須自己立身正，不然的話，像張耀祖那般人品，你等著瞧吧，他早晚要摔跟頭，叫人瞧不起的。」阮玉嬌知道未來的事，自然也知道張耀祖不會有什麼好下場，這也是她從來不跟阮香蘭計較的原因。畢竟這對男女早晚遭殃，她還費勁去對付他們做什麼？有那工夫，還不如給自己找點開心的事做。

小壯又想了好一會兒，突然站起來，握著拳頭道：「那我就去讀書！大姐妳等著，我一定能考上秀才，到時候村子裡就沒人欺負妳了！」

阮玉嬌聞言一愣，抬頭看見小壯堅定的表情，心裡就暖洋洋的。她笑著摸了摸小壯的頭，鼓勵道：「我相信你，你肯定會用心的，大姐等著你長大了給我撐腰。」

阮老太太看著他們姐弟倆感情這麼好，心裡有說不出的感動，很欣慰、很高興，她只希望他們的感情能一直這麼好下去，那樣等她沒了，孫女還能有一個真心待她的親人。

小壯趁夜偷跑出來，過了這麼久，終於被阮金多夫婦發現了，立即就驚得大呼小叫，把二房一家子也給吵了起來，拉著他們到處找。還是大柱想到之前聽的那些閒話，提了一句阮玉嬌的家，阮金多夫婦這才急匆匆地跑到村西頭來，焦急地喊小壯的名字。

阮玉嬌往外一看，說道：「你爹娘來找你了，走吧。」她牽著小壯往外走，口中叮囑。「以後想來就白日裡來，千萬別再這樣偷偷跑來，就算在村裡，也是有壞人的，你這樣，被誰抱走了賣掉都沒人知道。不管發生什麼事，安全才是最重要的，知道了嗎？」

「嗯，我知道了，大姐。」

阮玉嬌低頭看了看小壯，回想從前小壯那番小霸王不講理的樣子，根本就判若兩人。但她帶了小壯那麼久，最清楚這孩子的改變。家裡一件事接一件事的發生，真的影響到孩子們了。大柱、二柱因陳氏的教導，同她有了幾分疏遠，而小壯，似乎對她心懷愧疚，對自己的爹娘、親姐感到羞恥，反而同她的關係更好了，這真是誰都料想不到。

阮玉嬌開了門，劉氏立刻就撲過來抓著小壯的肩膀上下打量，生怕他怎麼樣了似的。

阮老太太冷哼一聲，對著阮金多道：「自個兒的兒子都看不好，你還能幹點啥？難道就只會欺負老太太、小姑娘？我這些年教你的，你一句也聽不進去，總覺著我說啥都錯。可你看看，嬌嬌就是我一手帶大的，她現在不比誰都強？你要是早聽我的話，指不定現在也成了村裡第一富戶了呢！」

說到富，現在連里正也不敢跟阮玉嬌比，雖說阮玉嬌手裡就一畝地，但人家賺得快，這是全村人都比不上的。阮金多聽了阮老太太的話猛地一怔，第一次正視起這件事。阮玉嬌還真是阮老太太獨自教養大的，而阮玉嬌成了村裡最有出息的人！

他從小被奶奶寵得無法無天，更是覺得這個娘只是繡花給他賺銀子花的人，從來沒半點恭敬。如今想來，奶奶寵他十幾年，什麼也沒叫他學，娘叫他學的時候，奶奶還會罵娘是故意讓他挨累吃苦，所以他從小就跟奶奶更親。可如今想來，他若早聽親娘的話，如今是不是就比阮玉嬌還厲害了？

阮老太太看到他這副模樣就煩，左右她也不樂意再管了，便揮揮手，往外趕他們。

「以後看好孩子，趕緊領孩子回去。」

阮金多和劉氏還要說什麼，小壯先不耐煩了，催促道：「奶奶叫你們走，你們咋還不走？你們不聽奶奶的話，等我長大了也不聽你們的話，這都是跟你們學的！」

阮金多和劉氏同時愣住，想到他們在家偶爾提起阮老太太那不屑的語氣，不由得有些心虛，忙對阮老太太扯出個僵硬的笑來，狀似孝順地說：「打擾娘休息了，那我們就回去了，娘您趕緊睡去吧。」

阮老太太也沒跟他們客氣，直接當著他們的面就把大門關上，讓阮金多和劉氏又是一陣不舒服。小壯也不理他們，直接就帶頭往家裡走，兩人怕孩子出事，只得跟上。一路上劉氏問東問西，但小壯可是從小就不慣著他們，當然不會好好回答，想說就說兩句，不想說就說他們煩，最後阮金多只能叫劉氏閉嘴，省得惹兒子不高興。

小壯一邊留意他們的情緒，一邊琢磨他們常掛在嘴邊的男丁比女娃重要，最後得出個結論——只要他們這輩子只有他一個兒子，那他在他們面前絕對就是橫著走的，根本不需要客氣！想通了這一點，小壯應對起他們來更是如魚得水，彷彿突然開了竅，對將來也有了很多設想。

回到阮家，他把幾根糖葫蘆和糖人分給了大柱他們，翻著白眼說道：「便宜你們了，不去看大姐還有得吃。這是大姐從鎮上給你們帶的，大姐還記著你們呢，不像你們，幾天不見面就不理她了，哼，白眼狼！」

小壯說完也不等他們回話，直接就跑回屋裡睡覺了，留下大柱、二柱氣鼓鼓的，偏偏又反駁不了什麼，拿著糖葫蘆都沒心情吃了。不知道自己聽了娘的話，到底做得對不對？

人與人的緣分玄妙不已，分家之後，關係變複雜了，有的親近、有的疏遠，其實也是人之常情，雖然有時候會多想、會瞎琢磨，但最終也只能順其自然了。

之後三日之內，判給阮玉嬌的賠償就被送來了。聽說玉娘一家賣房子、賣地，變得十分落魄，甚至連他們村裡人都有些不能接受他們，日子過得很是艱難。王麻子一家也沒什麼錢，賠償之後，他媳婦就卷了剩下的存款跑了，留下他老娘和幼子，相依為命，淒淒慘慘的。

許青山得了消息之後，還特地來看過阮玉嬌，就怕她小姑娘一時心軟，對那些淒苦之人心生愧疚。誰知阮玉嬌見到他還樂呵呵的，拿出兩套衣服，說是新給他做的，還忙忙碌碌地做了好吃的菜給他吃，根本一點事都沒有。

當時他忍不住好奇問了問，結果阮玉嬌只是愣了一下就笑起來，回說：「我同情他們，誰同情我？如果這次不是壞人伏法，我恐怕會受盡屈辱、生不如死。我的一輩子毀了，就等於我兩位奶奶也毀了，莊奶奶若是傷心難過，表哥你也會悶悶不樂。看，多可怕？所以這就有點你死我活的意思了，我當然高興自己能平安無事的好好活著了，表哥你說對不對？」

許青山事後想起，還是會覺得奇異。這樣一個會救陌生婆婆、會關心異母弟弟的小姑娘，居然骨子裡也有如此冷漠的一面。不過就是這樣才好，對仇敵心軟是最沒用的情緒，那些人罪有應得，他們的家人是無辜也好、同夥也好，跟她一點關係都沒有，把他們的事攬到自己身上才是有病。

就像他在戰場上殺敵，也從來不會考慮對方的家人，誰讓那些人侵犯他的國家呢？他只管守衛國家，其他的就跟他沒關係。可他奇怪的是，他能有這種想法，是因為他在戰場那種冷酷的地方磨練過，才對這些都看透了，阮玉嬌一個普普通通的小姑娘，是經歷過什麼才會如此呢？

阮玉嬌的態度讓許青山好奇，但村裡的其他人就不是這種感覺了，他們都突然覺得阮玉嬌有點可怕。因為玉娘及那些和阮玉嬌作對的人都下場淒慘，顯得阮玉嬌很厲害、很不好惹，甚至肯定有錦繡坊掌櫃的撐腰，在鎮上很混得開。又因為阮玉嬌表現出來的平淡，對那幾人的家人毫無同情，使得村民們莫名就感到一股冷意，似乎只要惹到阮玉嬌，她也絕不會看在是同村的分上，手下留情的。

阮玉嬌再在村子裡走動的時候，就發現大家都對她客氣了很多，她從前偶爾會聽到的閒話也全都沒有了。她有些莫名其妙，不過這樣的氣氛還是挺不錯的，至少不會遇到影響心情的破事了。而這幾天，那些有親人當兵再沒回來的人家，紛紛找到許青山詢問起那些當兵的人，可惜最後的結果沒什麼變化，那些人確實已經犧牲了。

本就沒抱多少希望的村民，哭了一場也就慢慢放下。而許青山也因為是唯一一個健全歸來的人，讓眾人覺得有些神秘，紛紛猜測他必然很有本事，才能這麼安然無恙的回來。不過讓大家疑惑的是，許青山除了每兩天進山打點獵物，在家什麼也沒幹，倒是讓大家猜不透，他往後到底還能不能有出息了？

莊婆婆也惦記這事呢，她把許青山叫到跟前，認真地問。「山子，你跟外婆說實話，你往後到底有個啥打算？不能還以打獵為生啊，冬天的時候咋辦？再說容易遇到危險，颳風下雨都沒法去，咱不能拿這個當正經活計啊。」

許青山點點頭。「外婆別擔心，我就是喜歡山裡的環境、喜歡打獵，所以才時常進去轉轉，肯定不會往危險地方湊的。至於往後幹啥，您別急，我肯定得有正經活計，不過我這五年在外頭挺累的，暫時想先歇一歇。」

莊婆婆一聽他這麼說，就只剩下心疼了，自責道：「看我，這是著什麼急呢，你能平安回來，我就燒高香了，就算你往後只知道混日子，我也知足了。」

阮玉嬌都被她給逗笑了，在旁邊道：「莊奶奶，您覺得表哥是混日子的人嗎？您也別對他要求太低了，不然表哥都沒動力打拚了。」

阮老太太倒是笑道：「嬌嬌妳不懂，對我們這個年紀的人來說啊，看到你們小輩平平安安就心滿意足了。惦記你們的生計也是怕你們往後會吃苦，總想讓你們有個穩定的收入。不過你倆都是好孩子，我跟老姐姐怕是白操心了，你們自己心裡有數就好。」

許青山看著就是個穩重可靠的樣子，所以既然他說自己有打算，那莊婆婆她們自然就真的不擔心了，全憑他自己拿主意。而阮玉嬌因為手裡有了銀子，又過繼出來當家做主，自由了很多，自覺不管許青山想幹麼都能做他的退路，便也不替他的前程操心。

可她們這麼想，許家人卻不是這麼想。在許家人看來，許青山回來簡直就是回來當大爺的。地裡的活不幹，砍柴、打水也不幹，兩天打一次獵，沒多少獵物不說，還要給莊婆婆那邊送去點，說什麼那是這些年沒孝順外婆的補償。這和五年前許青山在家裡的情況可真是天差地別。許方氏忍了好幾天，在許青山又一次只拎了一隻野雞回來的時候，徹底爆發了！

「老大！你到底咋回事？對家裡有意見是咋地，天天不幹活不說，打獵也不好好打，你這是要混日子呢，你咋不想想這一大家子咋過？」

許青山疑惑地看她一眼。「家裡怎麼了？我這五年不在，家裡還不是一樣過？從前能過，如今有什麼過不下去的嗎？」

許方氏被他一堵，氣得七竅生煙。「好哇，你還敢頂嘴！你看看這家裡人哪個不幹活？你二弟比你小三歲，你弟媳婦也一樣天天下地，你也在這個家，憑啥不去？」

許青山更疑惑了。「家裡的人都要出一份力，我出了啊，我不是去打獵了嗎，難道打回來的獵物沒被娘拿去賣錢？那錢不算我出的力嗎？這跟隔壁時不時去扛大包的勇哥掙得差不多吧，你們不是說他很能幹嗎？怎麼了？」

怎麼了？當然是因為這點錢連以前的五分之一都沒有！從前許青山每次進山都打一堆獵物，那能賣不少錢呢，當年他們家起新房子，有不少是許青山掙回來的。

如今也就平均每天十文左右，一個月的總數確實跟那大勇掙得差不多，畢竟扛大包又不是每天都能扛，總得有在家歇歇的時間，不然就該累壞了。可許青山明明能掙得更多，他憑什麼跟隔壁的大勇比？但他們誇大勇能幹，卻說許青山沒用，這、這能說嗎？

許方氏準備了一肚子話想罵他，還沒開始，就被他給堵得啞口無言。許青山這麼明目張膽的偷懶，可她能明目張膽的罵回去嗎？她沒有光明正大的理由啊！

這一場爭吵無疾而終，讓本來想從許青山身上撈銀子給許青柏去應酬的算計，直接泡湯了。許方氏好幾天沒睡好覺，就覺得這次回來的許青山是她卡在喉嚨的一根刺，除也除不掉，難受得要命。

而第二天許青山在村裡閒逛的時候就問了不少人，問的都是大夥兒一個月能掙多少錢？大家不明白他啥意思，但大部分人也都說了，其中有反問他的，他自然如實回答，說自己打獵一個月能掙三百文，全上交給家裡了。

如此一來，僅一天的工夫，全村人都知道這件事了，還有不少羨慕許家的，說這死了的兒子又回來了，還每個月上交三百文，簡直跟天上掉餡餅一樣呢。許方氏聽了卻心裡發苦，怕人說她貪錢，只能放出消息說這錢是給許青山攢著的，留著給他娶媳婦用，維持了一個好名聲。

她也不敢再說許青山什麼了，生怕他再跑出去跟村裡人亂說，影響了許青柏考秀才的事。想逼他當牛做馬的計劃就這麼失敗，讓許青山清淨了不少。

莊婆婆聽說這些事，高興的不得了，連聲說外孫變聰明、變厲害了。對許青山回許家的事終於徹底放心。她還巴不得許青山把那一家人氣出個好歹來呢，最好氣死了才好。

許青山的日子如他所願，一點波瀾都沒有，十分的平凡，幾乎和其他村民一般無二。漸漸的，村裡人也不那麼關注他了，甚至還會嘆息他可惜了，出去見過世面還沒學著啥有用的東西，最後還不是和他們一樣成了個山村野夫？

也正因為這樣，原本觀望著打算給他說親的人家全都沒了動靜，僅有的幾戶家境不好，還被許方氏客客氣氣地婉拒了。婉拒了兩、三家，就有一些不好的聲音冒出來，說許青山在外走了一圈，眼界高了，看不上她們這些村裡的丫頭了，這下子就更沒人上門說親了。

許方氏得意洋洋地以為打擊到了許青山，結果許青山還是照樣該吃吃、該睡睡，一點反應都沒有，根本就不在乎這種事，讓許方氏感覺好像一拳打到了棉花上。這個事許青山是一點沒插手，任由她去搞小動作，因為他確實對村裡那些小姑娘一點想法都沒有，許方氏這舉動反而還幫了他。很快，那幾個時不時跟他偶遇的小姑娘就不見了，倒省了他自己動手處理。

在他這邊極力過上普通日子的時候，阮玉嬌已經設計好了錦繡坊新一批衣服，一經推出，風靡全城。甚至還接到不少京城的訂單，掌櫃的多招了一批女工才順利按時發貨。錦繡坊生意火爆，大家都有些跟風的心理，不管買啥都喜歡去錦繡坊轉一轉，生意就更加好了，樂得喬掌櫃合不攏嘴，直誇阮玉嬌是福星呢！

這下子是真正印證了阮玉嬌的重要性。別的村民們可能不會判斷，但最新款、他們都買不起的衣裳，都是阮玉嬌想出的樣式，阮玉嬌給錦繡坊帶來的利潤是一目瞭然，這就讓所有人都看出阮玉嬌在錦繡坊的地位了。若說之前玉娘他們入獄，讓大夥兒對阮玉嬌有一點怕，那現如今，他們對阮玉嬌就不自覺的有了幾分敬意。那是對有出息、有本事的人本能的敬意，見到她都會下意識地恭維幾句，讓阮玉嬌徹底迎來了全村對她的改觀，包括那個最初嫌棄她的「前婆婆」。

阮玉嬌偶爾會去河邊撈魚，這東西有營養，肉也好吃，她還挺喜歡吃的。這天她往河邊走的時候，就碰到了要去洗衣服的幾個婦人，葉氏也在其中，自然是笑著拉她說了幾句話。幾人正說著，就看見張母端著一盆衣服過來了。張母看見阮玉嬌明顯一怔，接著臉色便差了幾分，招呼都不打就轉身走了。

有人想討好阮玉嬌，嗤笑著說道：「看她什麼樣啊？一聲不吱，還沒當上秀才他娘呢，就高傲得看不起咱們了。」

「就是就是，她不是一向嫌棄村裡人嗎？總是挑三揀四的，那會兒她還挑過嬌嬌呢，說嬌嬌好吃懶做，她得找個能幫家裡幹活的媳婦。嘖，如今也不知她後不後悔？」

「嬌嬌啊，要是張家回心轉意，想回頭娶妳做秀才娘子，妳同意不啊？」

阮玉嬌淡淡一笑。「怎麼可能？張家不會那樣做，我也不會答應那麼荒唐的事。而且是不是秀才娘子有什麼要緊？要緊的是未來的夫家好啊。再說嬸子、嫂子們都知道，我可是要一輩子帶著我兩位奶奶的，不同意這一點的人家都跟我沒關係。」

張母什麼德行，大家心知肚明。張母就算為了面子，也不可能回頭求娶阮玉嬌，但阮玉嬌對張家真的這麼不屑一顧，還是讓她們詫異了一下。轉念想想，其實也沒啥想不通的，阮玉嬌如今日子過得多滋潤啊，條件高點也無可厚非，何必嫁得不痛快，給自己找罪受呢？

葉氏聽著阮玉嬌的條件，玩笑道：「妳這要求啊，恐怕是招贅最適合了。到時候家裡還是妳當家做主，只奉養妳兩位奶奶，都不需要管男方的爹娘。妳說，是不是最合妳心意？」

阮玉嬌聽完眼睛微微一亮，葉氏見了忙說：「誒，我開玩笑的啊，妳可別聽我胡說八道，招贅哪是那麼好招的？當心招個中山狼回來，這樣的悲劇可不少。」

第三十二章

阮玉嬌笑笑。「我知道，我哪有這麼輕率，妳們別打趣我了，這種事我一個小姑娘又不懂，有我兩位奶奶給我做主呢。等什麼時候緣分到了，順其自然就好。」

旁邊湊熱鬧的幾個婦人倒是眼珠子轉了起來。招贅？可以啊！家家戶戶孩子都不少，有的把男丁當寶，那有的兒子多了就當成草啊，特別是家裡窮一點的，要是嫁個兒子給阮玉嬌就能攀上這門親事，指不定還得樂呵呵地把兒子送來呢！

這麼一想，她們的心思就活泛開了，惦記回去跟相熟的親戚說道說道，最好能幫忙撮合，間接當上阮玉嬌的親戚，所以一個個都找了藉口，著急忙慌地回去了。

葉氏慢半拍地反應過來，扶額嘆道：「我這嘴真該管管，這回給妳惹麻煩了，我看上妳家說親的人肯定會多起來，都是說上門女婿的。」

阮玉嬌偏頭一笑。「那也挺好啊，如果有適合的，招贅又何妨？」

許青山正在村子裡閒逛，突然聽到這麼一句話，直接愣住了。表妹這話的意思是……她要招贅？

阮玉嬌沒看見許青山，還在認真地跟葉氏分析。「招贅雖說不知會招回個什麼人，但嫁人也一樣不熟悉啊，既然都是陌生人，那我挑別人總比別人挑我要好多了吧？再者除了我兩位奶奶的緣故，還有一個原因讓我不想嫁人，就是我原來的家。我親爹尚且對我不好，親姐妹尚且與我不和，我嫁去一個陌生的人家，又哪知道公婆叔嫂都好不好相處？如此還不如招贅一個人回來，關係簡單得多。」

葉氏和邱氏瞠目結舌，結結巴巴地道：「這、這好像也是這麼個道理。可、可妳這不是一朝被蛇咬，十年怕井繩嗎？這也不行啊，妳知道這入贅的男人向來被人看不起，那夫妻之間自然就容易有矛盾，比正常夫妻難處得多啊。」

阮玉嬌微微一笑，沒當回事。「家家有本難念的經，招贅確實有這樣的麻煩，但嫁人跟婆婆、妯娌、小姑的矛盾更多吧，一樣影響夫妻感情，我看沒什麼區別。我家人口簡單，只是小倆口有矛盾的話，沒人摻和倒更容易解決些。嬸子，這次要多謝您給我提了個醒，招贅確實是個好主意！」

葉氏無奈地搖搖頭。「唉唷，行吧，我都被妳說暈乎了，這麼大的事妳還是回去跟你兩個奶奶商量商量，她們畢竟經歷的事多，比咱們看得都準。不管是招是嫁，人選可得讓她們幫妳看好了。」

阮玉嬌笑著點頭。「當然，嬸子放心吧。再怎麼說，我如今也不是無人依靠的，還有我表哥在呢。」

只是普普通通的一句話，卻透出了她對許青山絕對的信任，不僅幾個女人愣了，連許青山也愣了一下。隨即阮玉嬌就催促她們快去洗衣裳，別等日頭大了曬得難受，而她自己則是到另一邊撈魚去了。

等她們走後，許青山在原地站了一會兒，胸腔內彷彿充滿了陽光般，暖洋洋的。外婆對他一直是對待晚輩的疼愛，而阮玉嬌卻如此信任他，把他當成一個可以依靠之人。這種感覺還挺新奇的，讓他這次回來以後，終於有了一種融入村子的感覺，因為這裡有人需要他，和他……是一家人。

半晌之後，許青山才輕輕一笑，繼續在村子裡逛了起來。他也沒刻意看什麼，就是熟悉熟悉村子，碰到閒坐的人便同人閒聊幾句。差不多中午的時候，他走到了村西的北邊，阮玉嬌家在村西的南邊。村西這一帶一直都人煙稀少，住著村裡人不大喜歡或者特別窮的人。阮玉嬌家附近還有兩戶人家，算是鄰居，而村西北邊卻只住了一個人，他就是劉瘸子。

許青山到劉瘸子家的時候，劉瘸子正在吃飯。他穿著又舊又破的衣服，一個人捧著碗坐在房檐下，臉上的神情很麻木，看著就像一具行屍走肉。房子是茅草房，院子是樹枝隨便圍起來的，大門跟沒有一樣，比當初的莊婆婆還要落魄。

許青山上前敲了敲門，待劉瘸子抬起頭時，淡淡笑道：「劉松，好久不見。」

劉松看到他，瞳孔一縮，攥著筷子的手突然緊了緊，嘴唇顫動半天，才叫了一聲。

「山哥……」

許青山走進院子，剛要像他那樣坐在地上，突然想到身上的衣服是阮玉嬌新做的，便只蹲在了他面前，問道：「聽說你這幾年過得不太好，還差點殺了人。劉松，你告訴我，為什麼要下狠手？」

這件事是劉松的逆鱗，他剛一聽到就變了臉色，狠狠地盯著許青山。可許青山的聲音太平靜，臉上甚至帶著淡淡的笑，讓他知道了對方並沒有惡意。沈默半晌，他低下頭，用極低的聲音說道：「我喜歡的姑娘……被人害死了。」

也許是好幾年沒有說過什麼話了，劉松說話時的聲音有些彆扭，甚至句子都有些不連貫，說到激動處還會顛三倒四。可許青山聽他說了一個時辰，還是弄明白了所有事。劉松回來是斷了腿的，他家裡嫌棄他，那位姑娘的爹娘也嫌棄他。他靠著一股子蠻勁，在鎮上扛包，不怕苦、不怕累，只為了掙錢娶那位姑娘。誰知隔了幾天回來，卻聽說那姑娘已經被她爹娘給賣了。

他著急忙慌地找過去，只得到那姑娘犯錯被打死的消息，當時他差點沒瘋了，拚命地找人算帳，又被打了個半死，腿傷復發。而他回村之後，不但沒人同情他，反而肆意地嘲笑他，說他連喜歡的人都護不住，就是個瘸子廢物。別人說他他不理，但那姑娘的親哥也這樣說，還炫耀把那姑娘賣了多少錢，壓根兒不在乎妹妹的性命。他當時被刺激到了，狠狠地撲向那人，用盡所有的力氣，差點沒把人殺了！

若不是里正及時趕到，命幾個漢子一起把他拉開，那人真的會死。即使後來留下一條命，那人也是半死不活，受傷不輕，整整養了半年才好。這件事一出，劉松就被認定是瘋子，被趕出家門，由里正安排在這間茅草屋裡。而他幾次想報仇都失敗而歸，漸漸就變成這副行屍走肉的樣子，因為他已經沒有半點生存的希望了。

許青山聽完並沒有當場表示什麼，只是重重地拍了拍他的肩膀，以示安慰。

因為在劉松這邊耽擱了時間，他去阮玉嬌家裡的時候就錯過了用餐時間。阮玉嬌看他來了，忙把留著的一條魚熱了一下，隨口問道：「表哥怎麼這麼晚？我還以為你在許家吃了呢。」

「沒，隨便蹓躂了一圈。」

以阮玉嬌對恩人的在意程度，即使他只說了這麼一句，她也敏感地發現了他情緒似乎不對勁，不由得朝他看去，輕聲問。「怎麼了？有人說了你什麼？」

村裡人悄悄議論許青山沒什麼本事，和大夥兒一樣，那些流言阮玉嬌也聽說過。她不知道許青山會不會在意這些，畢竟是個大男人，一般都受不了被人這樣說吧？

許青山砍柴的動作頓了下，詫異地看她一眼，沒想到她能發現他心裡的沈重。然後又想到那次在鎮上，他只是看了她片刻就被她發覺了，在這方面她確實很敏銳。想到劉松的事，他嘆了口氣，沈著臉道：「當兵上戰場的人都在用自己的性命去拚，家鄉的人能過得這麼安逸，都是邊關的士兵在付出，可是為什麼普通士兵回家之後，極少能受人尊敬呢？甚至能過上好日子的少之又少。劉松他沒在戰場上廢了，卻在村子裡廢了，簡直可笑。」

「所以表哥是在為戰友打抱不平嗎？」阮玉嬌將熱好的魚端到桌上，似乎明白了他的意思。

許青山洗洗手後坐到她對面，自嘲地笑笑。「也沒什麼，日子平穩了，我倒是矯情起來了。日子都是自己過出來的，關別人什麼事？」

阮玉嬌笑著點頭。「就是得自己過啊。不管別人是好還是不好，日子都是要自己努力去拚的。我以前也沒感受過多少善意，但如今形勢已經和過去不同了。如果不是我自己一步一步小心翼翼地走，哪有今日的舒心呢？表哥也是一樣，人生在世，最重要是讓自己高興，如果不高興，就要想辦法讓自己高興，別人就始終是別人罷了。」

許青山一怔，突然發現她竟是在安慰他，忍不住笑了兩聲。雖然他對戰友的處境心生感慨，但他自己是從未有過這種煩悶的。想到剛剛阮玉嬌一直在說自己「拚」，他心有觸動，問道：「如今的生活已經不錯了，表妹為何還要這般辛苦？」

阮玉嬌看向牆外的天空，表情有些恍惚。「可能……是為了不被強權欺負吧。」

「強權？怎麼會想到這個？」

「在阮家，以前阮金多就是強權，我反抗不了；如今我逃出來，卻發現村子裡、鎮上、京城，總有數之不盡的強權和約束，讓我無法反抗。我想，如果我拚盡全力，至少能讓許多人不能再壓在我頭上，這樣我不就輕鬆多了嗎？」她看看許青山，笑說：「可能我想得太多了，不過以防萬一，我希望將來在我遇到什麼事的時候，不是一個無能的小農女。」

陽光下，阮玉嬌白皙的皮膚，精緻的五官，看上去顯得嬌嬌柔柔的，可她的眼神卻散發著自信和堅毅，讓人忍不住沈迷。許青山看著她微笑訴說的樣子，不禁看呆了片刻，在她發現之前回過神來，連忙扒了兩口飯，心臟卻比平時跳動得更快了一些。

阮玉嬌想著他對戰友的關心，認真地問道：「表哥想要幫幫戰友嗎？」

許青山想也沒想地點頭。「肯定要幫。一起衝鋒陷陣過的戰友，有著不同於一般人的革命情感，最重要的是劉松人不錯。不過最近不行，等以後吧，我有想法的。」

「那好，表哥什麼時候需要我幫忙，就跟我說一聲。表哥的朋友也是我的朋友。」

阮玉嬌沒多問劉松的事，只因為劉松是許青山的朋友，她就這樣承諾了，這其實還挺不符合她越發謹慎的性子。

許青山忍不住抬眼看她，笑問了句。「怎麼這麼信我？」

他想，她可能又會說他是好人，卻看到她溫暖信賴的笑容，對他輕柔地說：「因為你給了我新生。」

那一瞬間，他彷彿看到了花開。

許青山幾乎是狼吞虎嚥地吃完飯，隨便扯了個藉口，就逃離了阮玉嬌家。他說不清心裡是什麼感覺，就是心跳得特別快，像他第一次上戰場殺人的時候一樣緊張。回家後他往床上一躺，雙手枕在腦後，越發想不明白今天是怎麼了？他怎麼就三番五次的對人家小姑娘起心思呢？那是他表妹，又不是外面那些輕浮女子。

許青山翻了個身，眉頭不自覺地蹙了起來，覺得自己太不是東西。人家把他當救命恩人信賴，拿他當親哥哥一樣好，他卻看人家看呆了，這也太不莊重了！他以前從來沒這樣過，每天琢磨的都是怎麼活下去、怎麼活得更好，難道是一下子不用做事，沒事閒的？

想到阮玉嬌對他那種敬重和親近，他就覺著臊得慌，好像辜負了人家一片單純的心意似的。

「老三？今兒個咋突然回來了？」

還沒等許青山想出個一二三來，院裡就傳來許方氏驚訝又驚喜的聲音。是他的好三弟回來了。他翻身而起，理了下衣服大步走出門去，對著許青柏淡淡一笑。「三弟，幾年沒見，長大了。」

許青柏看到許青山不免愣了一下，和其他人一樣發覺了許青山的變化，和過去簡直判若兩人，看一眼就知道這人不好惹。他腦子裡轉著各種事，面上卻露出親近之意，上前笑道：「大哥！你終於回來了！之前我聽說你回來時就想去找你，誰知書院通知讓趕緊過去，我沒辦法，只得先去鎮上，錯過了大哥回家的日子。大哥，這些天你感覺怎麼樣？可適應了家裡的生活？」

許青山回道：「自己家，有什麼不適應的。聽說三弟這次要下場考秀才了，如何？可有把握？」

許青柏笑了笑，不驕傲也不自卑，只謙虛道：「我已經很認真讀書，老師也誇獎了我，此次只希望能一舉得中，不要辜負大家的期望。」

「老三可是書院裡書讀得最好的，肯定能中的！」許方氏上前掃了許青山一眼，關切地拉著許青柏道：「你剛趕回來肯定累了吧？娘給你沖碗雞蛋水去。你大哥都回家了，往後說話的機會多得是，你快去歇會兒吧，累著了還怎麼讀書？」

許方氏這些天對許青山的不滿已經積累到一定程度，不能爆發，只能在言語間盡情地表達自己的反感。冷嘲熱諷、鄙夷貶低，就差說許青山在耽誤人家考秀才的金娃娃了。

許青柏下意識地往許青山面上看去，待看見他面不改色的時候，心裡一突。這個大哥，已經不是他們能挾制的人了。許青柏忙攔住許方氏不讓她繼續說下去，笑著道：「娘，我許久沒見大哥了，正想同大哥聊一聊呢。而且大哥在外五年，比我的眼界要寬得多，我正好跟大哥請教一下，興許能在做文章的時候有更好的想法。」

許方氏一聽那礙眼的人還能幫到自家兒子，登時就不反對了，還叮囑道：「那老大你跟你弟弟好好聊聊，我去給你弟弟沖雞蛋水。」

她想都沒想過給許青山也來上一碗，支使得倒是順溜。不過許青山也不理她，當真同許青柏坐下閒聊起來。許青柏一直想套許青山的話，想探知他在外面這五年到底經歷了什麼，是什麼原因讓他變得如此？據他所知，當兵回來的那些人大多都有些孤僻怪異，和村裡的人格格不入。雖然他也沒見過幾個，但許青山和那劉瘸子實在是太強烈的對比了，讓他不得不懷疑這位大哥在外頭是得到了什麼機遇？

然而他問了許久，卻只聽到了戰場上的慘烈，斷肢、斷頭，死不瞑目，血流成河。若不幸被敵軍抓走成了俘虜，那下場將會比戰死更可怕，因為他們會變得比畜生還不如，供敵軍肆意取樂。還有軍中的逃兵、叛徒、奸細，一旦被發現，就會遭受到難以想像的酷刑，直至審問出重要的消息，才有機會痛快地死去。

兩人聊得不算久，因為聽了這些東西，許青柏臉上慢慢失去了血色，到後來他已經聽不下去，不得不打斷許青山的話，尷尬地說道：「大、大哥，我突然想起我還有、還有功課要做，我、我先去做功課了。」

許青山保持著微笑，像個可親的大哥哥一樣拍了拍他的肩膀，笑道：「快去吧，你若對大哥這五年的生活感興趣，改日大哥再同你說，保證讓你身臨其境。」

許青柏僵著臉硬是扯出了一個笑來，點點頭，落荒而逃。

許青山挑挑眉，摸摸下巴想著，剛剛是不是太欺負小孩了？這個弟弟好像也才十五歲啊。不過五年前這小子也才十歲而已，就知道為了留銀子給自己讀書，攛掇著許方氏不出當兵的銀子。若不是這小子一直在背地裡給許方氏出主意，就許方氏那性子，哪能這麼多年還維持著較好的名聲呢？聽外婆說，阮奶奶還看中過許青柏當孫女婿呢……嘖，看這小子更礙眼了。

還沒做什麼人就嚇跑了，許青山覺得沒什麼意思，喝了碗水又到村子裡閒逛去了，讓看到他的人都在心裡嘀咕，這是打算遊手好閒還是怎麼的？這光靠打獵，冬天還不知能不能打得到，顯然把閨女嫁給他不可靠，如此一來，更沒人願意給他說親了，讓許青山樂得輕鬆自在。

而躲回屋裡的許青柏直接鑽進被窩，連腦袋都蒙進去了。但不管他怎麼閉眼、怎麼背書，都驅散不了腦海中的景象。許青山說得沒錯，那些話真的能讓他身臨其境，那該死的許青山到底什麼時候這麼會講故事了？他終於明白，那些回來的兵為什麼看著很不正常，他現在只是聽都忍不住瑟瑟發抖，真的在戰場上從屍堆爬出來的人，就是瘋了也不奇怪。但為什麼許青山看著卻彷彿沒受到半點影響？

許方氏覺得他狀態不對，還擔心的問過幾次，但許青柏又不能跟人說自己膽小，被許青山給嚇壞了，那不就承認自己比不上許青山了嗎？人家親身經歷都沒怎麼樣，他只是聽聽就成了這副德行，這也太丟人了，他說不出口。最後許方氏只能當他在書院著了涼，去請李郎中來給看看。許青柏不知怎麼阻止，也沒心情和人說話，乾脆就隨他去了。

村裡的準秀才病倒了，誰不擔心？大夥兒還等著許青柏給村裡掙榮譽呢。於是待李郎中診完脈，許青柏心理壓力太大、驚懼過甚的病情就傳遍了全村，引起一片譁然！

許青柏心理壓力大，驚懼過甚？他天天讀書，好吃好喝啥也不用幹，有啥壓力，又有啥可驚懼的？這些問題一經拋出，得來的就是一片嘲笑。這小子平日裡頗有些傲氣，好像讀了書就高人一等，雖然表現得不明顯，但別人又不是傻子，自然有所察覺。但這次是咋回事？嚇得？怕考不上秀才？這可真是個大笑話！號稱書院讀書最好的人在考前嚇得起不來床，這許青柏也太沒用了吧？

許青山在村裡蹓躂完剛要回家，就聽到了這些閒話。正好有幾個漢子閒坐著，看見他，就喊他過去一起坐，好奇地詢問許青柏到底有多怕考試？許青山想了想，疑惑道：「我今日才見著三弟，聽他說，準備得挺好啊。」

接著他恍然大悟道：「你們不提我還沒想到，似乎剛才我倆聊戰場上的事時，他臉色就不大好了，然後他回屋去，我就出來蹓躂，還不知道他病了。不行，我得回去看看，說不定有什麼能幫上忙的，你們聊著，我先走了。」說完他就起身跟大家告辭，快步往家裡走去。

幾人面面相覷，都覺得許青柏畏懼考試這事可能是真的了。說了幾句，突然有人「咦」了一聲，對他們道：「你們注意沒？剛剛許青山說的是他們聊戰場上的事啊，然後許青柏就病了。你們說，他這驚懼過甚，到底怕的是考試還是戰場？該不會，他這金娃娃養久了，一聽到戰場就嚇尿了吧？」

「喲！這還真說不準，看他細皮嫩肉的能不怕嗎？他沒有他二哥壯實，跟他大哥就更不能比了。你瞧瞧，許青山在戰場上待了五年，回來也沒咋，不愧是常常打獵的，膽子賊大！」

「哈哈哈，原來咱們的秀才公是個膽小鼠輩！你們說，這讀書好有啥用？遇著事了先嚇得腿軟了，弄不好就是個拖後腿的貨。」

「對對，你看那張家的張耀祖，任憑他老娘把媳婦換來換去的，結果換了個阮家三丫，沒看出比別人強來，倒把那個真能幹的給丟掉了。要換成許青山這樣的性子，誰敢胡亂給他換媳婦試試，保管一個鐵拳就上去了！」

幾個大男人說話無所顧忌，嘻嘻哈哈的把許青柏和張耀祖貶了個痛快。而跟他們最強烈的對比的許青山，莫名其妙被他們貼上了「真男人」、「鐵漢子」的標籤，等許青山知道以後，真是哭笑不得。

許青柏還不知道自己在村民們心裡的形象徹底崩塌，也根本沒心情關注外面的動靜。他只覺得整個人都渾渾噩噩，夜裡連覺都不敢睡，一睡就能夢見那些可怕的場景，有如修羅地獄，讓他屢次顫慄著醒來，頭痛欲裂。而稍微冷靜一些之後他又發現，他並沒有找到許青山變化的原因，反而是他在和許青山聊天的時候，不知不覺把自己的事全說了，連他同誰交好、同誰不和都告訴了許青山！

這個發現讓許青柏瞬間清醒，呆怔著忘了動彈。他想套許青山的話，一句有用的都沒套到，還把自己嚇得半死，而他卻不知道什麼時候把自己的底都洩漏了，他甚至記不清到底都說過什麼，是不是一點都沒保留？因為他真的不知道自己是什麼時候洩漏的？

回過神時，許青柏已經起了一身雞皮疙瘩，忍不住哆嗦了一下。不是因為冷，而是感受到一種莫名的恐懼，這份恐懼來自許青山。他深吸一口氣。他真的後悔當初讓許青山去送死了，那時候他只是覺得許青山該娶媳婦了，加上當兵的名額，至少得花七兩銀子，而許青山又受了傷，不能打獵，就算能養好也不知道需要多久、花多少藥錢？

他怎麼算都覺得很虧，很可能占用他讀書需要用的錢。所以他乾脆挑撥許方氏，用一種不損害名聲的方式讓許青山去當兵。可如果他知道這人不但不會死，反而會變得這麼難對付，他絕對不會讓許青山去當兵的！

然而世上沒有後悔藥，許青柏自己造得孽，終於是等來了受害人的回報。有來有往，誰都落不下。等他心態好些、起床恢復正常的時候，才發現別人敬重崇拜的目光全都變成了嘲笑，他從一個高不可攀的秀才公，變成了膽小如鼠的娘娘腔！許青柏氣得渾身發抖、臉色鐵青，可他毫無辦法，真的一點辦法都沒有。

他躲回屋子裡不再出門，日夜苦讀。若說從前他只是有自信這次能考上，那如今他就是立下毒誓，一定要考上！不僅要考秀才，他還要考舉人、考狀元！到時候狠狠地打那些人的臉，叫他們永遠只能仰望他，再也不能嘲笑他！

第三十三章

許家因此陷入了低氣壓，許方氏、許姚氏甚至許桃花都在外跟人爭吵過，就因為他們提及許青柏時過於輕慢，彷彿他真是一個膽小鼠輩，不值一提。這樣下去，許家的名聲也快毀了，幸而許青柏及時發現，跟許方氏談了許久，分析利弊，許方氏才壓下家裡幾個人，再次維持住淡然、不同人計較的形象。

許青山也沒再做什麼，只是同許青柏的努力用功相比，他每兩天進山打隻野雞，實在是太遊手好閒了。許家三個女人每天都要明示暗示的讓他幹活，說不動就開始冷嘲熱諷。許青柏跟她們說過許青山不好惹，讓她們收斂點，可每當她們辛辛苦苦幹活，而許青山卻出去閒逛的時候，她們就忍不住要說上幾句。

之後，許青柏見許青山沒什麼反擊，便也不管了，心裡還覺得那三個女人幫他出了一口氣。殊不知，那三人說，許青山不但沒出氣，反而還天天讓自己憋一肚子氣，任誰對著一塊石頭得不到回應，能不生氣的？許青山就跟石頭一樣，完全不理會她們，氣得她們一天不詛咒許青山都睡不著覺！

許青柏回家是因為考試在即，書院給他們放假，讓他們回家自己加強一下弱項，也讓他們稍稍放鬆一下。自然，張耀祖也回來了。同許青柏閉門不出不同，張耀祖反而常常出門，對疑惑不解的爹娘說，他想要放鬆放鬆，保持個好心態。有了驚懼病倒的許青柏為例，張老爹和張母哪敢約束他？只當書院老師是真的給了他們太大的壓力，對他放縱得很。

結果阮玉嬌就被噁心到了，也不知道她最近有多晦氣，只要出門，十次有八次能撞見張耀祖。單是撞見也就算了，反正他們又不熟。可張耀祖偏偏每次見到她都一副欲言又止的樣子，好像她是負心人；而且有幾次阮香蘭還跟在張耀祖身邊，兩人自然不是躲在一邊純聊天，而是親親熱熱、如膠似漆。有一次阮玉嬌居然還看到張耀祖壓在阮香蘭身上，手都伸到衣服裡去了，讓她回家噁心得連飯都沒吃進去。

許青山冷靜幾天，覺得心裡沒那麼浮躁，不會對表妹胡思亂想之後，才重新到阮玉嬌這邊吃飯。沒想到卻看到阮玉嬌不太好的臉色和驟然變小的胃口，頓時擔憂起來。「怎麼了？是錦繡坊發生什麼事了嗎？」

阮玉嬌搖搖頭。「沒什麼，可能天太熱了吧。」

阮老太太和莊婆婆一臉的不贊同，莊婆婆皺眉道：「嬌嬌啊，有心事可不能不說啊，妳要是不好跟我們倆說，跟妳表哥說也一樣。受了啥委屈，就叫妳表哥給妳出氣，講道理、打架都行，只要不惹出大事就好啊。」

阮老太太點點頭，跟許青山道：「嬌嬌都這樣好幾天了，我們倆問也沒問出啥來，你幫著看看吧，別讓外頭的人把嬌嬌欺負了去。」

許青山認真地應了，回頭只剩他們倆的時候，他就試探著問道：「不是錦繡坊的事，難道村裡真有人欺負妳？還是……想招婿沒挑到適合的人？」

阮玉嬌驚訝抬頭。「你怎麼知道我要招婿？」

「呃，我有一次無意間聽到了妳和幾個嬸子說話，而且這幾天好像也有人上門給妳說親。沒有適合的嗎？」許青山用餘光注意著她的表情，明明只是隨口一問，想知道她不開心的原因，但不知道為什麼，竟然感覺有點緊張，怕會聽到不喜歡的答案。

阮玉嬌噗哧一笑，搖頭道：「表哥你緊張什麼？我又沒怪你偷聽，只是碰到而已，再說又沒什麼好隱瞞的。不過這件事我都沒上心，奶奶和莊奶奶兩個人說沒有適合的。姻緣要講緣分，順其自然就好。」

許青山笑了笑。「我這不是怕破壞了在妳心裡好哥哥的形象嗎。」

阮玉嬌笑看著他，認真地說道：「不會，表哥在我心裡永遠都是最好的哥哥。」

這句話讓許青山心裡一暖，高興之餘卻又有點酸酸的。永遠都只能是哥哥嗎？他們又沒有血緣關係；不過這麼好的妹妹把他當親哥哥，他開心還來不及，這又是亂七八糟的想什麼呢？

許青山甩開凌亂的思緒，跟阮玉嬌閒聊起來。套話是他最擅長的事，一旦他認真起來，對方是絕對不會發現自己被套話的。而沒一會兒，他就知道了阮玉嬌煩躁的原因，竟是那不要臉的臭書生在糾纏表妹！

他可不像阮玉嬌那麼單純，這出門就能遇見人的機率有多低，他最清楚。能這麼頻繁的偶遇，絕對有一方是故意的，不是阮玉嬌，自然是那張耀祖了。而張耀祖的心思更是好猜，誰都知道阮玉嬌比阮香蘭要強上百倍，阮家的人他都見過，阮玉嬌不止本事、氣度比阮香蘭強，連容貌、身段都比阮香蘭好太多了，是個男人都知道怎麼選。

且村裡如今不少人都在嘲笑張家有眼無珠，撿了芝麻丟了西瓜，錯把魚目當明珠。張耀祖必然也知道，想必是後悔了，又想來哄騙表妹，真是個人渣！

許青山不小心掰斷了筷子，阮玉嬌詫異地看向他，疑惑道：「表哥，怎麼了？」

許青山淡定地將筷子丟掉，說道：「沒事，沒怎麼洗過碗筷，力道沒掌握好。」

阮玉嬌將信將疑地掃了眼地上的筷子，不明白洗個筷子有人會這麼用力嗎？遲疑道：「表哥你別弄這些了，我自己洗就行了。」

「多洗幾次就會了，表妹去一邊歇會兒吧，我聽外婆說，妳繡花得好好保護手呢，這些粗活能不做就不做吧。」

阮玉嬌沒想到他還能這麼細心，笑道：「表哥放心，我知道怎麼保養手，每天晚上都會好好保養，不影響繡花的。」

「嗯，那妳也別做了，反正我閒著也是閒著。」

等阮玉嬌真去休息之後，許青山出了門，就專挑不引人注意的小路走。走到張家盯了差不多一個時辰，總算等到張耀祖出門，接著就在他獨自一個人的時候，從背後掀起他的衣服兜到頭上，一拳一拳專打他身上最痛的地方，打得張耀祖哇哇亂叫。

許青山變了個聲音，邊打邊說：「老子不打女人，你就代你娘受過吧！告訴你娘，往後少氣我奶奶，再敢跟我奶奶吵架，我就打得你爬不起來，叫你連秀才也考不成！」

「不敢了、不敢了！我肯定管著我娘，你別打我，別打我啊！」

「哼，你最好記住你說過的話，再讓我看見你娘使喚我奶奶，你就等著瞧吧！」許青山最後又踹了他一腳，在他趴在地上爬不起來的時候，迅速消失。

張耀祖好不容易站了起來，驚慌失措地四下查看，卻連一個人影都沒看見。他渾身痛得一邁步就要摔倒，強忍著痛苦，才跌跌撞撞地跑回家中。張秀兒一看見他，就尖叫起來。「哥！你咋被打成這樣了？誰打的你？到底是誰啊？」

張老爹和張母被叫聲喊出來，看見張耀祖鼻青臉腫的樣子，立刻變了臉色，連聲追問，惹得張耀祖一頓怒罵：「我早說過別跟那些村婦一樣膚淺，你們還見天的跟人爭這個、吵那個，是不想讓我好過是吧？」

張母被他嚇了一跳，結巴道：「這、這是不是你惹著誰了啊？」

「我都不回家我能惹著誰？您還不懂嗎？是您惹的禍！人家是替自己奶奶出氣來了，不好打女人，就讓我母債子償！那人說了，您使喚他奶奶，還跟他奶奶吵架，把他奶奶氣得夠嗆。您說您到底得罪了誰！」張耀祖從小到大都沒被人打過，這不僅是疼痛，更是侮辱，而這份侮辱是親娘帶給他的，他就更加反感。他為什麼有個這樣粗鄙的娘？簡直就是他的污點！

張老爹也生氣地推了張母一把，質問道：「妳到底惹著誰了？兒子被打成這樣，要是傷到筋骨還怎麼考試？妳怎麼對得起我老張家的列祖列宗？」

這爺倆給她扣的帽子越來越大了，張母臉色發白的同時，怒氣也上升到了極點。「李婆子！李婆子的孫子是個混子，肯定是她，我找她算帳去！」

張耀祖沒來得及阻攔，看到張母衝出去，嚇得直接跌下了床。「快去把她找回來！那人說下次要打得我爬不起來，不讓我考秀才！」

張老爹急急忙忙地追出去，但他一個讀書人哪裡能跑得過張母？等他趕到李家，張母已經跟李婆子在地上打起來了！兩人妳揪我的頭髮，我撕妳的衣服，左撓一把，右掐一把，打得氣喘吁吁、滿臉通紅，那叫一個激烈，看熱鬧的村民都圍了兩大圈！

張老爹拉不動張母，反而被她們波及，撓破了臉，還被踹倒在一邊。更不妙的是，這時李婆子的孫子回來了，他真是個混子，平時就不做好事，經常打架，這會兒見有人到他家裡鬧事，自然不能忍，衝上去就大耳刮子搧在張母臉上，用力一扯，直接將張母扔出五米遠。再看到自家奶奶被人打得都爬不起來，轉頭對著張母和張老爹就是一頓打，直打得他們哭喊求饒才肯甘休。

這麼長一段時間，里正也聽著信趕過來了，一到場就喝問到底是怎麼回事？

張母披頭散髮，被打得什麼形象都沒有了，索性就坐在地上拍著大腿哭喊起來。「里正可得給我們做主啊，李婆子的孫子不是個東西，他把耀祖給打了啊！李婆子平時就不要臉地巴結我，是她上杆子給我幫忙，哪是我使喚她呀？她孫子就說我欺負他奶奶，這還有沒有天理了？」

李婆子當即就不幹了。「啥玩意？我孫子打了妳兒子？咋可能呢？我根本沒跟他說妳罵我的事！」

「我罵妳啥了？我不就說妳是沒用的老太太，給家裡添累贅了嗎？妳還聽不得實話，耍上脾氣了，我說的是假的嗎？誰不知道妳天天東竄西竄淨說別人壞話，妳背著我說我眼瞎，我憑啥不罵妳？」

「呸！妳不眼瞎？不眼瞎妳能退了阮玉嬌的親，把阮三丫討回去？全村都說妳瞎，妳還當就我說過呢？」

眼看兩人互相揭短又吵了起來，里正厲喝一聲。「夠了！都給我住口！」他指著她們兩個皺眉斥道：「妳們都是當人娘、當人奶奶的人了，居然還能這樣鬧，叫妳們的晚輩臉往哪放？」

見兩人都老實點了，他才看向李婆子的孫子，板著臉問。「你去打張耀祖了？給你奶奶報仇？」

李婆子的孫子掏掏耳朵，吊兒郎當地道：「有毛病？上來就冤枉我。我剛從鎮上回來，誰稀罕去打他家的寶貝疙瘩？那軟蛋玩意兒看見我不得尿褲子，還用我動手？」

張母怒氣衝天。「你閉嘴！你敢羞辱我兒子，你個……」

「閉嘴！」張老爹一把捂住張母的嘴怒斥一聲，低聲道：「你瘋了！你想讓他找人打死耀祖嗎？蠢貨！」

張母一個激靈，嚇得不敢說話了，卻還是很不甘心，盯著里正，想讓里正主持公道。只要里正把那混蛋趕出村子，他還能跑回來打耀祖不成？

可里正瞭解了前因後果之後，卻說沒證據證明是李家的孫子所為，連張耀祖本人都沒看見是誰打他，只聽了兩句模稜兩可的話能判斷什麼？反而李家指責張家誣陷他們，證據確鑿，張家被里正當著全村的面嚴厲斥責了一番，並勒令所有人不得在村子裡打架鬥毆，再發現這種事，定然嚴懲。

事情不了了之，張母吵鬧著不公平，最後也只能被張老爹硬拽了回去。人群散去的時候，許青山雙手環胸，勾了勾唇角。看看，這不就得了？那噁心人的玩意兒考試之前是出不了門了，再也不能糾纏表妹；而曾經欺負過表妹的張母、張老爹、李婆子全都挨了一頓揍，名譽掃地。挺好，這下表妹能高興了吧？

他特地打了一隻野兔去阮玉嬌家，把這些事跟她說的時候，就注意到了她的笑容，問道：「怎麼樣，覺得痛快嗎？」

阮玉嬌毫不猶豫地點點頭，笑容明媚。「當然痛快了！雖然我平時常說不跟他們計較，但是看他們倒楣，我心裡高興得不得了。」她看看許青山，小聲問道：「表哥，你會不會覺得我心眼小，不夠善良啊？」

「不會啊，我也覺得痛快，妳這樣很好。」許青山心道，這事就是他幹的，他怎麼可能覺得阮玉嬌心眼小？他的心眼比阮玉嬌更小。

阮玉嬌聽他這麼說，更高興了，低頭一看，他把兔子皮剝了正在處理，便問道：「表哥，你會鞣製兔皮？」

許青山點點頭。「阮奶奶不是說妳怕冷嗎？我趁早多弄點兔皮，等妳有空了，做褥子、做大衣、做手悶子，多做些，這東西保暖，等冬天的時候妳就不會冷了。」

阮玉嬌想像了下用柔軟的兔毛做出的那些東西，立刻感覺渾身暖融融的，好像心都要化了。她興奮地湊過去蹲在許青山身邊，盯著兔皮道：「謝謝表哥！表哥你真好！」

阮玉嬌的聲音一向軟軟糯糯，許青山只覺耳朵癢了一下，渾身發軟。他扭頭想跟她說別靠這麼近，卻不想距離太近了，他這一扭頭，滾燙的嘴唇直接貼在了她臉上！

這個親吻來得猝不及防，兩人頓時愣在那裡，看著對方，忘了反應。

不知過了多久，也許只是眨眼之間，阮玉嬌突然站了起來，無措地後退了兩步。她低著頭不敢看許青山，雙頰通紅，連耳朵都能感覺到熱度，真的是心跳急促，根本不知該做什麼反應才對？

許青山不忍她這麼尷尬，站起身輕咳了兩聲，低聲道：「表妹，剛剛是我……」

「沒什麼的！我、我知道表哥是不小心，沒關係的。我、我去屋裡看看、看看新縫的被子。」阮玉嬌當然不會讓恩人尷尬，連忙表示自己不介意，接著就低著頭，快步跑回了房間。

進屋之後，她立刻摀住雙頰，靠在牆上懊惱地低語。「怎麼就靠恩人那麼近呢？還出了這種事！恩人會不會覺得我很輕浮，像那些人說的一樣不是個好姑娘？天吶！怎麼辦，恩人以後會怎麼看我？我再對恩人好，恩人會不會誤會我對他有企圖？怎麼會這樣，怎麼辦呢……」

阮玉嬌輕蹙著眉頭，感覺腦子裡亂成了一團漿糊。她真的想做恩人最好的妹妹啊！做恩人的親人，借著這層身分，好好報答他兩世的救命之恩。可是，這次恩人肯定要誤會她了吧？

院子裡的許青山也和她一樣懊惱。本來他這幾日少來就是因為心思浮動，這次本是替表妹出了氣，想來說說讓表妹高興一下，哪知道竟親到了表妹！這下完了，本來大家就說他是山村野夫，在戰場上混了一圈，回來變得更野，如今他突然親到表妹，表妹連解釋都不聽，肯定是認為他輕薄她了。

這怎麼辦？他真的不是故意的，雖然他心裡也有些蠢蠢欲動，但他怎麼可能這樣輕薄表妹呢？要是他真想和表妹有什麼，那絕對是要好好珍惜的啊！

想到這裡，許青山突然怔住了。他心裡是想和表妹有什麼嗎？難道他喜歡表妹？從來沒動過心的人，有些分辨不清，到底是喜歡這個姑娘還是喜歡這個妹妹？許青山按了按心口，慢慢平復心跳。

他覺得他該認真想一想，因為他們是表兄妹，這個「喜歡」是不能輕易說出口的，一旦他們之間有了什麼，那就必須白頭到老。若是中間出了什麼差錯分開了，他們絕對是再也做不成兄妹的。他不能允許傷害表妹的人是他自己，更不能讓外婆看到兩個最在乎的晚輩傷心難過。所以，在沒確定是不是真心、是不是能一輩子之前，他不能說，更不能再隨意親近，不然將關係弄糟就麻煩了。

可是……剛剛親完人家，一句話不說就走，這不是人渣幹的事嗎？

許青山皺著眉，蹲下繼續鞣製兔皮，心裡覺得這事比當臥底都難。尤其是他如今連個事業都沒有，憑什麼跟人家姑娘開口啊？這裡頭需要想的事還多著呢，他真得注意了。

兩個人一個屋裡、一個屋外，胡思亂想的，誰也沒有再出聲，倒是活都幹了不少。阮玉嬌把新被子、新褥子都收了尾縫好了；許青山也鞣製好了兔皮，還劈了一大堆柴，弄得睡完午覺醒來的兩個老太太完全摸不著頭腦，不知他們倆怎麼就這麼勤快了？

這之後許青山就減少了來她們家的次數，飯也多是在許家吃的。許青山覺得他有責任先想清楚，再者要想跟人家姑娘好，也得先有個掙錢的路子才行。倒是阮玉嬌心中忐忑，總覺得許青山也許是想跟她拉開距離，她怕許青山誤會她行為輕浮，也不敢太關心了，一時間兩人之間的話少了很多，相處時還透著一股彆扭勁，和從前的溫馨默契大不相同。

兩個老太太看出苗頭，可惜旁敲側擊什麼都沒問出來，也只能在旁邊看著乾著急，沒什麼辦法插手。

村裡上門給阮玉嬌說親的人越來越多，幾乎要踏平她家的門檻。知道內情的是上門介紹贅婿給她，許多不知道的就是給她介紹婆家了。不單介紹些本村的人家，還有附近幾個村子裡認識的，都有不少託人幫忙帶話。老太太們這下徹底忙起來了。相看孫女婿都相看不完，哪還有工夫關心兩個晚輩的心事呢？

阮玉嬌就要十六歲了，已經不小，兩個老太太也很著急給她選個適合的人。尤其是阮老太太，莊婆婆腿腳沒養好，不能下地，那打聽男方情況的重任就落到她一個人身上了。她真是今天去這家、明天去那家，到處串門，明著暗著的打聽消息。於是阮玉嬌要相看夫婿的事就這麼給傳開了，有適合的全都幫忙介紹，沒有的也熱心幫忙打聽，就是看熱鬧的都想知道最後她能選個什麼樣的人？

因為阮玉嬌的事，村裡再一次熱鬧了起來。這可就愁壞了許青山了，他還沒弄明白自個兒心意，不敢亂說，可這全村都在幫阮玉嬌相看夫婿呢！他不說，不說人家姑娘跑了怎麼辦啊？可說了，他不能給人家幸福又怎麼辦？

許青山剛回來，也沒個兄弟朋友，連個商量的人都沒有，唯一有些交情的劉松又不方便說，那不往劉松傷口上撒鹽嗎？許青山進山打獵的時候還在發愁這事呢，結果一個沒注意，在小山坡踩空了。雖然他身手了得，摔倒時就做出了反應，但那小山坡挺陡，他到底還是滾了下去。等他費了老大勁爬上來的時候，衣服被勾破了，身上也難免有了幾處擦傷。

他坐到地上，看了看身上的衣服，心裡就把自己臭罵了一頓。這可是表妹親手給他做的衣裳呢，一共才做了兩件，怎麼就給弄壞了一件？早知道就不穿表妹做的衣裳打獵了，真是憋氣！

不過摔都摔了，也沒辦法，他坐了半天，還是打了兩隻野雞回去了。回家之後，他就先清洗乾淨，換了身衣服。每次打獵打雙份，其中一份是送去給阮玉嬌她們補身子的。換上衣服之後看不到身上的傷，他這才滿意地出門打算去送獵物。

到之前放野雞的地方一看，兩隻野雞都沒了。他皺了皺眉，從院中地面的少許雞毛來看，野雞應當是被放進倉房了，他走到倉房門口，卻見房門已經鎖上了。許青山衝著主屋揚聲道：「娘，我打回來的野雞是您收起來的？給我拿一隻出來，那是給我外婆的。」

主屋一點動靜都沒有，其他房間也是，就好像家裡一個人都沒有。許青山斂起表情，輕哼一聲，直接握住那鎖頭，用力一拽，鎖頭應聲而掉，倉房這就給打開了！他進去直接提了一隻野雞就往外走，讓屋裡扒著窗戶的許方氏怒不可遏，衝出來就嚷道：「幹啥呢？放進倉房的東西你都敢拿？你還把不把我當娘了？」

許青山停下腳步，沈聲道：「想當我娘就要有點當娘的樣子，我給我外婆打的野雞都敢昧下，妳也不怕我親娘晚上從墓地裡爬出來找妳。怎麼，想見見我娘，給她行禮不成？」

「你！許青山你、你竟敢這麼跟我說話？」許方氏瞪大了眼，捂著胸口，一口氣沒喘上來，差點沒厥過去。「你個小兔崽子，你——」

「娘，消消氣，別吵了。」許青柏及時出來阻止了許方氏的叫罵，扶著她勸道：「娘您少說兩句，野雞是大哥打的，他想給他外婆補身子也無可厚非，別吵了。」

許方氏咽不下這口氣，指著許青山道：「你還幫他說話？他整天閒著啥也不幹，我留下兩隻野雞咋了？一天吃那麼多，光拿回來一隻野雞哪夠？讓我白養著他啊？你看看他，他像什麼樣子？今天他敢這麼頂撞我，往後是不是就敢打我？如此不孝之人，還好意思提他親娘？他親娘……」

「住口！」許青山厲喝一聲，慢慢轉回身，一步步走向許方氏，盯著她，不客氣道：「說夠了嗎？妳一個繼室也配提我娘？妳的所作所為也配讓我孝順？我從不知妳竟如此沒有自知之明。妳今日之舉，可是想體會一下我這五年過的是什麼生活？」

第三十四章

許方氏和許青柏同時哆嗦了一下。許青山氣勢外放，好像一瞬間變成了最凶猛的野獸、最銳利的尖刀。那緩慢的步伐彷彿一步一步踏在他們心上，欲將他們的心臟踩爛！還有他的眼神，太可怕了，他們說不出到底哪裡可怕，但被他這樣盯著，突然感覺聞到了血腥的味道，忍不住背脊發涼，恐懼起來。

許方氏已經說不出話，而許青柏不自覺地後退了一步之後，硬著頭皮道：「大、大哥，娘她、她不是有心的，以後、以後她不會再這樣做了，真、真、真的！娘，是不是？」

許青柏焦急恐懼的聲音驚醒了許方氏，許方氏連連點頭，下意識就做了保證。「不會、不會了。」

許青山定定地看了他們一眼，不再理會，轉過身大步離開。

等他走後，母子倆才鬆了口氣，立刻感到腿軟得厲害，互相攙扶著坐到了凳子上。許桃花跑出來，拍拍胸口後怕道：「他怎麼這麼嚇人啊？娘，您說他會不會腦子有病，像那個劉瘸子一樣發瘋啊？」

許方氏心裡七上八下的，拉住許青柏道：「兒啊，你說呢？他今日連我都敢罵，這、這要是讓他繼續住下去，他會不會哪一日發瘋起來，害了我們啊？」

許青柏用力揉了揉額頭，驅散腦海中那些血腥的畫面，不耐煩地道：「娘，您這會兒問我有什麼用？我早跟妳們說過，不要惹他、不要惹他！您為什麼就不聽？他是殺過人、見過血的，真惹到他，他會幹出什麼事誰知道？一隻野雞而已，到底是幹麼啊！」

「一隻野雞？這是一隻野雞的事嗎？我再不想法子治治他，他以後說不定連打獵都不打了，就在家等著讓咱們伺候呢！我也是為了這個家啊。再說、再說他以前還不是多罵罵就聽了？我、我也沒想到他竟然這麼嚇人啊。」許方氏想起剛剛那場面仍舊心有餘悸，臉色白得跟病了一樣，卻還是不甘心。憑什麼讓她白養這麼個大個子呢？

許桃花也跟著氣道：「他太壞了，有好東西就給那邊送，對那個阮玉嬌比我這個親妹妹還好，他是不是忘了自己姓啥了？哥，你得想想法子治他啊，再這麼下去，咱們家都成啥樣了，還真全都聽他的啊？」

許青柏拍了下桌子，皺眉道：「我馬上就要考秀才了，妳們非要讓我分心考不上是不是？若是他剛才動手，傷到我，我還能去考試嗎？」

「他敢！」

「他有什麼不敢的？許青山變了，再也不是我們能拿捏的人了，他是從死人堆裡爬出來的，什麼都不怕，也不在乎名聲，懂嗎？」許青柏耐心告罄，起身道：「總之不要再惹他，里正不是提過分家的事嗎？他師父給他留了個破房子，等我考完秀才，地位提高了，到時候再找機會把他分出去。如今妳們就當他不存在好了，忍忍，這才是為了全家好。」

許青柏身為讀書人，一向是很文雅的，這還是他第一次發脾氣。許方氏和許桃花愣了愣，都沒敢再說話；許青柏當她們答應了，回房繼續看書去。可看著熟悉的書本，他卻發現自己一個字也看不進去。之前他就已經知道許青山變了，可剛剛才清楚地意識到，許青山不但變了，還比他想像中更加不好惹。之前他想讓許青山回家來，為他的好名聲再添一塊磚，如今卻只得了塊燙手山芋，真是引火焚身了。

許青山其實並沒有他們所以為的那麼生氣，他出了許家的門就已經恢復了正常。許家那些人不在他心上，不管做什麼他都不在乎，當然犯不著跟他們生氣。他剛剛之所以那樣，只不過是為了震懾他們。從他回家開始，就一步步讓他們認識到他的改變，而且是溫水煮青蛙，不讓他們有機會反彈。

如今遞進到一定程度，爆發震懾一下，起到的效果絕對比剛回來就鬧翻要強得多。不止保住了外婆所在意的名聲，還讓許家人心驚膽戰，不敢在外面亂說話，更不敢再招惹他，等以後他分出來，也不會對他有任何不好的影響。若說從前他對名聲還有幾分不在意，那如今他對阮玉嬌起了心思之後，就開始有意識地保護自己的名聲了，怎麼也不能讓人以為阮玉嬌會跟個聲名狼藉的人不是？

許青山到了阮玉嬌家門口，還低頭檢查了一番，確認擦傷沒有外露才敲門進去。誰知他幫阮玉嬌拔雞毛的時候，因為聞到了阮玉嬌身上的香氣有些緊張，一時忘了想要掩飾的傷，捋起袖子就被阮玉嬌給看見了。

阮玉嬌吃驚地睜大了眼。「表哥！你這是怎麼弄的？跟人打架了？」

「呃，不是，就是打獵的時候不小心擦破了點皮，不礙事。」許青山低頭一看，連忙把袖子放下來。

阮玉嬌卻緊緊皺著眉，根本不信。「你打獵那麼厲害，打隻野雞就能受傷？怎麼可能。你肯定是跟人打架了吧？誰？是不是有人說你壞話？村裡只有李婆子家的孫子是混子，聽說前陣子他還打了張耀祖，是不是他挑釁你，跟你打起來了？」

許青山好多天沒感受過她的關心，乍然發現她依然這麼關心他，嘴角忍不住就翹了起來。「沒有，表哥什麼時候騙過妳？再說村裡也沒有能打傷我的人，我真是打獵不小心碰了一下。」至於李婆子的孫子打張耀祖那事，那就是他幹出來的啊。

阮玉嬌總覺得有古怪，不過他不說，她也不好多問，心裡卻覺得有些不舒服，感覺恩人瞞著她，就好像跟她更疏遠了。又想到這陣子許青山總是不來，明顯是在避著她，她也有些生氣了。他直接起身，不發一言地回屋拿了傷藥出來遞給他，就去曬被子。

許青山再傻也發現表妹不高興了，何況他根本就不傻。他幾乎是本能地跟了上去，笑著道：「表妹，被子太重，我幫妳曬吧。」

「不用，表哥這些天不來，我自己也是每天曬的。」阮玉嬌抱著被子不撒手，繞過他，逕自走到晾衣繩那裡往上掛。

許青山摸摸鼻子，暗罵了自己一聲「混蛋」，然後又快步上前抓過被子，借著身高往上一搭，被子就曬上了。他隔著被子站在阮玉嬌對面看她，笑道：「表妹別生氣，我這幾日不是想多認識幾個兄弟嗎？就沒過來。」

「表哥忙，不用跟我解釋，只是莊奶奶盼了你那麼久，每天都等著見你，跟你說說話呢，表哥有空還是多來看看莊奶奶吧。」阮玉嬌說完，覺得自己有些賭氣，深吸了一口氣，突然看著許青山道：「表哥，是不是因為那次的事，你覺得我不好，才不願意來的？如果是的話，那你不用擔心，你來看莊奶奶的時候，我可以在房裡待著或者出去，不會打擾你們的。你不用為了避開我，連莊奶奶都不見了。」

阮玉嬌說完覺得有點難堪，轉身就快步往房裡走。許青山頓時急了，幾個大步跨過去，在阮玉嬌關上房門之前一把把門抵住，解釋道：「表妹妳誤會了，我怎麼會那麼想？我、我這不是怕妳看見我不自在嗎？真不是妳想的那樣。」他看阮玉嬌臉色還不好看，心急之下抓住了她的手。「表妹，妳相信我，我什麼時候騙過妳？」

阮玉嬌愣了愣，低頭正好看到自己的手被他緊緊抓著，心臟又亂跳起來，臉也紅了。

許青山反應過來，看著她頰邊飛起的紅霞和柔軟嫩滑的小手，不禁心裡一蕩，忍不住往前一步，手握得更緊了。「表妹，其實我是對妳……」

「嬌嬌啊，我回來啦，有水沒？真是渴死我了！」

門外阮老太太的聲音嚇了兩人一跳，阮玉嬌立即抽回手，應聲道：「有，奶奶您坐著，我這就給您倒。」

她偷看了許青山一眼，忙低下頭，從他和房門的空隙間跑了出去，給阮老太太倒水去了。

許青山把手握緊了，一句話沒說出去全給憋回去，憋得他胸口疼，只得沈默地把剩下的幾床被褥都抱出去曬了，阮老太太看見還笑道：「家裡有個男人就是好啊，這被子重的，我們曬一次手都酸半天。」

許青山笑了下。「那以後有什麼重活就叫我幹，奶奶妳們就別弄這些了。對了，奶奶，您怎麼這麼累啊？去哪兒了？」

「我啊，我去鄰村給嬌嬌相看婆家去啦！」阮老太太一提起來就笑眯了眼，興奮地說：「嬌嬌，這次可真是可靠的人家，奶奶都去了三回了，跟不少人打聽的，連鎮上都去了。這好小夥妳還認識，妳說這是不是緣分？」

阮玉嬌驚訝道：「我認識？我哪有什麼認識的男子啊？」

阮老太太笑道：「要不咋說是你倆的緣分呢？這人就是錦繡坊的祥子！當初咱們去鎮上找活幹，不就是因為祥子幫的忙嗎？後來我聽妳提過幾次，祥子他一直很照顧妳，對不對？我記得妳還給他娘縫過衣裳呢。我問過了，他家就他娘一個人，好相處得很，你們又都是在錦繡坊上工，往後掙得多了一起搬去鎮上，不正合了妳的願望嗎？妳說好不好？」

沒等阮玉嬌說話，許青山就忍不住道：「奶奶，聽您的意思，這祥子是從村裡去鎮上受到重用的。您也知道，咱們村裡在鎮上出息的，十個有八個都有點嫌棄村子，一下子從窮小子翻身被人捧，太容易失去初心了。我看還是要在鎮上再打聽打聽，他這麼好的話，怎麼到現在還沒娶妻呢？」

阮老太太愣了愣，仔細想想，覺得他說的也有道理，猶豫道：「嬌嬌啊，妳不是跟他相處很久了嗎，妳覺得人咋樣啊？」

阮玉嬌突然感覺在許青山面前談論自己的親事很彆扭，而且他們剛剛還……她有點不知道怎麼說，但祥子是她從來沒考慮過的，便低頭道：「奶奶，祥子哥是一直很照顧我，不過我不是跟您說了嗎，我想招贅一個夫婿回來，那樣省事，我不想找婆家嫁過去。」

阮老太太摸摸她的頭髮，笑說：「妳呀，奶奶知道妳的想法，是從前苦了妳，把妳嚇得都不願意相信人了。不過奶奶看中這祥子也是有原因的。他雖然不能入贅，但他家人少，他們村都說他娘好相處。祥子我也見過了，感覺確實不錯，這樣的人家可是打著燈籠都找不到的啊，不正跟妳的要求符合嗎？將來你們努力在鎮上安家落戶，定然能把日子過好的。」

許青山皺了皺眉，本能地就想阻止。可聽阮老太太說了這麼多，尤其是祥子被掌櫃的看重和阮玉嬌很配那句話，讓他默默地閉上了嘴。突然有點後悔這段時間自己非得低調個什麼，以至於如今想阻攔都沒什麼能拿出來說的。可他剛回來又真的必須低調，否則不能讓一些人放心啊。

他低頭亂想的時候，阮玉嬌偷偷看了他一眼，見他沒出聲，不知道為什麼就有那麼點失望。她還以為剛才他拉著她是想說什麼呢，原來……不是她想的那個意思啊。

阮玉嬌心情有些低落，想了想，道：「奶奶，我跟祥子哥認識，又在一處上工，暫時還是別急著說什麼。萬一不成的話，以後見了多尷尬啊？再說他不能入贅，那親事肯定就要男方先提才好，他沒提之前，咱們還是先別提了。」

「那也行，都聽妳的。」阮老太太跑累了，說完這件事就回屋歇著去了。剩下阮玉嬌和許青山坐在桌邊，突然就多了幾分說不清、道不明的感覺。

許青山試探著問道：「這幾日表妹去錦繡坊了嗎？」

阮玉嬌說：「之前沒去，剛剛做好了一件衣裳，打算明天去呢。」

「那我陪妳一起去吧。」許青山脫口而出，看到阮玉嬌詫異的表情，忙解釋道：「上次妳就是在路上遇到危險，那幾個人還有家人呢，賠了那麼多銀子，難免心存怨恨，我跟妳一起，可以保護妳，正好我也有事要去鎮上看看。」

「哦，那好，明天一早我們一起去。」

兩人說定了時間，就又各自幹各自的活去了。

晚上吃完飯，許青山回家就往床上一躺，翻來覆去怎麼也睡不著。他低聲罵了自己一句。「不乾不脆，王八蛋！是不是個男人？」

可正因為在意，才會謹慎，從小到大，家都是他最渴望擁有的。他不知道將來他的家會是什麼樣子，但至少現在他有外婆、表妹和阮奶奶三個親人。他們真的很親近，所以他更加不能輕易破壞這種關係，生怕會一下子失去兩個親人，那樣他和外婆也不會開心。其實他早就想得很清楚，不管怎麼樣，一旦他娶了阮玉嬌，肯定會一輩子擔起責任，對她好的。

可他記得在軍營裡的時候，聽那些戰友說起心上人和妻子，有的幸福甜蜜，有的唉聲嘆氣，他隱約知道，責任是不能讓人幸福的，必須真的很愛對方才能給對方幸福。他如今就是不知道自己到底有沒有很愛阮玉嬌？現在的心動和占有欲到底算不算呢？這麼重要的事，弄錯了可是要害人的啊！

這一夜許青山完全沒睡著，但第二天一早，他還是精神抖擻，一點都看不出他沒有休息。即將去鎮上見那個阮奶奶十分滿意的祥子，許青山莫名地有了些鬥志，甚至不自覺地把自己打理了一番，才清清爽爽地去接阮玉嬌。

兩人一到錦繡坊，祥子就笑著迎了出來。「妹子妳可來了，掌櫃的昨天還念叨妳，就盼著妳再做出漂亮的衣裳，讓咱的生意更火呢。」

阮玉嬌笑起來。「我是做了件衣裳，不過能不能更火我可不知道，還要讓喬姐看看才知道。」

「妹子謙虛了，妳做的哪有不行的樣式！」

祥子話裡的親近之意很明顯，而阮玉嬌對祥子的態度則讓許青山心中警鈴大作。上回是替阮玉嬌出頭，對這個祥子沒太多印象，如今看來他們關係真的不錯，怪不得阮老太太對這個祥子這麼滿意。他看向祥子的目光頓時有了變化，帶上了不自知的防備和挑剔，只想把阮玉嬌帶走，讓他們離得遠遠的。

祥子被他看得一愣，對阮玉嬌笑笑，問道：「這是妳表哥嗎？上次好像來過一回。」

「對啊，祥子哥，這是我表哥許青山，才當兵回來不久。」阮玉嬌介紹了一句，又對許青山道：「表哥，這是祥子哥，一直很照顧我的。」

許青山露出笑容，跟祥子打了個招呼，客氣道：「多謝兄弟對我表妹的照顧，日後若有需要幫忙之處，儘管找我，定然義不容辭。」

祥子忙擺擺手。「許大哥客氣了，是妹子自己有本事，我沒幫上什麼忙。咱們別在這站著了，喬掌櫃在裡頭，咱們進去吧。」

之後便是阮玉嬌和喬掌櫃談衣服樣式的事了，許青山和祥子都聽不太懂，便也不打擾她們，默默退出門外聊起天來。許青山有意瞭解祥子的情況，先是天南海北地說著閒話，待兩人聊得多了，祥子卸下防備之後，許青山便慢慢得到了自己想要的消息。

可如此，他的緊迫感卻更強了。因為祥子還真是一個很好的人，有擔當、有上進心，且孝順、仗義、忠誠、腦子活。在附近的十里八村，這樣一個靠自己打拚出成績的好男人真的很少，而且祥子的樣貌也不差，阮老太太看中他還真沒錯。如果許青山只把阮玉嬌當妹妹的話，說不定還真會勸她考慮。但如今，他只想把兩人隔離，最好再也別見面才好！

直到許青山隨口問了句怎麼沒成親，祥子苦笑了一下，說道：「還沒闖出個名頭呢，不好去開那個口啊。」

許青山眼睛一亮，追問道：「這麼說，是有了目標了？我看祥子兄弟條件不錯，難道姑娘是鎮上的？」

「可不是嗎，咱們村裡的窮小子要娶人家鎮上的姑娘，不下狠勁兒怎麼成？至少不能讓心上人出嫁還被人笑話吧？」祥子說完愣了下，笑道：「瞧我說這些幹麼，再努力努力就是了。許大哥呢？聽說你才回來不久，在外當兵耽誤了幾年，如今是不是也該考慮終身大事了？」

許青山一下子對他的態度好了許多，笑說：「是啊，不過我也跟你一樣，想先打拚一下。我這剛回來，更需要努力表現了，做出成績之前，我也是不好開口啊。」

兩人似乎就這事有了同病相憐的感覺，無形之中拉近了距離，聊起來自然又輕鬆隨意了許多。阮玉嬌出來時看到他們聊得高興，暗暗吸了一口氣，心想，在家奶奶剛提過看中了祥子，如今許青山就跟人家聊得這麼高興，果然對她是沒想法的吧，不然誰會缺心眼的跟情敵聊這麼好啊？看來之前許青山拉著她也不是故意的，是她自作多情了，還是招贅個夫婿回來算了。

缺心眼的許青山看見表妹出來就露出了笑容。「表妹，難得來鎮上一趟，我想去辦點事，正好祥子說有認識人可以幫忙，咱們一起去吧。」

「好啊，那就一起走吧，我跟喬姐說完了，已經沒事了。」

「嗯。」許青山又對祥子笑道：「那祥子你去跟掌櫃的說一聲吧，我們先去外面等你了。」

祥子點點頭。「好，許大哥你們稍等片刻，我去去就來。」

阮玉嬌看著兩人相處和諧的樣子，笑問道：「表哥似乎和祥子哥處得很好？」

許青山少了個情敵自然高興，低頭回以一笑，贊道：「祥子的人品、性情確實不錯，奶奶看人的眼光還是很準的。」

「哦。」聽他這麼說，阮玉嬌死心了，回了他一個淡淡的微笑。

等祥子告了假，他們三人便往市集那邊走去。因著之前大肆購物那次，阮玉嬌已經給許青山買齊了生活用品，所以阮玉嬌心裡琢磨半天，也不知道許青山這是要去做什麼？看他們倆也沒有停下挑東西的意思，阮玉嬌不由得問了一句。「表哥這是要辦什麼事？」

許青山看看她，低聲說道：「去買房子。之前在邊關打仗的時候，其實我弄到不少銀子，而且還立功得了賞銀，正好剛才祥子說認識一個管家在幫家主賣房子，那房子不錯，我們去看看。」

阮玉嬌立時瞪大了眼，滿臉的不可置信。「你要買房子？」

「是啊，這還有假？」許青山看她吃驚的樣子覺得分外可愛，笑道：「表妹，我一個大老粗也不會挑，待會兒妳可要幫我好好看看，要是不喜歡一定要告訴我啊，不然我都不知道哪裡不好？」

「哦、哦……」阮玉嬌眨眨眼，還有些回不過神來。正在這時，祥子說的那戶人家已經到了，阮玉嬌抬頭一看，再一次忍不住被驚在原地。「這、這麼大？」

許青山低頭輕笑一聲。「不大啊，畢竟是要長住的，我都二十歲了，以後家裡也不可能只有我一個人，對不對？」

這意思就是要為孩子考慮了，還不止是一個孩子！阮玉嬌感覺心裡酸溜溜的，不理許青山，大步跟上了前面的祥子。不過一進院子，她的目光就被吸引住了。怪不得祥子會開口幫忙介紹，這房子不但格局好，而且像是剛剛整理過，新得很。

許青山看了看她的表情，試探著問。「怎麼樣？這裡好嗎？」

那位管家一看就明白今兒個誰是能做主的人了，立刻走到阮玉嬌面前，笑道：「姑娘，我家主人原來是商戶，還算有些薄產，所以這房子建造的時候用的就全是好料。而且您看看這五間主屋，全是坐北朝南，陽光充足，窗戶也大，看著敞亮得很。不管是住人還是當飯廳、書房、招呼客人，全都合用著呢。這房子才建好半年，根本沒人住過，我家主人因著去了別的地做生意，站穩腳跟，便決定不回來了，這才想儘快把這宅子賣掉，不然誰捨得把好好的新房子給賣了啊？」

阮玉嬌收拾好心情，進五間正房裡轉了轉，每間不算很大，但也足夠寬敞，夫妻、孩子、老人住著都適合。而且院子不小，即使五間正房蓋在一起也不顯得很長，反而看著特別敞亮氣派。她點點頭，對許青山道：「表哥，前頭看著倒是不錯，你覺得呢？」

許青山擺擺手笑說：「妳看就行了，我真不懂這些。今日要煩勞表妹了，待會兒我請表妹去酒樓吃好吃的，答謝表妹。」

阮玉嬌微微一笑。「我也不過是瞎幫忙，哪用得著答謝？其實我也不懂這些的，就是覺得這屋子看著挺好。」

「那就行，咱們再去後院看看？」

「嗯，好。」

管家一聽他們滿意，臉上的笑容便真切不少，又帶他們去了後院，口中說道：「一般鎮上的宅子不這樣蓋，但我家主人從前是村裡的，很喜歡這樣前後院，又用著舒服的格局。這不，後院東西兩側各有兩間房子，一間是灶房，剩餘三間既可住人，又可當倉房用，就算想養幾隻雞、養頭牛，這院子也夠大了，您看看。」

第三十五章

後院確實夠大，不說養個什麼東西，至少自家種點菜是沒問題的；而且東西兩側的房子，除了灶房以外，可以有一間專門放糧食、青菜，一間專門放工具雜物，剩下一間，放些不常用又需要仔細保管的東西，還真是極方便。反正阮玉嬌是一眼就看中了，她笑意盈盈地看向許青山，問道：「表哥喜歡嗎？這是你買房子，怎麼也要你看著合眼啊。」

許青山單看她進院之後的表現就知道她喜歡了，笑道：「挺合眼啊，表妹再幫我看看吧，然後咱們再去別處看看，對比一下。」

「好啊。」阮玉嬌看房看出點樂趣來了，開始跟著管家裡裡外外地參觀，把這處宅子的樣子刻在心裡。

祥子同許青山站在陰涼處聊天，見許青山的視線一直不離阮玉嬌，他恍然大悟，不禁暗暗笑了。原來許青山是對阮玉嬌有意，怪不得剛開始在錦繡坊見面時對他隱隱有些敵意呢，看來要不是他提到自己有心上人的事，許青山也不可能同他成為朋友，甚至信任他、跟他來看房子。

三人看好了離開之時，祥子便極有眼色的說不能請假太久，趕著要回錦繡坊做事了。許青山他們自然不能留他，好好謝了他一番，約好有機會一起吃飯之後，便同他分開了。

許青山和阮玉嬌又去牙行跟人看了兩處房子，但不是格局不好，就是位置不好，或者看著就擁擠，不寬敞。若說原本他們就對開始看的那處宅子很滿意，那如今有了對比，就變成非常滿意了。

阮玉嬌對許青山說道：「表哥，你銀子夠嗎？雖然第一家貴了點，但是我覺得那家最好。」

許青山想都沒想的點點頭。「足夠了。表妹喜歡那家嗎？」

「喜歡啊！你看，主屋就有五間，住的、待客的、書房、客房。等你以後有了子女，讓他們住在正房，採光多好啊。而且前院、後院那麼大，三間倉房也夠了，要是將來你的子女多了，住不下，還可以在院子裡再蓋啊。到時候牆邊可以種上花，前院還可以搭個藤架，下面擺一張躺椅，夏天在藤蔓下乘涼肯定很舒服。後院還有井，喝水、洗衣服都方便，將來孩子們玩起來也寬敞，想起來真是沒什麼地方不好。」

許青山認真聽著她說，腦海中浮現的就是兩人日後一家幸福的模樣，臉上的笑意便更深了，迫不及待地說：「那就定這家，這就去買吧，晚了怕是會錯過的。」

那處宅子要三百兩銀子，不講價。真的很貴，像阮老太太掙了一輩子也才有三十兩銀子而已。特別是這麼大的宅子，在村裡蓋好就是差不多三十兩，到了鎮上比村裡貴了十倍。許青山說買就要買，阮玉嬌就有點猶豫了。

「表哥，要不再想想吧？回去跟莊奶奶商量商量。這、這我也不懂什麼，就是給你瞎參謀，這麼大一筆銀子花出去，萬一買錯了可怎麼辦啊？」

「買錯了就再賣了唄。」

「可是，那宅子要是那麼好賣，肯定早被搶了啊，哪還輪到祥子給你介紹呢？」

許青山笑笑，說道：「那宅子不好賣估計是因為它用料好、格局好，比同類型的宅子要貴四、五十兩。有的人就覺得能住人就行，買這樣的不合算。真看上的，也許還有些想要拖著壓價，畢竟剛剛那位管家說了他主人急著賣。所以算來算去咱們買都不虧，好房子住著舒服，而且安心，如果咱們也等著壓價，說不定最後就被別人搶去了，妳說呢？」

「這倒也是。」阮玉嬌也不是那麼糾結的人，想了想那宅子的好處，便道：「那就買吧！宅子是我選的，真不好的話就算我的，等我掙夠了銀子賠給你。」

許青山頓時輕笑出聲，把阮玉嬌笑得都不好意思了。「你、你笑什麼呀！」

「笑妳真可愛！」

許青山沒再多說，眼看快到中午了，他立即帶著阮玉嬌去找了那位管家，直接去辦文書去了。那位管家從前常跟著主人辦事，在衙門裡也有認識的人，二兩銀子送出去，片刻工夫就把房契給過好了。管家完成了主人交代的事，喜悅之情溢於言表，臨走時竟祝福他們二人白頭偕老。

阮玉嬌立時臉就紅了，剛要解釋，卻發現那管家已經急匆匆地走了，頓時尷尬得不知該說什麼好？許青山笑道：「表妹，別管他了，咱們去吃飯吧。這鎮上最好的酒樓就是太白樓吧？我們去嚐嚐味道有沒有表妹做得好吃？」

「人家太白樓肯定比我做的好啊，不過太白樓太貴了，咱們還是買點菜回家吃吧。」剛剛才花出去三百兩，阮玉嬌實在有些捨不得銀子了。

許青山卻道：「今日表妹幫了我這麼大一個忙，我怎麼能不請客呢？再說我們偶爾吃這一次，花不了多少錢的。走吧！都飯時了，妳不餓、不累嗎？」

看了一上午房子，阮玉嬌當然是又累又餓，她看了看許青山的表情，覺得他可能確實有錢，便點頭同意了。

兩人一同去了太白樓。因為阮玉嬌在錦繡坊受到重用，給家裡人的衣裳便都用了好料子，雖說住在村裡並沒有做得太扎眼，但進了太白樓卻也不會被其他賓客輕視。小二迎著他們去了二樓隔間，報了菜名之後，阮玉嬌挑著點了兩個，而許青山則直接點了三個招牌菜。

阮玉嬌皺眉道：「咱們兩個人哪能吃完五道菜？」

「吃不完帶回去就好了。」許青山笑著給她倒了杯茶水。「妳呀，出來吃飯當然要吃得痛快高興，不要想別的東西，表哥帶妳來，肯定是付得起錢的，不會把妳押在這裡。」

阮玉嬌噗哧一笑，端起茶道：「你想押我也不給你押，我現在可是兩位奶奶的心肝寶貝呢。」

「對，妳現在就是咱們家的心肝寶貝。」許青山看著她明媚的笑容，想都沒想，就接了這一句。

阮玉嬌耳朵一熱，連忙低頭喝茶掩飾害羞的神情。許青山見狀，勾了勾唇角，心下安定。他想他之前一定是瞎了眼，居然沒看出表妹對他有意，這幾日躲避的混蛋舉動肯定叫表妹氣壞了，幸虧表妹心好，還肯理他，不然他哭都沒地哭去！

昨晚他想了一晚上，也許是阮老太太有了中意的孫女婿，讓他一下子開了竅，終於想明白了自己的心意。畢竟他活了二十年，在村裡、在邊關、在敵軍臥底，真的見過很多很多女人，各種各樣的性格、各種各樣的容貌，但他卻只對阮玉嬌一個人動過心。如果這還不算愛上的話，他覺得自己這輩子也就是打光棍的命了。

想通之後，他覺得智商一下就回來了，再回想前些天的自己，都恨不得親自把自己揍上一頓。太不是個東西了！幸虧表妹對他好，他這次真的是找到寶了！

心裡對兩人的事有了底，許青山對阮玉嬌就越發殷勤，倒茶、挾菜、盛湯、盛飯，把阮玉嬌照顧得無微不至，阮玉嬌見他如此又有些懵。她才剛剛死了心呢，這會兒這又是幹麼呢？但不可否認的是，被許青山這樣關切，她心裡甜甜軟軟的，笑容不禁多了起來。不管怎麼樣，如今她還沒有表嫂，就當享受哥哥的關懷好了。

太白樓做的菜確實好吃，色香味俱全，他們兩人吃掉了一大半。阮玉嬌看看剩下的那些，有點不好意思地說：「把這些拿回去給奶奶們吃不太好吧？都是咱倆吃剩的呢。」

許青山特別喜歡聽她說「咱倆」兩個字，彎起唇角就笑了起來。「沒事，這個剩了咱倆晚上回去接著吃，給外婆和奶奶的再點就行了。」

「啊？還點？」

不等阮玉嬌驚訝完，許青山已經又點了兩道菜讓小二打包帶走。這次點的和他們吃的不一樣，正好也能再嚐嚐其他菜的味道。在兩人坐在大廳等那兩道菜的時候，門口走進來一男一女，正是阮玉嬌賣花時碰見的太白樓少東家和大小姐。那位大小姐一看見阮玉嬌就眼睛一亮，上前笑道：「咦？是妳？真是太巧了！」

阮玉嬌沒想到她居然還記得自己，起身打了個招呼。「白姑娘。」

白姑娘笑說：「我說的巧可不是在這裡碰見妳，我是說我正愁沒買到合意的花給我外祖母賀壽，就碰見妳了。姑娘，能不能幫幫忙，幫我配一盆特別漂亮的花，銀子方面都好說，只要漂亮就行了。」

阮玉嬌有些驚訝，不過轉念一想，員外府的園丁是京城來的，她跟著學的那些自然也是未來京城流行的，確實要比現在好看一些。想著多少也能有個進項，她便笑道：「特別漂亮我是不敢保證，我只能盡力而為，適不適合還要弄好了由白姑娘定奪。但這配在一起的花束新鮮不了幾日，會不會不大好？」

白姑娘高興地擺擺手。「不會不會，我外祖母又不缺什麼東西，就圖個新鮮花樣才好呢。上次我不是跟妳買了幾束野花嗎？我外祖母見了就很喜歡呢，所以由妳配這個花，她肯定喜歡。來，咱們去選花。」

白姑娘說風就是雨的，但阮玉嬌回村後也不會總來鎮上，這次弄好了倒也適合得很。她們兩個姑娘家，許青山不好跟著，便繼續在酒樓等菜。白姑娘到了賣花的地方，邊挑邊跟阮玉嬌問道：「姑娘，我叫白玉靈，妳叫什麼名字啊？」

「我叫阮玉嬌。」

「咦？咱們兩個名字中間都是玉字啊，那以後妳就叫我玉靈，我叫妳玉嬌，好不好？」

「好啊。」

兩個人也不知怎麼就特別投緣，第一次見面時是如此，第二次感覺就更加親近了。挑花、配花的工夫，兩個人嘴就沒停，一直聊啊聊的，事後也想不起來都聊了什麼，反正很開心就對了。

白玉靈拿著配好的一大捧花束，覺得眼睛都不夠使了。「太好看了！而且特配我外祖母，她見了肯定喜歡！明天就是她壽辰，我回去得把這些花放水裡好好養著，明天一定要她老人家高高興興的。」

阮玉嬌見她這麼喜歡也很開心。「能讓老人家高興就好，那我就先回去了，我表哥還等著我呢。」

「嗯好。對了，這是五兩銀子，玉嬌妳收下。」白玉靈拿出銀子，看阮玉嬌竟然推辭，忙說：「親兄弟明算帳，咱們做朋友歸做朋友，妳可不能就不要我銀子了，要不然下次我哪裡好意思找妳。」

阮玉嬌這才笑著收了。雖然花確實配得挺好看，但於她來說，她就只是動了動手而已。這會兒跟白玉靈這麼談得來，她確實不太好意思收銀子，她想了想，說道：「這次先說好了，就這樣吧，以後幫忙還是別提銀子了，不然我有事也不好意思找妳幫忙啊。」

「行，那咱們就說好了，以後妳記得來找我玩啊。」

「嗯，快回去吧。」

兩個人告別之後，阮玉嬌忙去找許青山一起回家。路上阮玉嬌跟他說起白玉靈的事，臉上全是笑容。許青山聽她的意思是找到了一個新朋友，心裡也替她高興，一直眼含笑意地看著她。

阮玉嬌對上他的目光，後知後覺地反應過來，臉一熱，低頭道：「表哥總看我幹麼？」

許青山掃了眼周圍沒人，低頭湊到她耳邊道：「表妹生得這般好看，表哥一個沒注意就被妳給迷住了！」

阮玉嬌又羞又驚地抬頭看他，咬唇道：「你、你胡說什麼？」

許青山看著她，眼裡有情意，也有認真。「我什麼時候騙過妳？我說的分明是實話，我肯定從第一眼看到表妹就被迷住了，不然怎麼會看見有人跟著妳就趕緊跟上來了呢？」

「你、我，你不是碰巧路過嗎？」

「我在鎮上的茶樓裡就看見妳了，本想喝點水解解渴，沒想到鬼使神差就跟著表妹跑了一路。」許青山突然上前一步，低頭看著阮玉嬌，輕聲道：「表妹，妳呢？妳有沒有覺得，咳，覺得我比旁人好多了？」

他見阮玉嬌不說話，一下子想起了阮老太太看中的祥子，忙道：「妳別想祥子的事了，他今天都跟我說了，他有心儀的姑娘，哪比得上我一心一意？」

阮玉嬌這才恍然大悟。原來之前他不是缺心眼跟情敵說笑，而是知道了祥子不是他的情敵，才會那樣的。本來她看他方才跟登徒子似的，又羞又氣，但現在看他緊張兮兮的樣子心裡就只覺得好笑。原來像他這樣聰明的人也有這麼笨的時候，好聽話都不會說。

許青山彎腰去看她的表情，一手試探著去拉她的手，小聲道：「表妹，跟我一起好不好？以後我什麼都聽妳的！」

阮玉嬌忍不住想笑，低聲問。「你真的什麼都聽我的？」

「當然是真的！」許青山握住她柔軟的小手，見她沒反抗，頓時喜笑顏開。「表妹，妳答應了是不是？」

阮玉嬌臉熱得都不敢抬頭，羞惱道：「要是不答應我早打你了，你個登徒子！」

誰知她剛這麼一說，突然就雙腳離地，一下子被許青山給抱了起來。許青山力氣極大，直接握著她的腰就將她舉過了頭頂，仰頭看著她朗聲笑道：「這才叫登徒子！小娘子，妳落在我手裡就再也跑不了了！」

阮玉嬌連忙趴下來抱住他的脖子，捶了他兩下，忍不住笑道：「你快把我放下來，你上哪兒學這些渾話！」

「跟戰友啊，更渾的都有，表妹要不要聽？」

「不要不要，你快放我下來啊！」

「不行，我都二十歲了才有媳婦，當然得把媳婦揹好了，我可捨不得讓媳婦受累。」許青山把她往旁邊一轉，就將她揹在背上，提起背簍穩穩地往前走去。

阮玉嬌不好意思地道：「誰是你媳婦啊！我才不要你揹呢，被人看見怎麼辦？」

「放心吧，我不想讓人看見，就沒人看得見。」

許青山說完，阮玉嬌就發現他沒再走大路，而是走了一條連她都不知道的小路，都不知道這人是怎麼發現的？阮玉嬌安穩地趴在許青山背上，對他有一種本能的信任。既然他說不會給人看見，她就相信沒有人能看見。果然，這一路上還真的一個人都沒碰見，一直繞到村西邊，許青山才把她放下，兩個人沒走多遠就到了家裡。

阮老太太正在院裡擇菜，看見他們就笑起來。「喲，嬌嬌咋一臉喜氣洋洋的呢？有好事？」

阮玉嬌聞言一愣，摸了下自己的臉，低頭跑回房道：「沒啥事，我去歇一會兒。」

許青山在後頭笑道：「奶奶，還有啥沒幹的等會兒我幹吧，我先去跟我外婆說幾句話。」

「哦，去吧，你外婆剛才還念叨你呢。」阮老太太也不知從啥時候開始，這孩子就叫她「奶奶」了，叫得多了感覺還真跟她孫子似的，快比她親孫子都親了。

許青山把帶回來的菜放進灶房，拍拍衣服上的灰就去找莊婆婆了。他從懷中拿出房契，開門見山地說：「外婆，我想求娶表妹，您幫我跟奶奶提親好不好？」

雖然阮玉嬌名義上已經是莊婆婆的孫女了，但她們都知道，阮老太太才是阮玉嬌真正的奶奶，這親事說什麼也越不過阮老太太。如今許青山要提親，讓莊婆婆跟阮老太太提是最好不過的了。

莊婆婆一時都沒反應過來，盯著他問。「你剛才說啥？」

許青山忍不住笑。「外婆，我說我喜歡嬌嬌，想娶她為妻，請您幫我提親啊！」

莊婆婆頓時激動起來，拉住他，一個勁兒的問。「你真喜歡嬌嬌？是真心的？我跟你說，你雖然是我外孫，但嬌嬌也是我孫女，你要是對她不好，我可饒不了你！再說嬌嬌對咱們這麼好，還是我的大恩人，你可得想清楚了，不能想一齣是一齣啊。」

許青山心想，他不愧是外婆的後輩，這顧慮都一模一樣的，頓時笑道：「外婆您放心，這些我都想了好些天了，這陣子我總不來就是想把這事想清楚呢。外婆，您看我連聘禮都準備好了，您可一定得幫我把表妹定下來啊！」

莊婆婆這才看見他手裡的房契，接過來一看，登時就不敢置信地瞪大了眼。「鎮上？這麼大的宅子，你買的？」

「嗯，三百兩，我哄著表妹幫我挑的，她肯定喜歡。外婆，表妹不是想去鎮上住嗎？我想這份聘禮她也會喜歡的，而且我暫時沒個好的活計，怕奶奶會擔心，有了這個宅子，想來奶奶應該能放心些。」

「三百兩！我滴個乖乖，你奶奶她肯定能放心的。你不知道，我們兩個老的早念叨過了，就覺著你跟嬌嬌配著呢，只是你除了打獵不幹別的，我也沒好意思再提。這下好了，這麼大的宅子，你直接落在了嬌嬌名下，誰還能比你有誠意？」莊婆婆拍拍許青山的手，連聲保證會把事辦成，臉上的笑容好像立刻就看見他們拜堂了似的，樂得合不攏嘴。

之後許青山去掃院子，兩個老太太就在房裡頭說這件事。阮老太太之前對那八兩的聘金就心動過，後來想著阮玉嬌能掙錢，在鎮上找一個也很好，所以看中了上進的祥子。但說實話，像許青山這樣直接砸個三百兩宅子當聘禮的，還真把她給砸暈了。

「啥？這、這就是嬌嬌的了？」

莊婆婆一拍大腿，樂道：「可不是嘛！不是我替我外孫說好話，山子可真是真心實意的啊！他說他手裡還有錢，打算往後幹點什麼呢，不會一直窩在家裡打野雞、野兔子的。妹子妳放心，將來有咱們兩個老的看著，山子也不可能啥都不幹，淨等著嬌嬌養家呢。」

阮老太太心裡一琢磨，還真是沒啥好懷疑的。因為許青山這人真的一看就不是窩囊廢，不是那種沒抱負、沒出息的人。單看許青山把宅子直接落在阮玉嬌名下當聘禮的舉動，就能看出他做事大氣有擔當，許多事說起來都是空話，做出來就讓人放心了。至少許青山這些天的表現再加上這一處宅子，讓阮老太太覺得她真的挺想要這孫女婿的。

不過阮老太太想了想，還是沒一口答應，說道：「老姐姐妳等等，我答應過嬌嬌，親事要讓她自己做主。這事啊我是想應的，山子人好，嬌嬌也不差，兩人在一塊兒肯定能把日子過好。妳等我去問問嬌嬌，總歸是孩子倆過日子，還是要他們倆都願意才行。」

莊婆婆自然點頭。「對對對，妹子妳快去問問！唉唷，我都等不及要辦喜事了，快去快去。」

「誒，妳等著我！」阮老太太也挺看好這樁親事，忙快步出了門。待看見許青山把院子收拾得乾乾淨淨，心裡就更滿意了。從前許青山做這些，她只當他是孝順，如今想來，他這是不願意讓嬌嬌多幹活啊！

阮老太太樂呵呵地回了屋，看見繡花的阮玉嬌，就把房契往她面前一擺，笑道：「嬌嬌，妳看看這是啥？」

阮玉嬌掃了一眼，笑說：「奶奶，這不是表哥買的宅子嗎？還是我幫著挑的呢，格局特別好，等以後有機會咱們一起去看看，妳跟莊奶奶肯定也喜歡。」

阮老太太把房契又往她眼前湊，笑問。「是妳表哥買的？可它現在是妳的宅子啊。」

「啊？」阮玉嬌有些發懵地抬起頭，在看到房契上的名字時，滿臉的不可思議。「這、這怎麼會是我的名呢？表哥他怎麼……」

「他說這是給妳提親的聘禮呢！」阮老太太給她解惑了，看著她的神情試探道：「咋樣，妳對妳表哥是咋想的？答應不？」

阮玉嬌接過房契反覆看了好幾遍，心跳漸漸加快，瞬間就明白了為什麼許青山一定要讓她選房子，說什麼自己不懂，分明就是想讓她挑個合她心意的房子。怪不得那人去的時候還沒什麼表示，回來就突然說要在一起，原來是因為買好了房子，有了能拿出手的東西。

阮老太太催促道：「快說呀，妳要不答應，咱可得趕緊把房子還回去。三百兩啊，我這輩子也沒見過那麼多銀子，山子還真捨得。」

阮玉嬌把房契往奶奶懷裡一放，笑道：「瞧您說的，您孫女還不值他出這三百兩啊？要是連這點誠意都沒有，我還不如招婿呢。」

阮老太太一聽就懂了。「是不是你倆私下裡說好了？我看妳好像挺樂意的啊。」

阮玉嬌一聽就不好意思了，低著頭的小聲道：「就剛剛回來的時候，也沒說什麼。」

阮老太太滿意地點點頭道：「山子這孩子我沒看錯，會辦事。妳看這一樁樁、一件件的，沒有一句空話，一般人哪能像他這麼有擔當的？再者他這麼急著提親，也是想光明正大的跟妳相處。要知道，親事都要長輩同意才算的，不然先被人知道可就沒什麼好名聲了。行了，妳願意就行，妳莊奶奶還等著呢，我去跟她說去，訂親啥的就我們兩個老的商量了，想來你們倆也不懂。」

「嗯，辛苦奶奶了。」

「不辛苦、不辛苦，奶奶高興還來不及呢！」

阮老太太又去了莊婆婆那屋，正在劈柴的許青山一直用餘光瞄著門口呢，一看見阮老太太臉上的笑意就鬆了口氣。雖然阮玉嬌已經答應了他，但只有阮老太太答應才算成事呢，這下子表妹就真的是他未來媳婦了！

許青山年紀不小，阮玉嬌再有半年、一年的也應該嫁了，兩個老太太自然心裡頭著急。晚上商量了老長時間，第二天一起來就把這件喜事給傳出去了。

第三十六章

阮老太太不常在村裡走動，這戴著銀簪子、銀耳環、銀鐲子往村子裡一晃，立刻就有不少人上前跟她說話。等一問她為啥這麼高興，阮老太太自然就說了，她的心肝寶貝大孫女要訂親了，就是許家老大許青山！這表哥、表妹親上加親，孩子倆又那麼孝順，她能不高興嗎？

村裡好多人都給阮老太太介紹過小夥子呢，這會兒一聽，頓時譁然一片。還沒等她們挑剔許青山遊手好閒呢，那邊就有人嚷嚷著跑過來說許青山獵了隻大老虎，叫他喊人去抬呢！

這下不只村民們驚訝，連阮老太太都給驚住了。一眾人一窩蜂似的往那邊跑去，到了村西，只見許青山跟幾個漢子正把一頭大老虎抬到她們家呢！阮老太太忙上前問道：「山子，你這是幹啥呢？你、這你獵的？你這孩子咋敢往深山裡跑呢！」

許青山用袖子擦了把汗，望著從院裡出來的阮玉嬌道：「我要跟表妹訂親，總得有點拿得出手的東西啊。這是聘禮的一部分，其他的等我再去獵。」

一頭大老虎，被說得這麼雲淡風輕，好像只是抓了一隻雞。關鍵是許青山的師父就是因為抓老虎重傷而死的，如今許青山卻只有一點擦傷，足以說明他這些年在外頭有多長進了。這第一頭老虎打回來，第二頭還會遠嗎？

村裡人看著許青山的眼神都變了。怪不得人家敢求娶阮玉嬌，這十里八村還能找出第二個打死老虎的人嗎？原先那些還想說不配的人們啞口無言。不得不承認，許青山和阮玉嬌站在一起，真沒有比他們更加相配的了！

許青山這一手把村裡人都鎮住了，至少誰再想說他沒本事的，都得在心裡掂量掂量。能獨自打死老虎的人，他們真惹不起！此時看著阮老太太一邊埋怨許青山太冒險，又一邊笑得合不攏嘴的樣子，大夥兒都湊上前笑著恭喜，滿口的吉利話不停地往外冒。

聞訊趕來的許家人，吃驚的神色遠超於眾人，特別是許方氏，瞪著那老虎的眼神就跟餓狼盯上肉。她不顧許青柏的阻攔，硬擠到前頭高聲道：「老大，你這要訂親的事咋沒跟我說呢？這誰家的親事都得講個父母之命，媒妁之言，你不能自己看中阮姑娘就上門求親來了啊，這可不合規矩啊。」

眾人一聽，頓時閉了嘴，看著他們都不明白是怎麼回事？許方氏滿意地露出個笑容，走到大老虎跟前蹲下摸了摸老虎皮，稀罕得要命，口中說道：「你這孩子哪能懂訂親的事？我跟你說，咱們村裡訂親一般是一兩或二兩的聘金，你說你一下子弄了這麼大個老虎來，這也不適合啊。」

說親確實都得經過父母同意，不然，定是要叫人笑話的。許方氏自以為捏住了許青山死穴，看他的時候滿眼都是得意。誰知許青山連臉色都沒變，只衝人群外喊了一聲。

「大松，過來幫忙把這老虎處理了。」

有些人臉色頓變，有些人在疑惑大松是誰？但他們全都在東張西望，找那個叫「大松」的人。然後看到有個穿著破舊，面無表情的男人，一瘸一拐地走到人前，對著許青山恭敬地說：「是，山哥。」

許方氏一看見他的瘸腿，立刻尖叫一聲，臉都嚇白了！而劉松看都沒看她一眼，站在老虎旁邊，一伸手就從後腰抽出一把刀來。這下子不止許方氏尖叫著跑出院子，其他膽小的女眷也有尖叫著往外跑的。

許青山拍了拍劉松的肩膀，對大家笑道：「抱歉，我兄弟這幾年習慣冷臉了，看著嚇人。不過他只是想幫我剝虎皮，大家不用害怕。」

劉松默默地蹲下比了比刀子，接著就快狠準地切了道口子，開始剝皮。凶狠、血腥、俐落！吸引著所有人的目光，讓他們大氣都不敢喘一下。

偏偏這時，許青山像是剛想起來似的看向許家人，疑惑道：「爹、娘，我不是跟你們說過提親的事了嗎？你們說讓我外婆跟阮奶奶商量就行了，聘金讓我自己出，你們忘了？」

雖然許青山臉上帶著笑意，可許家人此時看著他卻好像看到了地獄羅剎。那劉松剝皮的樣子就好像在一刀刀劃在他們身上，讓他們毛骨悚然，心驚肉跳。許青柏和許桃花甚至忍受不了血腥的場景，跑到一邊頻頻作嘔。

許青山往前邁了一步，對許方氏問。「娘，您想起來沒？」

「想、我想起、起來了……」許方氏哆哆嗦嗦地抓著許青松和許老蔫的胳膊，顫著聲道：「對，就、就是這樣！」

許青山這才笑了，點點頭道：「想起來了就好。我外婆就我這麼一個外孫，盼了二十年才給我說上親，由她老人家做主，也算了了她一樁心願，就不用爹娘辛苦了。正好爹娘以前一直為我的親事發愁，左挑右選都看不中，如今卸下擔子歇歇，多操心一下三弟和小妹的親事吧。」

許方氏腦袋發暈，心中驚懼，也沒仔細聽他在說什麼，立刻就點頭應下。「是、是，你說得對。」

「那爹娘就都回去吧，等這邊定好日子，我會告訴你們的。」

「哦，好。」許方氏看他沒有算帳的意思，掐了掐許老蔫，就叫他們一起快步離開。背影分明是落荒而逃的樣子。

眾人從許家人的反應看出點蹊蹺了，再一聽許青山的話。呵，許方氏這後娘擺明就是磋磨前頭留下的孩子啊！這可真是知人知面不知心，這麼多年沒看出她心裡藏奸，就更說明她時刻都在演戲了。

許方氏剛想冒頭拿捏許青山，就偷雞不成蝕把米，把自己給坑了，而且這次還坑大了，直接毀了她經營多年的好名聲，連上次許青柏驚懼病倒的事一起，許家整個顛覆了在村民們心中的印象，再也沒人因為他家有讀書人多加尊重了。

許青山簡單擦洗了一下頭臉，拿把刀同劉松一起剝虎皮、肢解老虎。膽小的村民早跑掉了，但留下的愛看熱鬧的卻也不少，這回徹底看清楚許青山的動作比劉松還索利，那一刀一刀揮舞得起勁，讓人毫不懷疑他能輕鬆解決掉一個人。

若說剛剛許青山在他們心裡還只是個身手強悍的男人，那如今，看他能讓劉松那麼聽話地叫聲「山哥」，他們每個人心底都對他升起了深深的懼意。那是一種無法控制的，彷彿看到凶獸一般的恐懼。

待大夥兒徹底散了，許青山再次拍拍劉松的肩膀，笑道：「謝了，兄弟！」

劉松低著頭動作不停，說道：「山哥救過我的命，用得到我，只管吩咐。」

兩人說話間已經把虎皮整張剝了下來，清洗處理。阮玉嬌給他們倒了兩大碗水，說道：「表哥、劉大哥，快歇歇再弄吧，不急這一時半會兒的。」

阮老太太也勸道：「是啊，大熱的天，你們換個陰涼地歇歇再弄這些，別著急。」

劉松愣了愣。這兩年早就沒人跟他說話了，他過來也沒指望除了許青山還有人會理他，卻沒想到許青山的家人居然一點都不排斥他，態度還這麼自然。他忍不住看了看許青山，待看到許青山眼中的鼓勵時，才有些拘謹地起身道謝，然後規規矩矩地去洗手喝水，坐到一邊歇著。

阮玉嬌卻走到許青山身邊，用力掐了他一下，板起臉道：「誰叫你進山打老虎的？

你明知道我不在乎這種風光。山裡那麼危險，要是你受了傷怎麼辦？一點面子難道還比不上你的安危？」

許青山被掐了也不叫疼，小聲道：「好表妹，我是不在乎面子，但是我想娶妳，總不能讓妳被人笑話啊。俗話說「嫁漢嫁漢，穿衣吃飯」，我不能讓人以為妳跟了我，連口飯也吃不好對吧？我就想看妳風風光光的，讓別人都羨慕。放心，我一點傷都沒有，要是會危險我就想別的辦法了，一隻老虎而已，和我以前遇到的相比真不算什麼危險。」

「那也不行！我會後怕、會擔心！莊奶奶也會，她老人家當初以為失去你，多傷心、多痛苦，難道你還要再讓她為你提心吊膽的？不管你有沒有危險，總之以後就不許進深山。你打野雞、野兔子沒什麼危險，就當是你愛好了，但是打凶獸絕對不行！」阮玉嬌瞪著他，一定要讓他給出承諾。

許青山不只是她的心上人，還是她的大恩人。她想讓他過得平安順遂還來不及呢，怎麼能讓他因為自己而進山冒險，那不是本末倒置了嗎？

許青山摸摸眉毛，輕咳了一聲，正色保證道：「好了，我不去了。我保證，再也不故意去打凶獸讓妳們擔心了，以後我一定平平安安的，好好護著妳們。」他見阮玉嬌表情有些鬆動，忙趁人不注意握住了她的手，笑問。「這下放心了？我從不騙妳的。」

「嗯，記得你的保證。」阮玉嬌也笑了起來。雖然很生氣他隻身涉險，但其實看到他這麼重視自己，她的心裡還是很高興的。得到了保證，她放鬆下來，又想起了剛剛許家人的樣子，皺眉道：「表哥，要不想個辦法從許家分出來吧？像我一樣就不用跟他們有任何牽扯了。」

許青山搖搖頭，低聲道：「還得再過一陣子。我不當兵了，得安分一些讓人知道我是真沒什麼想法了。這跟京城的人有一些關係，只要再過一段日子我就徹底自由了。不過妳放心，許家的人如今都在我的控制中，他們什麼也不敢做，將來我想分出來自有辦法。」

「那就好，你要心裡有數，一定要保證平平安安的。」阮玉嬌看他沒說具體內情，想來是當兵時有一些東西不方便洩漏。她畢竟在員外府待了好幾年，對這方面還算很容易理解，只是叮囑他一定不能有危險。

最後老虎皮被留了下來，虎骨、虎鞭都是難得的好東西，也留了下來，其他的都被許青山和劉松加上里正的兒子，一起用牛車拉到鎮上賣了。正好許青山感激祥子給他介紹好宅子，直接在鎮上請他們吃了頓飯，幾個人也算互相熟悉起來，交上了朋友。

從那之後，許青山再回許家，明顯待遇提高了許多。飯菜只多不少，灶房也給他留著足夠的熱水，院子裡打掃得乾乾淨淨，誰也不敢再多嘴說一句冷嘲熱諷的話。甚至許方氏都不敢再要許青山打的野雞，這威懾的效果可以說是很不錯。而許青山住著舒服了，自然也不會故意挑他們什麼，再說他只是為了安某些人的心，暫時借許家這個殼子住一住罷了，根本不在意他們在想什麼，只要他們不敢起歪念就夠了。

若說阮玉嬌對付阮家人還需要來點迂迴的策略，那許青山對付許家人就只需要一招——嚇，嚇到他們怕為止。毫無疑問，曾經差點殺了人的劉松幫他成功嚇住了所有人，麻煩迎刃而解，憋屈的只有許家那幾個人而已，他的日子已經徹底輕鬆了。

幾日之後，在一個黃道吉日，莊婆婆和阮老太太擺了幾桌，請了村裡相熟的人家過來做個見證，正式給許青山和阮玉嬌訂親了！莊婆婆已經能下地走動，她和阮老太太一起準備的菜色是雞鴨魚肉應有盡有，比人家成親的菜色還要好，一臉的喜氣，任誰看了都知道她們對這門親事有多滿意。

眾人想起阮玉嬌曾經說過如誓言一般的話，若男方不同意奉養奶奶，就怎麼都不會嫁。如今這可不正好嗎？她和阮老太太救過莊婆婆，莊婆婆又是許青山的外婆，奉養老太太完全是應當的。可真是趕巧，有緣。

大家說起這些事，都要感嘆兩句，推杯換盞，說笑嬉鬧，要多熱鬧有多熱鬧。而許青山和阮玉嬌就在這樣熱鬧的氣氛中，正式成了未婚夫妻，牽定了兩個人的紅線。

阮家人沒有被邀請，心裡頗有些不是滋味，但他們一來清楚阮玉嬌不好惹，二來也懼怕許青山打死老虎的本事，自然是不敢湊上去。從頭到尾都沒敢露面，給他們找不痛快，確實認清了他們已經是兩家人的事實。

而許家人雖然被邀請在座，但他們完全是一點想法都不敢有，幾乎是戰戰兢兢地掛著僵硬的笑容在應付賓客，只希望許青山不要嫌他們做得不好。他們如今是真的後悔，後悔當初沒順著里正那句話把許青山分出去，本想提高點名聲，卻是反倒把名聲全毀了。再要想提分家的時候，卻是畏懼許青山和劉松，連提都不敢提了。

阮玉嬌看到許家人把許青山當煞星一樣的害怕，不禁覺得好笑。她對許青山說：「他們還真是典型的欺軟怕硬，從前你打獵就很厲害，連野豬都打到過，他們怎麼不害怕你呢？這次發現劉大哥跟你一起，就一下子全變成鵪鶉了。」

許青山笑道：「越是喜歡欺負人的人越惜命膽小，從前他們不過是以為用孝道能壓制我，這回發現我根本不聽他們的，而且還和大松一樣上過戰場、殺過人，他們自然就不敢了。說起來還要感謝大松，要不是他從前差點掐死了那個混蛋，恐怕這會兒還沒人相信我敢對村裡人動手呢。不過大松是真慘，希望他以後能慢慢解開心結吧。」

「日子總歸還是要過下去的，表哥你不是說以後打算去鎮上做點什麼嗎？到時候叫上劉大哥一起，有點事做，他可能就不那麼執著於從前了吧。」

「這是一方面，另一方面是必須把仇報了，不然他這心結是解不開的。」事關劉松的私事，許青山沒有再多說，而是對阮玉嬌笑笑，低聲說道：「嬌嬌，妳等著我，很快我就要把妳娶回家。」

阮玉嬌雖然覺得臉熱，但還是忍著害羞對他點點頭。「嗯，我等著你。」

許青山在別人看不到的地方緊緊握了握她的手。能得到這麼好的媳婦真是三生有幸，他鐵定要想想辦法把自己的事都安排好，事業也要做起來，讓阮老太太放心，也讓別人看看，阮玉嬌出嫁前是被寵著的，出嫁後一樣被他寵著。

村子裡兩個最特殊的人定了親，這份喜慶勁影響得整個村子都有些喜氣洋洋的，見了面都要笑著聊上兩句，說一說那兩人身上那麼點「傳奇」故事。張家人走哪兒都能聽見這些事，個個都心煩意亂得厲害。經過這麼長時間的對比，他們再怎麼自欺欺人，也沒法說阮香蘭比阮玉嬌強了。

尤其是他們家本就不富裕，張耀祖即將考試又要花銀子，他們已經有些捉襟見肘。這個時候，更突出了阮香蘭的沒用和阮玉嬌高超的賺錢本事。連張老爹都不止一次的埋怨張母，怪她當初豬油蒙了心，非要跟阮玉嬌退親，換成個只會幹點活的阮香蘭，簡直是丟了珍珠，撈回個死魚眼珠子！

張秀兒跟阮香蘭不對盤，每次見面必吵架，更是一有機會就說阮香蘭的不是，把阮香蘭貶得一無是處，明明白白地表示不喜歡這嫂子。而唯一一個還算喜歡阮香蘭的張耀祖，對此也有幾分不甘心，在他們說這些的時候，總是悶不吭聲，板著個臉。

家中幾人擺在明面上的埋怨差點把張母氣死，偏偏她什麼都辯解不了，因為就連她自己也沒臉再找藉口說自己是對的了。猶豫再三，她終於挑著一天阮玉嬌自己去河邊的時候，把人給堵住了。

阮玉嬌皺了下眉，繞過她，繼續往河邊走。卻聽張母在她身後用略顯高傲的語氣說道：「妳的教養呢？看到我居然連聲招呼都不打？」

阮玉嬌腳步都沒停一下，心裡無語的想：妳當妳自己是誰啊？說多少遍再見就當陌生人，竟然還有臉湊上來，有病！

那邊張母見她對自己視而不見，立刻惱羞成怒，喊道：「阮玉嬌，妳給我站住！妳要是討好討好我，說不定我還能同意妳跟耀祖的事，不然妳這輩子都休想進我家的門！」

阮玉嬌皺緊了眉，轉身盯著她，冷聲道：「您胡言亂語些什麼？莫不是得了失心瘋？我早與張家毫無瓜葛，什麼時候想進您家的門了？您若想以此來害我，咱們就去看看里正叔會站在哪一邊！」

張母冷哼一聲，說道：「妳別以為自己掙了幾個錢就囂張起來，沒了我們張家，妳還不是只能找個山村野夫？那許青山他師父咋死的妳不知道？打獵的哪有一個有好下場？妳跟了他，純粹是等著當寡婦呢，能有當秀才娘子風光？」

她往前走了走，抬著下巴對阮玉嬌說道：「嬌嬌，我也是看著妳長大的，之前是氣妳太懶才換了親，如今既然妳已經改了錯，知道上進，那咱們兩家還是商量商量，把這門親事換回來吧。妳放心，看在妳奶奶的情分上，我們也會好好對妳的。」

阮玉嬌直接就氣笑了。說她也罷，居然還敢咒許青山？她立時就諷刺道：「您怕是忘了我如今是莊家的人，對你們有救命之恩的是阮家，要換去找阮家人說，說不定他們願意把阮春蘭叫回來換給妳呢？妳不是就喜歡那種不怕苦、不怕累的嗎？春蘭可是阮家最能幹活的了。還有，我每次看見你們張家人都想吐，明明是癩蛤蟆，怎麼總當自己是金蟾呢？一點自知之明都沒有。您記住，你們張家人要是再敢來糾纏我，我定要叫你們悔不當初！」

張母臉上青一陣、白一陣的，面子掛不住，當即怒道：「妳真是給臉不要臉！士農工商，妳可知道我兒考了秀才是何等地位？妳個鋪子裡的女工也敢如此猖狂！」

阮玉嬌二話沒說就弄了一簍水，趁沒漏光全潑到了張母頭上，冷冷地道：「是我太給妳臉了，咱們走著瞧，看看到底是我笑得久，還是你們張家笑得久？」

跟這種人多說無益，阮玉嬌就當碰見個瘋狗，提著簍子大步離開。而張母還在她背後尖叫著。那水潑了張母一頭一臉，上半身也全都濕了，衣服緊緊貼在身上，連肚兜的圖案都若隱若現。阮玉嬌冷笑一聲，河邊可是離張家有大半個村子遠呢，不知道那個濕透了的女人要怎麼回去？既然好好說話她不聽，那就讓她長長記性！

阮玉嬌本來要去撈魚，結果這麼快就提了個空簍子回來，自然被許青山看出了不對。

「嬌嬌，是不是遇上什麼事了？誰惹妳了？」

阮玉嬌看他一副要去找人出氣的模樣，立刻就被逗笑了，哪還有什麼氣？她笑著說：「還不是張家那個女人，就跟有病似的，跑我面前說了一堆亂七八糟的話，居然以為施捨兩句，我就該感恩戴德地討好她。別說她兒子還沒考上秀才，就算他考上狀元，我也不稀罕！有病！」

許青山挑了下眉，微微瞇起的眼中透著危險的光芒，聲音低沈地說：「她想叫剛剛訂親的妳重新當她兒媳婦？」

阮玉嬌笑起來，「幹麼，吃醋了？我又沒答應她，我還潑了她一身水呢，這次她絕對丟臉丟到家了。」

「嗯，妳沒事就好。」許青山嘴上這麼說著，心裡卻起了火氣。那張家真是給臉不要臉，看來上次的教訓還不夠。既然張母這麼惦記給兒子娶媳婦，他怎麼都該幫上一把才是，不能叫那對野鴛鴦活生生被張母拆散了。

張母這次確實是丟人丟得恨不得找個地縫鑽進去。她倒是不想濕著衣裳讓別人看見，但她偷偷來堵阮玉嬌，根本就沒告訴別人，沒人知道她在哪兒，也幫不了她啊！她躲起來勉強撐了兩刻鐘，河邊的風吹得她打了好幾個噴嚏，渾身都有些發抖了。她看著沒人，心存僥倖，想趕緊跑回家去，誰知竟正巧撞見了李婆子的那個混混孫子！

那小子可不會放過這個機會，立刻大肆宣揚說張母濕透了衣裳滿村子跑，肚兜還是大紅色的呢！

明明張母吹了兩刻鐘的風，衣服已經乾了一點，至少看不到肚兜了，但誰讓她太緊張，弄亂了衣裳，肚兜就從領口露出了那麼一個小邊呢？李家的小子看見後，立刻胡說八道當笑話給說出去了。

張母得知以後，哭嚎著就要往牆上撞，要不是張耀祖拉了她一下，她怎麼也要撞破頭的。張家雞飛狗跳地鬧騰了大半天，最後還是張老爹怒吼了一聲，才讓所有人閉嘴。他看著張母是越看越氣，頭一次極為硬氣地給張母禁了足，再也不許她出去走動。將來除非張耀祖考上秀才，別人不敢再胡說八道，要不然張母就不能再出去給張家丟臉。

村裡唯二讀書讀這麼多年的兩個青年，居然短短時間內都壞了名聲，過得壓抑不已。里正都快要懷疑村子裡風水不好了，不然怎麼等來的不是兩個秀才光宗耀祖，反而是他們兩人品行不端呢？

這件事被村民們當做笑話說了好幾天，而這件事剛剛平息，又一個驚雷炸到了他們村裡。當初那個八兩求娶阮玉嬌，最後二兩娶走阮春蘭的漢子打上門了！十幾個身強力壯的漢子拿著棍子衝進村子，還沒等幹啥，就有人去通知了里正，奔相走告地嚷嚷有人來找茬了。

等眾人也朝那傢伙跑過去的時候，就發現那些人不找別人，直接劈爛了阮家的大門，衝了進去，站在正中央就開始吵。「把阮春蘭交出來！交出來！」

陳氏嚇了一跳，急忙擺手後退，解釋道：「你們找錯人了，東邊住的才是阮春蘭的爹娘，我們只是住在一個院子裡，沒啥關係的。」

她一邊說，一邊把三個孩子關進屋裡，生怕被大房給連累了。那漢子可不管這些，當即表情凶狠地把堂屋砸了個稀巴爛，怒道：「賣給我的就是我的，竟然騙了我爹娘的銀子跑了！你們一家都是騙子，還我銀子！把人交出來！」

「對，把人交出來！不然就算你們人多，我們也不怕！」

第三十七章

十幾個漢子都是山裡頭打獵的好手，要力氣有力氣，要膽子有膽子，就算被村民們圍了起來也絲毫不露怯，張嘴就是狠話。可村民們卻都一頭霧水了，你一言、我一語地問他們。「幹啥呀？有啥事不能說清楚，指不定是誤會呢？」

「是不是吵架耍花腔呢？那阮春蘭天天就悶頭幹活，話都沒說過幾句，還騙公婆的錢？借她幾個膽她也不敢啊。」

村民們這麼說是因為不瞭解阮春蘭，剛跑回來的阮金多和劉氏心裡已經突突起來。騙銀子、偷跑，這些阮春蘭她有前科呀！當初要不是阮春蘭膽大到偷老太太的銀子想要跑，他們怎麼會放著個能幹活的閨女不用，急著把她給賣掉呢？可那都賣進山了，那死丫頭居然還能跑出來？這是要害死他們啊！

大家一看他們兩口子和阮香蘭都回來了，立刻給他們讓了條道，還勸他們趕緊把事給解決，別鬧起來。劉氏害怕地直想往後躲，實在躲不過才硬著頭皮說：「強子，那啥，當初不說好從此以後兩不相干嗎？這、這她跑不跑跟我們也沒關係啊，你咋跑我家砸東西來了？你這沒理啊。」

強子大步走過來揪住阮金多的衣領，怒瞪著他道：「你說！阮春蘭到底藏哪兒去了？她一個沒出過村子的女人會往哪兒跑？肯定是你們合夥騙我，快把她交出來！」

阮金多嚇得雙腿直發抖。「沒回來，我真不知道啊。她以前在家就總想跑，我管不了她，才、才把她給賣了，我、我沒騙你。」

大家聽清他們的對話後，全都露出不可思議的神情。要是剛剛沒聽錯的話，他們說的是「賣」不是「嫁」啊！里正皺著眉走了過來，質問道：「發生了什麼事？給我一五一十的說清楚，此事已經關係到村裡其他人的安全。阮金多，你若再敢隱瞞，你們家就給我搬出村子去！」

阮金多猛地一個激靈，欲哭無淚地看著周圍滿滿的村民，張張口，怎麼都說不出來。他這輩子最愛面子，之前已經被老太太和阮玉嬌削過兩次面子了，可怎麼都比不上這次，簡直要身敗名裂啊！

里正沒耐心等他磨蹭，那個強子更沒耐心，直接將阮金多丟到一邊，對里正說道：「你能給他家做主吧？那就叫他們把阮春蘭和銀子都交出來！我們都是山溝溝裡的人，不懂你們這邊什麼規矩，但人是我用五兩銀子買回去的，賣身契都簽了，那就是我的人。我全家對她那麼好，那女人居然哄騙我爹娘，把他們攢了一輩子的八兩銀子全騙走了，還偷走了賣身契，跑得無影無蹤。我不相信她能跑多遠，他們肯定是合夥騙我，請里正給我一個公道！」

里正掃了一眼阮家人，皺眉問道：「阮春蘭回來沒有？」

阮金多和劉氏連忙擺手，阮香蘭也搖頭道：「她從來沒回來過，真的沒有，不信、不信你們可以搜。」

陳氏也緊跟著說：「里正，我跟他們住一個院子，肯定不會同意留這種麻煩的。您相信我，阮春蘭她是真沒回來。而且不瞞您說，阮春蘭她不是第一次這樣做了，她之前就想離開這個家，說她爹娘對她不好，那次還偷了老太太的銀子，要不是被阮玉嬌撞見，她早跑掉了。」

阮老太太聽說阮家出事，讓阮玉嬌和許青山陪著一起來了，正好聽見幾句話，點頭說道：「老二媳婦說得對，那次罰了二丫之後，大房就說要把她嫁了。誰知臨嫁之前我才知道竟然不是嫁而是賣，而且劉氏連賣身契都給簽訂了。沒想到竟然發生這種事，真是造孽！阮金多、劉氏，你們要是見過二丫就趕緊說出來吧，看看這件事到底怎麼解決？」

劉氏哭喊道：「娘啊，我們真沒見過二丫啊，她壓根兒就沒回來，妳也知道，她記恨著我呢，騙了銀子肯定跑了啊。」

這下阮老太太也管不了了，里正又問村民有沒有見過阮春蘭的？結果是沒有任何人在村裡或者鎮上看見過。強子他們看了半天，覺得他們確實不像在撒謊，又道：「那這件事也不能就這麼算了。當初我買她的時候，你們可沒說她會偷東西，還想偷跑，要是說了，她肯定不值五兩銀子，我也肯定不會買她。」

「對！找不到阮春蘭，你們就賠償強子的損失！」

強子又揪起阮金多的領子，盯著他道：「買阮春蘭的五兩，加上她騙走的八兩，一共十三兩。其他雜七雜八的我也不跟你算了，就把這十三兩給我，這事拉倒。」

十三兩？他們把房子賣了也湊不夠十三兩啊！再說那死丫頭幹的事，憑啥叫他們賠錢？劉氏立刻就嚷嚷道：「十三兩！你也好意思張口？那二丫被你買回去難道沒跟你睡？你睡都睡了還想退回來咋地？天底下有這麼好的事嗎？再說你自個兒媳婦都看不住，怪誰啊！」

「妳放屁！哪兒來這麼多歪理？我不打女人，我打你男人！」強子怒瞪著她，說完話捏著拳頭，就直接對著阮金多揮了下去！

「啊——」隨著阮金多的慘叫聲響起，眾人只見他口中飛出兩顆牙，嘴上淌著血，淒慘至極。

阮老太太看見這一幕，心裡就一哆嗦，著急道：「強子，咱們有話好好說，動手也解決不了問題啊！」

二房早嚇得跑回屋鎖門躲著了，而劉氏和阮香蘭縮到牆角，根本不敢往前湊，生怕挨上一下。可憐阮金多不夠健壯，被打掉兩顆牙直接趴在地上起不來了，只能唉唷唉唷直叫。

里正上前一步，對強子問道：「阮家的情況你也看見了，之前他們還有點錢，可送了他家兒子上學都給用了，如今要賠你十三兩，恐怕是拿不出來啊。」

「那咋辦？你說咋辦？我好好買個人，居然是個賊！她不光騙了我爹娘的銀子，她還傷了我爹娘的心啊！我爹娘攢了一輩子錢就想給我買個好媳婦，結果就攤上這麼個賤人。你說，我能咋辦？這事怪我嗎？」強子情緒激動，揮舞著棍子差點沒打到里正。

里正皺眉道：「你既然有銀子，好好娶一房媳婦也不至於鬧成這般。你這拿了賣身契買回去的，就跟銀貨兩訖一樣，咋還能回來找他們呢？這頂多算他們隱瞞事實，跟賣假貨差不多，賠你損失理所應當，但全由他們賠卻是不合理的。」他往旁邊一看，問道：「青山，你說呢？」

許青山點頭說道：「是這麼個道理，畢竟山裡全是買女人做媳婦的話，難免會有想跑的。這些年不可能沒發生過類似的事吧？那你們在決定買人之前，就該做好準備了不是嗎？賣人的是她們的爹娘，她們本人有幾個能心甘情願留在山裡？這件事還是各退一步吧，若你們不講道理，我們村這麼多人也不是孬種，個個都是不怕事的！」

「對！不怕事！」村民們一致對外，異口同聲地喊了一句，看著還真有幾分氣勢。

強子跟他一起來的兄弟們想了想，上前跟他們商量起來。最後要求阮家賠償五兩銀子，這是最低，再少就打，誰怕誰啊？

五兩雖然是把當初買阮春蘭的錢全要回去了，讓阮家大房什麼也沒撈著，但強子其實也還是挺虧的。他給阮春蘭買的衣裳、成親擺的宴席，家裡天天加一頓飯吃的也比從前好，這些都是要花錢的，更別說阮春蘭還騙走了家裡八兩銀子。

他這一次虧大了，可就像許青山所說，他確實不能不講道理，全都讓阮家人賠。即使他其實對阮春蘭很好，那也改變不了他是把人買回去的事實，既然敢買，就不能怪人家跑。

五兩銀子，要是之前，大房還真是剛好有。但小壯前陣子突然吵著要上學，他們為了讓鎮上的書院收下小壯，一下就花了二兩銀子，又給小壯做新衣裳、吃好吃的、交束脩，雜七雜八就只剩下一兩了，他們拿啥賠？

阮香蘭突然指著阮玉嬌喊道：「她！找她！她是阮春蘭的大姐，她可有錢了，你要多少她都能賠給你！」

阮玉嬌眉頭一皺，還沒等她說什麼，阮老太太就擋住她，對阮香蘭罵道：「妳心眼黑得沒邊兒了吧妳！還大姐？妳們姐倆坑她的時候，咋不認她當大姐？她可是過繼出去當莊家的孩子了，倒是妳，妳不是春蘭的親妹妹嗎，妳咋不給她賠？」

強子的兄弟都笑起來，看著阮香蘭道：「妳是那女人的妹妹？妳賠也行啊，沒錢，把妳賠給強子當媳婦得了，正好妳比那女人還漂亮點！」

阮香蘭又驚又氣，臉上忽青忽白的，一頭埋進劉氏懷裡不敢露面，心裡把阮老太太給恨死了。阮老太太也沒想到他們會這麼說，頓時皺起了眉頭。可阮金多和劉氏卻真的遲疑了起來，互相看著對方，猶豫不決。
阮香蘭見他們沒拒絕，登時起身氣道：「你們、你們可別忘了我已經訂親了，張大哥將來是要考秀才的！」
強子一聽就熄了心思，他可不是來搶親的，忙道：「別說那些沒用的了，我就要五兩銀子，什麼時候給我什麼時候走。不給，今晚上兄弟們就住這兒了！」
「給、給！」阮金多嘴裡疼得厲害，可不敢叫他們留下。他往阮玉嬌那邊看了看，正好看到許青山面無表情的臉，登時嚇得一哆嗦，不敢打阮玉嬌的主意了，接著他看向阮老太太。從剛才老太太著急的樣子就知道，老太太還是在乎他的，他連滾帶爬地過去抓住她的褲腳，求道：「娘，娘您幫幫我，娘。您先借給我五兩銀子，我有了錢肯定還您，不賠他，他們就不走了啊，娘！」
阮老太太看著他，抿抿唇，到底是自己兒子，總不能再看著他被人打，只得點頭道：「我借給你可以，但是你這次自作自受，一定要記住這次的教訓。以後你們一定要行得端、做得正，這樣才不會再出這種事，知不知道？」
「知道、知道，娘，我知道了！」阮金多心裡一鬆，連連點頭承諾；劉氏也跟著在一邊附和，好像兩口子突然就痛改前非了。
阮老太太輕嘆口氣，對里正道：「里正您先看著點，我去取銀子來，早點把這事了結了，大夥兒都安生。」

「嗯是，老太太慢著點走。」

阮玉嬌扶著阮老太太回家取銀子，路上阮老太太就問了。「嬌嬌啊，我幫他們，妳氣不氣啊？」

阮玉嬌微微一笑。「奶奶，雖然我跟他們斷親了，但您沒有啊。況且阮大叔是您的親兒子，您放不下才是正常的，我怎麼會氣？再說您用的還是您自己的銀子，剛剛還維護我呢，我可不會那麼拎不清。」

「唉，妳不氣就好。畢竟是我十月懷胎生下來的，不能眼睜睜看他被打啊。」

對此，阮玉嬌也不知該說什麼？世上的人和事就是這樣，極少有能斷得乾乾淨淨，半點不牽連的，彷彿所有的一切都有著千絲萬縷的關係。她不喜歡阮家人，但她也不能要求奶奶跟他們斷絕來往，那兩家可是奶奶盡心盡力過的子孫呢，換成誰，能眼睜睜看著他們落難呢？

有了阮老太太這五兩銀子，強子二話沒說就帶人走了，那樣子倒是很守信用。這麼一看，不少村民就覺得他也很可憐了。買假貨頂多就是不能用，找人賠了也就賠了，這買到個慣偷，回去把他的家底都騙光了，真是賠了夫人又折兵。

他們走後，劉氏突然咬著牙，低聲說道：「那個賤丫頭，哪兒都不認識，肯定去我娘家村子了！」

阮金多冷哼一聲。「妳要是能找到她，就把她再賣一次，咋也得把賠出去的銀子弄回來！死丫頭不知好歹，給她找好了人家她不要，下次就隨便賣，賣的時候可得說好了，從此一刀兩斷，兩不相干。」

「嗯，敢坑老娘？這次我看她往哪兒跑！」劉氏簡單收拾了一下自己，立刻就回娘家去了。而阮香蘭則是忐忑難安，想到剛剛那些人看她的目光就難受，急忙跑出去找張耀祖想好好解釋一下。

不過阮香蘭並沒有見到張耀祖，在門口就被張秀兒冷嘲熱諷。「妳哪兒來的臉上我家門啊？現在人人都知道了，妳的親姐姐阮春蘭騙了婆家的銀子逃了！妳以為我家還敢要妳嗎？難道不怕妳坑了我家的銀子？」

阮香蘭雙眼通紅，推攘著她就要往裡衝。「妳讓開！妳算什麼東西？我要跟耀祖哥說話！」

兩人吵吵個沒完，張母怒氣衝衝地從屋裡出來。「趕緊滾！我們張家沒妳這樣的媳婦。妳說說，妳家都是什麼玩意兒？啊？攤上你們就沒好事，我當初咋就瞎了眼看上妳了呢？妳會個屁，啥用沒有，還沒進門就給我家丟人，妳滾！這門親事就此作罷，明天我就去退親，滾滾滾！」

阮香蘭嚇壞了，高聲喊道：「耀祖哥！耀祖哥你出來啊，你不能拋下我，你不能！」

可是任她喊破了嗓子也沒喊出張耀祖來，反而被張母和張秀兒打了半天，身上火辣辣的疼。阮香蘭有些絕望，哭著跑去了河邊。

然而她叫不出張耀祖，不代表別人沒辦法。許青山還記著張家母子糾纏過阮玉嬌的事呢。既然他們敢來噁心阮玉嬌，他就叫他們噁心一輩子！他這人護短又記仇，在軍裡也沒少被人說心狠手辣，從來都不是良善的人。既然惦記著報仇，當然不可能拖到地老天荒。

當天傍晚天快黑的時候，許青山就將張耀祖打暈帶了出來，趁阮香蘭不注意，丟到她附近不遠處，然後故意弄出點聲響，讓阮香蘭發現了張耀祖。阮香蘭躲的正是他們倆每次幽會的地方，在一個草垛後，倒是一時半會兒沒別人會過來。

阮香蘭情緒激動，也不問張耀祖是怎麼來的，弄醒他就哭訴自己的委屈，問他要怎麼安頓自己？兩人早已在屢次親熱之間偷嘗了禁果，只是後來張耀祖被打，一直在家養傷，他們才見得少了。如今阮香蘭被阮春蘭連累得名聲全毀，阮家都成了讓人唾棄的存在，心中驚懼，趴在張耀祖懷裡一直哭，就想要到個承諾。

張耀祖不耐煩又不知該怎麼說，想不理她，可抱著自己的女人，又有點狠不下心，優柔寡斷做不出決定來。一會兒斥責阮家，一會兒哄阮香蘭，不讓她哭。

許青山看了一會兒，覺得兩人抱得挺緊的，便悄無聲息地繞過去把草垛給點燃。趁那小火苗還沒起來的時候，躲到角落扔出幾塊糖，變了聲音，叫那些小孩子趕緊喊大人過去救火。從頭到尾，他沒露面，也沒用自己的聲音，做完這些就離開了。

而許多人家聽到孩子們的喊聲全都衝了出來，看到火光自然是趕緊救火。但他們提著水桶跑過去的時候，那草垛居然才著了一小半，最令人吃驚的是，被嚇了一跳、從草垛後跳出來的，不是張耀祖和阮香蘭嗎？他們倆這是幹啥呢？

草垛離河邊很近，取水救火也方便，幾下子就把火滅了。大家確定安全之後，就開始盯著張耀祖和阮香蘭看，指指點點，說什麼都有。主要白天才出了阮春蘭的事，晚上阮香蘭又和張耀祖在這兒幽會，咋想都讓人想不到好地方去。再看阮香蘭不夠整齊的衣服、頭髮，鄙夷嘲諷的聲音便更多了。

其實這次他們倆還真沒親熱，就是抱著又哭又鬧，難免弄得身上有些亂，看上去就跟咋地了似的。阮金多和張家人被通知跑來，一看見這場景就傻了眼。張母一拍大腿，哭道：「好妳個阮香蘭！我剛說明兒個退親，妳就勾引了我兒子！我撕了妳！」

張母嗷的一聲撲了上去，對著阮香蘭就又踢又打；阮金多也火冒三丈，揪住張耀祖的領子就罵道：「你小子敢占我閨女便宜？你活得不耐煩了！」

張老爹去幫張耀祖，三個男人瞬間撕扯到一起。而張秀兒也不甘示弱，她不敢打人，就在旁邊上躥下跳地指著罵：「你們阮家沒一個好東西，姐妹倆都不要臉，你們當爹娘的更不要臉！就她這樣的，就得找里正給浸豬籠，要是傳出去，咱們村的臉面還要不要了？」

張秀兒煽動起村民的情緒，還真有不少人罵起阮家人來。覺得他家真是越來越不像話，讓他們留在村裡，就是一顆老鼠屎壞了一鍋湯！事情越吵越大，張耀祖和阮香蘭急著跟人解釋他們什麼事也沒有，就是說說話，可大家只相信自己看到的，說什麼也要嚴懲他們。

張秀兒罵著罵著猶嫌不夠，看看旁邊有些爛草葉，抓起來就一把一把地往阮香蘭臉上丟，一邊丟，一邊罵。

就在這時，阮香蘭聞到爛草葉的味，突然開始乾嘔，推開張母，趴到一邊乾嘔個沒完沒了。什麼都吐不出來，就是嘔。本來還在指責她的人們漸漸收聲，看著她的目光越來越怪異，直到有個婦人懷疑地說道：「她這……該不會是有了吧？」

阮金多聞言更怒，一拳砸到張耀祖臉上，罵道：「你小子到底想幹麼？占我閨女便宜想不負責？我廢了你！」

張老爹不會吵架也不會打架，只能驚慌失措地大喊。「不會、不會的！我兒不是那樣的人，他肯定是看香蘭不高興來安慰她的，什麼事都沒有啊！親家你別激動，別動手啊！」

他們兩家如今的名聲一個比一個差，鬧成這樣都沒人上前幫忙，反而有個看熱鬧不嫌事大的說了一句。「想知道是不是有了，找李郎中看看不就知道了嗎？光說有個啥用？」

眾人頓時起哄，還有好事的直接跑去找李郎中了。阮家和張家如今就像被架在火上烤，哪裡都難受，偏偏他們又下不來，竟只能尷尬地站在原地等李郎中來。張家人當然想走，連阮金多也想走，可他看著阮香蘭那躲躲閃閃的樣子，心裡頭就有點沒底。

要是真有啥事，聽剛才張家人那意思，是嫌棄阮春蘭鬧出的事太大，不要阮香蘭了啊，要是這樣就回去，再有啥事可找不著人認了。阮金多猶豫了一下，當機立斷拉著張老爹和張耀祖不讓走。他都想清楚了，不管有事沒事，反正剛才他倆肯定是抱了，那就必須負責。

什麼有沒有孕、占沒占便宜的，他都不管，今兒他就非要讓張家定下娶阮香蘭的日子，說什麼都不能把這閨女砸在手裡頭！何況這張耀祖是未來的秀才，他還要做秀才的老丈人呢。

等阮老太太她們聽說的時候，李郎中都到了。阮玉嬌扶著阮老太太快步趕到，正好聽見李郎中說：「阮三姑娘已經有孕一個多月了。」

就連看熱鬧的人們都吃驚不已，他們只是隨口說說，哪能想到還真說中了！未婚先孕，阮香蘭才十三，快十四的樣子吧，就、就懷上了？還有那張耀祖，讀了這麼多年的書，都讀到狗肚子裡去了，一個未來的秀才能幹出這種事？

阮老太太眼前一黑，差點沒暈過去。阮玉嬌和許青山忙扶好她坐到一邊的石頭上，阮玉嬌著急道：「李郎中，您快幫我奶奶看看。」

阮老太太緩了口氣，不等李郎中過來就擺了擺手。「我沒事，我就是……咋會發生這種事啊！」

阮老太太眼睛都濕了，許青山在旁邊看到突然有點後悔，也許他不該用這麼粗暴的方法，毀了他們，卻也傷到了老太太。但這是沒辦法繞開的，除非不跟他們計較，可他們一次次的算計、糾纏阮玉嬌，新仇舊恨加起來數都數不清。若當初不是阮玉嬌機警，被賣去山裡的可就是阮玉嬌，他說什麼都饒不了阮香蘭，這真是一道無解的題。

阮金多卻看不到阮老太太的難過，竟然上前讓阮老太太做主，對張家人道：「你們家忘恩負義，忘了當年是誰救了你們的命了？居然三番五次的欺凌我阮家人，是想逼死我們全家？」

阮老太太板起臉，怒斥道：「你給我閉嘴！你怎麼教閨女的？我要把她們帶在身邊，你們說啥都不幹，結果呢？你就把她們教成這樣？一個騙銀子跑了還害了嬌嬌，另一個珠胎暗結，丟盡了阮家的臉。你還好意思說自己當家做主，你對得起阮家的列祖列宗嗎？」

阮金多被罵得抬不起頭，感覺臉都沒地方擱了。明明是他閨女被那小子給欺負了，老太太這個救命恩人壓制他們多好啊，怎麼就反過來罵起他了？阮金多嘴上不說，心裡卻對阮老太太的意見越來越大，覺得她就是老糊塗，拎不清，根本不知道啥事對家裡好，啥事不好。

等阮老太太罵夠了，張老爹也尷尬地過來跟她道歉。不管阮老太太搭不搭理他們，她確實是張家的救命恩人，張老爹也是讀書人，愛面子，誰承想自從退了阮玉嬌的親，他們家的名聲就每況愈下，如今面子、裡子都沒有了。

事已至此，沒什麼好說的，看在張耀祖即將考秀才的分上，里正跟大夥兒說好要把這事壓下，不外傳。而阮金多也不可能讓女兒吃這個虧，自然就只有成親一條路可走了。

張母還想要吵，被張老爹狠狠拽了一下給阻止了。但張母心中不甘，很光棍地說：「成親就成親，不過耀祖備考把銀子花光了，家裡一個子都沒有，你們願意嫁就嫁吧。」

第三十八章

阮金多頓時變了臉色，冷聲道：「妳這是不肯出聘禮了？妳也不怕被人笑話秀才公太窮酸？」

張母忍著氣說：「沒錢就是沒錢，不樂意，你就等著我有錢出聘禮的時候。」她也著急抱孫子，可這麼得來的孫子她又氣悶得慌，尤其是剛剛說了不要阮香蘭，就打了她的臉，她恨不得阮香蘭去死。

不管阮金多怎麼說，張母就是咬死了不鬆口。這真沒辦法了，阮金多總不能讓閨女大著肚子不嫁吧？那不更讓人笑話嗎？再說現在不定下婚期嫁過去，夜長夢多，萬一張耀祖考上秀才翻臉不認人怎麼辦？思來想去，阮金多腆著臉跟老太太說：「娘，您看這事鬧的，好歹香蘭也是您孫女，要不……您給出點？」

阮老太太已經平復了情緒，當即冷笑一聲。「你們愛咋咋地，喜宴也別叫我，我丟不起那個人。」

阮金多急了，試探著看向阮玉嬌。「那嬌嬌妳……妳還沒原諒香蘭？妳看也不是她想搶你未婚夫，都是那張家的人鬧出來的么蛾子啊。」

張家人臉色難看，要不是張老爹強勢鎮壓，恐怕又要吵起來了。誰知阮玉嬌卻說了句讓他們都震驚無比的話。

「原諒？你是說她跟李冬梅合謀找來強子，想把我賣掉的事？抱歉，阮大叔，我這輩子也不會原諒一個想要把我賣掉的人，太無恥了！」

經過上輩子的事，被賣就是阮玉嬌的逆鱗，阮香蘭碰了，她自然不能原諒。平時不來往也罷，如今居然還想攀扯她，她不反擊怎麼對得起他們的臉皮？

張秀兒尖叫著瞪大了眼。「妳說啥？是阮香蘭設計要賣妳的？對！當初那個強子不就是用八兩求娶妳的嗎？妳不答應，他才用二兩娶的阮春蘭。今天又說是五兩買回去的，這亂七八糟的都是阮家幹的事！阮香蘭，妳這種人居然還有臉敢纏著我哥？」

阮香蘭登時挺了挺肚子罵道：「妳多管閒事還沒完了？一個小姑娘管起哥哥的事來了，妳啥居心啊？就想巴著妳哥不放是吧？妳才不要臉呢！」

她瞥了阮玉嬌一眼，臉上儘是得意。反正已經鬧到這個份上了，臉都丟光了，她乾脆破罐子破摔。不就是丟人嗎，能怎麼樣？那些人再笑話她也當不上秀才娘子！

阮玉嬌微微一笑。「有的時候啊，人就得信命，好運來了擋都擋不住，就像我；霉運來了也一樣擋不住，就像妳。妳看看如今的阮家和張家，因為妳都變成什麼樣了？真不知道將來還會發生什麼事。妳說，妳怎麼就那麼倒楣呢？莫不是跟妳沾上關係的都沒有好下場？」

名聲不光簡單的包含著好與壞，它其實包含著一個人的方方面面，是給人的直觀印象。阮玉嬌這段時間的變化之大，有人說她運氣不好都得挨罵。但阮香蘭就與她相反了，如今她這麼隨口一提，看看眾人恍然大悟的樣子，就知道這霉運的名頭是徹底扣在阮香蘭頭上，摘不下來了！

最後還是里正做主給他們定了日子，三天後，阮香蘭連一身正經的喜服都沒有，就那麼被張耀祖領回了家。簡陋、不被祝福、恥辱的親事，換做任何一個人可能都受不了，但阮香蘭不在乎。她就要成為秀才娘子了，將來他們所有人都會對她奉承討好！

許青山私下裡問過阮玉嬌。「他們湊在一起也算是彼此禍害、彼此怨懟。妳覺得出氣了沒？沒有的話，我去收拾他們。」

阮玉嬌笑道：「他們啊，你等著看吧，就張耀祖那樣的根本考不上秀才，他們以後的霉運肯定越來越重。」

「哦？這麼確定他考不上？你倒是挺瞭解他。」許青山說完才感覺這話酸酸的，不由得摸了摸鼻子。

阮玉嬌笑得不行，拍了他一下，道：「你想什麼呢？我是說那種廢物定是考不上，反正別管他們了，他們絕對過不好日子的。狗咬狗，一嘴毛，看他們熱鬧就好了。」

就在阮香蘭出嫁回門的那天，劉氏終於從娘家回來，還把阮春蘭給捆回來了！村子裡再一次沸騰，只覺得阮家大戲連連，都快組成個戲班子了，淨給他們逗樂呢！

劉氏回來一看，阮香蘭竟然嫁了，登時大呼小叫的就要去找張母算帳。她還等著要張家那份聘禮呢，小壯讀書得花多少錢，她都想好把那聘禮拿來做什麼了，結果居然沒給？她閨女被那小子騙得珠胎暗結，丟盡了臉面，張家怎麼能一點補償都沒有？

誰拉她都拉不住，她硬是衝到張母面前吵了起來。可吵來吵去，她要嚷嚷出去毀掉張耀祖的前程，張母要嚷嚷出去給阮香蘭浸豬籠。兩人都在威脅對方，都壓制不過對方，到最後還是只能認了。

劉氏鎩羽而歸，回家就對柴房裡的阮春蘭拳打腳踢，把所有的怒氣都發洩到了她身上。「妳個賤人，生來就是剋我的！妳跑！妳往哪兒跑？妳當我不知道妳認識幾個人，猜不到妳往哪兒躲？妳拿著賣身契能跑哪兒去？妳連這個鎮妳都出不去！這次妳這麼坑我們，妳給我等著，我下回找個瘸子、瞎子就把妳賣了，看妳還跑不跑！」

阮春蘭也用所有能動的地方還擊，狠狠地踹她，罵道：「我要是賤人，那也是妳這個賤人生出來的！妳別叫我逮到機會，不然我就把妳賣山裡，讓妳嘗嘗是什麼滋味！」

她們母女倆互相揭短、辱罵、廝打，吵得二房煩不勝煩，直到陳氏出來厲喝一聲，她們才肯甘休。其實劉氏這麼打她也不全是為了出氣，還為了問出她騙來的那八兩銀子在哪兒？偏偏阮春蘭很機靈，早把銀子藏好了就是不告訴她，讓她一點辦法都沒有，極不甘心就這麼把她賣了，只好關到柴房裡。

等劉氏罵累了回房去睡覺後，阮春蘭坐了起來，借著窗子的月光挪到牆角，翻出一個破損的鐮刀來。她默默地將身上的繩子割斷，輕哼一聲，看向大房房間的眼光極其陰狠。她回來，可不是為了挨打的，她要他們把欠她的都討回來！

半夜三更，全村人都在熟睡之時，響起連綿不絕的狗叫聲，摻雜著男女、孩子的尖叫，把所有人都驚醒了！

阮玉嬌她們住在村邊上，聽到得較晚，但也只是起來披上衣服，奇怪到底發生了什麼事，並沒有貿然開門出去，畢竟她們只有三個女人在家。可漸漸的，竟在院子裡看見了遠處的火光。阮玉嬌心中一緊，幾乎是瞬間就想起了上一世奶奶被燒死的場景，臉色白得厲害，連呼吸都有些急促起來。

這時，大門突然被拍響了。

「嬌嬌，嬌嬌起來了嗎？是我！」

外頭是許青山的聲音，阮玉嬌忙跑去給他開門。「表哥，你怎麼來了？發生什麼事了？」

許青山握住她的手，不放心地盯著她的表情道：「嬌嬌，是阮家出事了，妳心裡要有個底，恐怕不太好。」

阮玉嬌心裡一個咯噔，反手抓住他問道：「是不是阮家著火了？我看見那邊有火光，是不是阮家正房？」

「確實是阮家房子著火，好多人都去幫忙滅了，但火勢很大。聽說燒的是大房的房子。」

阮老太太曾經住的正房是賣給了二房，那就不是那一間。可這彷彿與前世如出一轍的大火，讓她不能掉以輕心。她要知道，到底是誰給阮家放火，前世她沒找到，這一世，她一點機會也不能錯過！

阮玉嬌拉著許青山道：「表哥，我們去看看，這麼久還沒滅掉，我懷疑是有人放火！」

那阮春蘭剛被抓回來，之前強子還帶人來鬧過事，許青山就有些誤會了。「妳的意思是，強子他們來找阮春蘭報復？我看他不像那樣的人啊。」

「不是，我就是覺得有些蹊蹺。」

「那我去吧，妳在家陪奶奶她們。那邊人多太亂，而且他們畢竟是妳的親人，妳去了恐怕有不方便，再說去火場也很危險。」

「不行，我一定要去。表哥，我們快走吧！去晚了說不定就抓不到人了。」阮玉嬌急著想找到前世害死奶奶的凶手。萬一兩次放火是同一人呢？她不能錯過這次機會。

許青山只當她心裡依然在乎親人的安危，還是點頭陪她去了。這麼大的事，都不知道有沒有人傷亡，兩人不敢隱瞞阮老太太，忙進屋跟她如實說了，阮老太太當即就眼前一黑，跌坐到了床上。

「奶奶！您怎麼樣？」

「我沒事。」阮老太太急緩了兩口氣，起身抓著他們的胳膊，快步往外走去，急道：「快！快扶我過去，我得過去看看啊！」

阮家外面圍著三、四十人，大夥兒都在吵嚷著幫忙滅火，可火勢凶猛，澆了油、添了柴，不知還弄了什麼東西，熊熊大火竟怎麼滅都滅不掉！

阮老太太到了後，抓住一個人就問。「阮金多呢？劉氏呢？他們出來了沒？」

「沒有啊，這麼大火怎麼出啊？」那人隨口回了一句，轉頭看見是阮老太太，頓時不知該如何安慰了。「大娘，這、這大夥兒都在救呢，您別著急啊。」

阮老太太眼淚都掉了下來。「老大！你快點出來啊！老大！阮金多！」

阮玉嬌臉色煞白地盯著那大火，彷彿又回到了那恐怖絕望的一夜。那一次她失去了唯一疼她的奶奶，這一次，幸好奶奶還在外面。她攔住阮老太太，對許青山道：「表哥你看好奶奶，千萬別讓她過去。我去看看！」

許青山臉色一變。「不行！嬌嬌！」

阮玉嬌已經提著一桶水跑進去了，許青山下意識地上前一步想要追，手上的重量讓他想起還要照顧奶奶。阮老太太如今的狀況實在離不開人，但阮玉嬌一個人衝進火場，他是絕不可能不管的！

許青山焦急地往四周張望，突然看見了葉氏，立即高聲喊道：「嬸子！麻煩您幫忙照顧一下我奶奶，嬌嬌衝進去了，我得去找她！」

葉氏跑過來連連點頭，叫了邱氏一起扶著阮老太太。「行，你快去吧，你奶奶這兒你不用擔心，我肯定看好她！青山，你可得把嬌嬌護好了啊！」

「誒！」許青山對阮老太太說道：「奶奶，您一定好好撐著，您還有嬌嬌呢，我去找嬌嬌。」

許青山快步衝了進去，而阮老太太已經無力地坐在地上，哭喊道：「嬌嬌，妳進去幹麼呀！妳快出來啊！要是妳再有事，奶奶怎麼辦啊？」

葉氏和邱氏一左一右地安撫她，可發生這種事，所有人都心情沈重。這麼久了阮家大房兩口子都沒出來，誰都知道是凶多吉少了。白髮人送黑髮人是最難過的事，她們看著阮老太太這樣，也忍不住跟著流眼淚。

院裡許青山已經找到了阮玉嬌，一把拉住她，上下打量。「嬌嬌，妳沒事吧？」

阮玉嬌沒有回答，只是臉色異常難看地盯著房門。許青山順著她的視線看過去，驚見房門竟是被人卡住了！不明顯，很不容易發現，可從他們這個角度正好能看到。他皺起眉，擋到阮玉嬌身前，迅速檢查起這棟房子的異常。雖然火勢很大，把很多證據都湮滅了，但他在邊關做臥底那幾年，學過的比別人要多得多，他看得出來，縱火之人是鐵了心要燒死裡面的人，而裡面的人很可能因昏迷無法逃跑。

他把幾處證據記下，心中有了底，忙拉著阮玉嬌去空地，低聲道：「妳去看看柴房裡的阮春蘭還在不在？我懷疑是她做的！小心一點。」

阮玉嬌下意識地點點頭，前去柴房看了一眼，只看到割破的繩子和一把破鐮刀，阮春蘭已經跑了。她身體晃了晃，忙扶住一邊的牆壁，怎麼都想不通，這怎麼會是阮春蘭幹的？

雖然這次的佈置遠沒前世周密，但兩個細節的地方卻和前世一模一樣。就算前世不是阮春蘭親自幹的，肯定也是她指使人幹的。

可是為什麼？阮春蘭為什麼要殺奶奶？

她敢肯定，這兩世奶奶都沒有半點對不起阮春蘭的地方。這一世可以理解為，阮金多夫婦把阮春蘭給賣了，所以她回來尋仇。那上一世呢？上一世阮春蘭直接偷了奶奶的銀子跑了，誰都沒找到她，之後她還當上了大家小姐，為什麼要縱火燒死奶奶？

阮玉嬌覺得腦子裡一團漿糊。她走出門，看見許青山跟著眾人一起救火，把門口的火勢壓制得小了點，然後直接用一根粗棍撞開了門。接著許青山往自己頭上倒了一桶水，披了件濕被子就衝了進去。

阮玉嬌大驚失色，跑過去高聲大喊：「表哥！表哥你幹麼？快出來！」

旁邊驚住的人一把拉住她，怕她也跟著一起衝進去，還感慨道：「妹子，山哥對妳真好啊，看見妳著急就幫妳去救人了。說起來妹子妳也是重情重義啊，他們那麼對妳，妳還冒著危險來救他們……」

之後他們再說了什麼，阮玉嬌已經聽不見了。她只知道自己蠢透了，只顧著震驚，都沒想過許青山看到她這副樣子會誤會。她是真不在乎阮金多夫妻的生死，那兩個人前世把她賣掉，她早就不把他們當親人了，可如今因為一個誤會，許青山竟以為她是在擔心他們，甚至為了她去救人。

萬一許青山因此有個什麼事，她怎麼能原諒自己？

幸好許青山沒進去太久，他很快就拖了兩個人出來。除了救火的那些人，其餘人立刻圍了過來，看著地上的兩個人，鴉雀無聲，還是阮老太太一聲哭喊驚醒了眾人。那已經不能稱之為兩個人了，只能算是兩具屍體，雖然大火還沒燒到他們身上，但他們明顯已經被濃煙嗆死了，滿臉烏黑。

阮玉嬌在人群後拉過許青山上下打量，著急道：「你怎麼樣？有沒有受傷？我不在乎他們的，你怎麼這麼傻？」

許青山忙笑著道：「我沒事，一點事都沒有，嬌嬌別怕，不信回去我給妳看。」

他這一說完兩人都是一愣，隨即阮玉嬌惱羞成怒地踢了他一腳。「誰要看你！」

經過這麼個事，阮玉嬌之前沈重的心情也被沖散，很快恢復了正常。她往四周看了看，對許青山道：「二房一家都躲在里正叔那邊，好像嚇到了，房子也波及了一點，沒什麼大事。但阮春蘭跑了，表哥，你確定是她幹的嗎？」

「是，這個人應該就是從柴房出來的。」許青山點頭道：「看來她今天被抓回來是故意的，就是為了趁他們不備，報復他們。這種人和瘋子無異，幸好妳和奶奶早就分出來了。」

阮玉嬌莫名鬆了口氣。「對啊，謝天謝地，奶奶分出來了。」

話音剛落，她猛地一僵。她不知道上一世阮春蘭為什麼害死奶奶，但她確實那麼做了，是不是也說明這一世也會那麼做？他們都跑來了這裡，會不會阮春蘭已經跑去家裡那邊？

許青山疑惑道：「怎麼了，嬌嬌？」

阮玉嬌一把抓住他的手。「表哥！快！我們快回去，我懷疑阮春蘭在這邊放火之後會去家裡！」她不知該怎麼解釋，乾脆說道：「她跟我也有仇啊，而且仇不小，莊奶奶一個人在家我不放心！」

許青山神情一凜，立刻道：「妳照顧奶奶，我去看外婆！」

許青山轉身就跑，阮玉嬌心中狂跳，總有種不好的預感。她想來想去都不放心，但阮老太太失去兒子，哭得太厲害，她只好跑到里正那裡，懇求道：「里正叔，我懷疑是阮春蘭報復他們點的火，我跟阮春蘭也有仇，我怕她去我家傷到莊奶奶。能不能麻煩您幫我照顧下我奶奶，我得回家去看看！」

里正驚訝不已。「阮春蘭幹的？」他知道事態緊急，忙點頭道：「妳放心吧，我讓妳嬸子看著妳奶奶。」

里正的兩個兒子帶了幾個人跟阮玉嬌一起往家裡跑，剛到門口就聽見了莊婆婆的叫喊聲，全都嚇了一跳，阮玉嬌更是心裡發慌，加快跑進了院子。「莊奶奶！表哥！」

只見莊婆婆跌坐在地上，許青山正將阮春蘭踹倒在地，而阮春蘭懷裡的銀子、銀票、首飾散了一地。

阮玉嬌跑過去扶莊婆婆，急道：「奶奶，您怎麼樣？」

莊婆婆捂著心口後怕道：「沒事沒事，幸虧山子回來了，不然我這把老骨頭就要完了。」

阮玉嬌去看她的腿。「您的傷怎麼樣？」

莊婆婆稍微活動了一下，皺眉道：「應該沒大事，等會兒請李郎中看看就知道了，不算太疼。」

骨折沒好全又摔了一跤，肯定有影響的，就不知道是嚴重還是不嚴重了？不過好在沒有出什麼大事，阮玉嬌鬆了口氣，安頓好莊婆婆後，大步走到阮春蘭面前，怒問道：「妳放火殺人竟還來我家偷東西！我們跟妳有什麼深仇大恨？」

許青山站到她身邊，以防阮春蘭傷到她，對大家說道：「我剛剛回來的時候，她正糾纏我外婆，想搶外婆的首飾，我外婆說是聽見動靜，發現了她在偷東西。」他指了下大門邊幾樣東西，皺眉道：「我猜她不只想偷東西，還想放火！」

里正兩個兒子看過去，果然都是放火用的東西，如今人贓俱獲，再說阮家那火不是阮春蘭放的，可就沒人信了。

阮春蘭剛剛被踹得不輕，好半天才爬了起來，對阮玉嬌冷笑道：「妳還有臉問我有什麼深仇大恨？同一個屋簷下生活十幾年，憑什麼我過得最苦？憑什麼我要挨打挨罵、幹活挨累？憑什麼只有我吃不飽飯？這都是你們欠我的！你們冷眼旁觀我過苦日子，看著我被賣到山裡，你們全都是我的仇人，全都欠了我！今天我回來，就是要跟你們算總帳，讓你們全都下地獄！」

阮玉嬌不可置信道：「欠妳？這些年我和奶奶幫過妳多少次，妳又拿我們當了多少次擋箭牌，還好意思說我們欠妳？小時候奶奶為了管妳，又跟劉氏吵了多少次架？要不是妳故意把我推到河裡，害我大病一場，奶奶會不管妳嗎？」

阮春蘭憤恨地瞪著她道：「要不是妳跟奶奶告狀，她怎麼會不管我？」

「難道我被妳害死就活該？妳過不好，自己不想辦法，反而覺得全天下人都欠妳的？妳瘋了嗎？要不是妳心眼那麼多，總是利用我們，我們會不理妳嗎？」

阮春蘭指著散落一地的東西，罵道：「連妳這個病秧子都能過這麼好的日子，憑什麼我不行？妳算什麼東西，連娘都沒有，整天跟著個老太太，居然比我過得好？妳憑什麼？」

阮玉嬌咬牙道：「憑我心思比妳正！」她懂了，阮春蘭根本就是個瘋子，殺人都不需要那麼多理由。就因為奶奶沒管她，所以她就要害死奶奶！

沒有什麼可繼續爭辯的了，阮春蘭逃不掉，憤怒極了，把所有事都說了出來。她也曾經有過美好的期望，想要嫁到一個好人家，開始新生活，可是她的期望還沒開始就已經破滅。爹娘竟然為了五兩銀子就把她賣去山裡。如今她逃跑計劃失敗，被他們抓住，再不認命也沒辦法了。

但阮玉嬌半點都不同情她。她是很可憐，生在一個重男輕女的家庭，還被生母肆意磋磨，可她該恨的難道不是磋磨她的爹娘嗎？憑什麼仇視奶奶？仇視她，又憑什麼來搶莊婆婆的首飾？阮玉嬌也見過不少人了，她覺得，有些人是真的可憐，時運不濟、滿身無奈，可像阮春蘭這種人，就是自作自受！

里正的兒子將阮春蘭捆上帶走了，這次捆得非常結實，絕對不會讓她再跑掉。

阮玉嬌深吸口氣，平復心中的憤怒，蹲下身，把差點被偷走的財物一一撿了起來。她和阮老太太的銀票、銀子、首飾，居然還有一塊玉珮！

阮玉嬌把玉珮拿起來仔細看了看，疑惑道：「這是奶奶的，怎麼會被她拿到？」

許青山看到那玉珮的樣子，愣了一下，接過玉珮問。「這真是奶奶的？怎麼會？」

「怎麼了？我也不太清楚，好像看見過奶奶收著。」阮玉嬌不明白他怎麼是這樣的反應，納悶地問。「有什麼不對嗎？」

許青山記憶力一向極好，他記得有一次意外救下孟將軍的時候，就看見孟將軍身上有塊這樣的玉珮。但孟將軍的玉珮總不會丟到這村子裡吧？他搖搖頭，說道：「我見過一塊差不多的，可能是巧合吧，等奶奶回來，再問問她。」

阮玉嬌看了看那塊玉珮，突然感到奇怪。前世奶奶去世後，阮金多和阮金來吵著分房子什麼的，怎麼沒人提過這塊玉珮呢？是在火裡燒沒了，還是阮春蘭偷跑的時候，把玉珮和銀子一塊都偷走了？他們這樣的人家有一塊看著就值錢的玉珮還真是挺奇怪的。

她把東西拿進屋裡，就看到阮老太太這幾天穿的衣服被丟到地上，還被剪了一塊。她撿起衣服道：「對了，奶奶好像一直把玉珮縫在衣服裡邊了。剛才奶奶披的是在家穿的，著急走，也沒換，可能正好放在這兒被阮春蘭看見，就剪下來了。」

「應該是這樣。」許青山把玉珮給阮玉嬌收好，然後便讓她陪著莊婆婆，叮囑道：「我去接奶奶，妳別出去了，我叫大松在外頭守著，有事大喊一聲就行。」

「嗯，你快去吧，讓奶奶回來歇一下，操辦後事的事還有的忙呢。」

阮老太太已經哭暈了過去，許青山趕過去正好把人揹回家。阮家的大火已經滅了，大房的房子徹底燒得精光，二房的也被波及，房子要修繕才能住，他們一家暫時只能住廂房了。

阮玉嬌聽了那邊的情況，皺了皺眉。剛剛奶奶悲痛欲絕，二房竟然只有小柱哭著喊了幾聲奶奶，大柱、二柱被陳氏拉著，讓他們離火遠點，他們竟然也就沒反抗。她很是失望，對這兩個弟弟的最後一點情分也沒了。

請李郎中看過之後，說阮老太太就是悲傷過度，只要好好養養就行了，他們這才放下心，但這一晚上也沒人能睡著。阮玉嬌燒水煮粥，用小火慢慢煨著，心情還是很複雜。快天亮的時候，阮老太太醒來，阮玉嬌忙給她喝了醒神湯，然後又端了雞湯熬的粥給她吃，好說歹說，才勸著她吃了一點。

之後便一起去給阮金多夫婦操辦後事。莊婆婆的骨頭沒大礙，但摔了一跤也得臥床幾天不能走路了，許青山便讓劉松在院子裡守著。兩人是一起當過兵的，有他在，就什麼事都不會出。

第三十九章

設好了靈堂，許青山也從書院把小壯接回來了。小壯一直都對爹娘有諸多不滿，跟著阮玉嬌學了道理之後，更知道他們許多事做得都不對，但，他們對他是真心真意的愛護。他說讀書，他們就把銀子拿出來給他用，一點都不心疼。他雖然怪他們對大姐、奶奶不好，他也知道他們最喜歡的就是他。

可是怎麼才幾天不見，他們……就死了呢？

小壯披麻戴孝，跪在靈堂前呆愣愣的。阮玉嬌見他這樣很是心疼，蹲在他旁邊抱住他，哽咽道：「想哭就哭吧，你還是小孩子，沒人笑話你。」

小壯忍了又忍，眼淚還是掉了下來。「大姐，為什麼會這樣？阮春蘭她怎麼這麼壞？我以後就沒有爹娘了……」

阮玉嬌輕輕拍著他的後背，輕聲道：「你還有我，還有奶奶，別怕，我們是一家人。阮春蘭已經被抓住了，她會受到懲治的，你可以恨她，但別氣壞自己。」

小壯的哭聲漸漸大了起來，最後趴在阮玉嬌懷裡放聲大哭。見他這樣，阮老太太反而冷靜了下來。白髮人送黑髮人固然悲哀，但她還有孫子、孫女要照顧，她若是垮下了，他們怎麼辦？她強打起精神來，開始有條不紊地安排每一件事。畢竟都活了半輩子，家裡也先後去了幾個人，該做什麼、該忌諱什麼她都清楚。這樣忙碌起來，倒是把悲痛壓下去了幾分。

阮玉嬌雖然對阮金多的死沒什麼感覺，但她心疼阮老太太和小壯，每天都跟在他們身邊照顧，給他們做容易入口、好消化的藥膳，讓他們不至於虧了身子。許青山自然更是忙裡忙外，許多需要男人出面做的事都是他做的。可即使這樣，到阮金多夫婦下葬之後，阮老太太和小壯仍是瘦了一圈。

悲痛是一個過程，他們祖孫一時半會兒是難以開心起來了。阮玉嬌前世也經歷過這種悲痛，所以她很瞭解，也沒急著去逗他們開心，只是用心陪伴，做好自己能做的所有事。而喪事處理完了，阮春蘭的懲治結果也出來了。

村裡有人放火燒死了親生爹娘，這種事實在太過惡劣，而且全村都知道的事，甚至通過姻親，會傳到好幾個村子裡去。里正也知道這種事遮掩不住，只能將阮春蘭送官，最後她被判了死刑！

這件事果然轟動了十里八村，誰提起他們村，都會說他們村出了一個燒死爹娘的姑娘，對他們的名聲影響極壞。

首當其衝就是阮春蘭的姐妹，阮玉嬌和阮香蘭。可阮玉嬌早就過繼了不說，還一直靠自己自立自強，行得正、坐得端，非要說她閒話也有些說不出來。畢竟從前那些閒話都被人說遍了，後來一點一滴看著她成為村裡最富有的一戶，眾人自然就只剩下欽佩。

阮香蘭就不一樣了，之前才珠胎暗結，半強迫地嫁給了張耀祖，這會兒阮春蘭的事一爆出來，大家看她的目光全都帶上了警惕及鄙夷，哪還管她是不是未來的秀才娘子？有個瘋子一樣殺了爹娘的親姐姐，她能是什麼好東西？特別是她自己的行為也已經證明了她不是個好東西，怎麼可能有人再同她交好？

張家人對她更是厭惡，連張耀祖都開始討厭她了。而她之前說怕衝撞肚子裡的孩子，沒去爹娘的靈堂跪拜，更讓她的公公張老爹也對她起了反感之心。阮香蘭的日子過得苦不堪言，還曾求到阮老太太這邊，但她之前的表現太令人寒心，阮老太太根本不再認她，她只能死咬著牙，苦苦堅持，唯一的信念就是當上秀才娘子。

等最吵鬧那段時間過去，阮老太太的心情也平復了一些，他們的日子才恢復平靜。

阮玉嬌因為要照顧阮老太太和小壯，已經很長時間沒去錦繡坊。如今他們恢復得差不多了，她也忙碌了起來，經常要去錦繡坊跟喬掌櫃商量下一批推出的衣服。

畫在紙上凸顯不出效果來，而且阮玉嬌對畫畫也不太擅長，往往不能表達出衣服的精緻出彩之處。所以她簡單畫圖之後，還要把幾種樣式的衣服一一做出來，因此她就把那玉珮的事給忘了，沒有多問。

而許青山本來是記著問的，但趕巧他的戰友到了村子裡，一共十幾個人，他既要安排住處，又要給他們準備吃的、用的，當然是緊著重要的事先做了。

許青山和劉松的存在，讓村裡人對當過兵的人有了一種本能的害怕，這會兒村子裡突然來了十幾個當兵的，其中還有幾個特別壯的，令大家都嚇得不輕，連里正也把許青山找去問了情況。

里正擔心道：「他們突然過來，可是有什麼事？你清楚他們都是什麼背景嗎？會不會惹事？」

許青山笑道：「里正叔只管放心，他們有什麼事我都能負責。其實我回來之前我們就約好的，如果他們回家之後不必留在家裡，就過來找我。在軍中我帶過他們一陣，不想看他們虛度光陰，想再帶著他們掙點錢，成家立業。」

里正聞言有些驚訝，畢竟許青山回來除了打幾次獵也什麼都沒幹，不過他看著許青山胸有成竹的樣子，想了想，點頭道：「既然你給他們做擔保，那我也就不多說什麼了，但他們若是打算在村子裡長住，還是要有個章程。」

「是，我打算蓋些簡單點的房子讓他們先住著。現在這樣借住在別人家裡始終不太方便，就算付錢也是添了麻煩。等將來我們掙到錢，可能會考慮往鎮上搬，先跟里正叔說一聲。」

里正也沒想到他們有這麼大的志向，但想一想，這樣也不影響村裡什麼。正好阮春蘭的事壞了村子的名聲，若是他們真能掙上錢，傳了出去，那就都是村子的光彩了，倒也挺好。

就這樣，十幾個大男人就在村子裡住下了，借住在誰家就給誰付房費。結果最為害怕的不是他們借住的人家，而是許家的所有人。這要是再惹到許青山，這些人還不得把許家給滅門啊？剛出了阮春蘭的事，許家人怕著呢！

許青山沒理會他們，掏了銀子，帶著十幾個兄弟就開始蓋房子，直接挨著劉松家蓋，離阮玉嬌家裡不遠不近，正好保障了安全又不會妨礙什麼。兄弟們都是身強力壯的漢子，幹起活來格外索利，短短幾天，房子就全蓋好了。長長的一整排，每人的屋挺小，但住著也足夠了。

許青山看看蓋好的房子，對他們道：「先住著，誰想住好房子、大房子，自個兒努力，將來自個兒蓋！」

兄弟們齊聲：「是！」

看著屬於他們的房子，他們心情也很激動。不管是無親無故，還是不受家人待見，總之，他們投奔許青山後終於有了自己的家。許青山說會帶著他們掙錢，他們毫不懷疑。

其實許青山也是發現沒有任何人再監視他了，所以才這麼大張旗鼓的同兄弟們來往，不然他就還得繞著彎辦事了。這些兄弟都是退伍下來的，有的受了傷，有的被小人算計，但他知道他們都是好兄弟，信得過。

一幫漢子也不管剛蓋好的屋子潮不潮，直接就住進去了。一人一套被褥，鍋碗瓢盆，什麼東西都要花錢。許方氏眼睜睜看著許青山花錢如流水，終於知道他們都被騙了。什麼欠戰友銀子，什麼只剩下二十文，全都是假的！包括後來許青山兩天拿回一隻野雞，也就是敷衍了事，不想叫他們占便宜！

許方氏氣得渾身發抖，可她咬破了嘴唇也不敢質問許青山。她不想活了嗎？那些人一人一個拳頭都能把她打成肉泥，她怎麼敢去惹許青山？可看著許青山明明有錢卻還要回家吃飯，占著許家一個房間，她心裡就堵得慌，憋著氣沒處撒，沒少折騰許老蔫。

許老蔫胳膊被掐得青青紫紫的，他吵不過許方氏，猶豫了好幾天，還是去找了許青山，搓著手道：「山子啊，你、你跟你那些兄弟挺好啊？」

許青山看他一眼。「嗯，一起出生入死，確實不錯。」

許老蔫猶豫了再三，試探著問。「你每天都去找他們，來回也挺累的吧？那啥，你、你蓋房子的時候，沒給自己蓋個屋？不是，我不是別的意思，我就是、就是覺著都是你花的錢，你這不住，虧、虧了不是？」

許青山瞬間明白了他的意思，勾勾唇，搖頭道：「沒有，房子都是他們自己掏銀子蓋的，我哪有銀子，自然也不好意思讓他們分給我了。不過……」

許老蔫難掩失望，卻還是追問了一句。「不過啥？」

許青山淡淡笑道：「不過我師父不是留給我一間屋子嗎？我搬去那裡也很適合，就是那裡離咱們家有點遠，咱們一家人住兩個地方就疏遠了，恐怕不太好吧？」

許老蔫根本沒想過分家的事，所以他一聽許青山不樂意跟家人離太遠，心裡就洩氣了，點點頭道：「那就算了，你、你好好住著吧。」

許青山看著老爹垂頭喪氣的背影，不禁失笑搖頭，回房去了。剛躺在床上，果然不出所料，聽到了正房許方氏的罵聲。他聽不清他們在說什麼，但想也知道，許方氏會罵許老蔫蠢。她從來都沒將他當成一家人，只要能把他趕出去，分家算什麼？反正從他身上也榨不出油水了。

離家的時機已到，許青山心中有數，一切都在掌控之中，於是笑著翻了個身，就睡覺了。

第二天一早，許青山起床後，直接就把自己屋裡的東西收拾好了。他回來，許家是沒給他準備任何東西的，所以除了床以外，這屋裡所有的一切都是阮玉嬌給他買的。雖說當初阮玉嬌為他準備這些只是為了報恩，但如今他收拾這些東西，一想到全是阮玉嬌精心為他挑選的，他心裡就甜滋滋的，和當初的心情完全不同。

一樣不落的打包好之後，他就照常出去洗漱吃飯。飯桌上，許家人都有些心不在焉，時不時就瞄他一眼，一副欲言又止的樣子，看樣子是在他出來之前就商量好了。但他們不開口，許青山就當沒看見，自顧自地吃完飯就要起身出門了。

許方氏捏著筷子的手一緊，脫口叫道：「老大，你等等！」

許青山看向她，問了句。「叫我有事？」

許方氏自從那次被劉松和許青山嚇到，就不太敢跟許青山說話，可她生怕錯過這次機會，便只能扯出個僵硬的笑容，試探道：「老大啊，你看，你二弟他們頭胎只生了個閨女，這、這也該是時候生個男娃了。咱家屋少，有點，咳，有點不夠住，你看是不是……」

許青山就那麼聽著，根本不接話。許方氏咬咬牙，沒辦法，只好自己說出來。「你看能不能把你那間屋子讓給他們？正好你師父不是給你留了一間屋嗎，你也有地方住，將來成家生孩子也都方便，對吧？」

許青山看了許老蔫一眼，淡淡道：「昨晚我已經跟爹說了，那邊離家裡太遠，恐怕是不方便。對了，三弟不是要考秀才了嗎？到時候三弟風光了，肯定不會住在村裡，把他那間屋子讓給二弟正適合。」

許青柏皺了下眉，低下頭沒說話。許方氏一聽，他竟然打上老三屋子的主意，心裡頓時恨得牙癢癢。可偏偏她又不敢罵回去，心裡憋屈得厲害，沈默好一會兒才說：「你三弟還小呢，怎麼也得等幾年娶妻生子後，再考慮搬出去的事，不像你這麼大了，又在外面長了見識，自立得很。再說你有那麼多兄弟互相照應著，我們也放心些。」

許青山左右看了看家裡的幾個人，挑眉道：「這麼說，只有我一個人搬出去了？這是要把我趕出家門？」

許方氏眼皮子一跳，忙擺手解釋。「這話怎麼說的。你看你們這些孩子都長大了，那自然該分家各過各的。就像你爹跟你叔伯他們分家，離得也都不近，慢慢也都只顧著自己家了對不？這大夥兒不都是這樣嗎？咱家也分家，我們二老比較開明，不去綁著你們三兄弟，這是好事！」

許方氏在桌下搥了搥許老蔫，許老蔫忙道：「對，這是好事啊山子，你聽你娘的，兄弟們大了都得分開。」

許青山胳膊拄在桌子上，摸摸下巴想了下，慢悠悠地說道：「分家我當然沒意見，可要是只把我一個人分出去，這事就有點不對了吧？就算我不亂想，恐怕村裡人也會說你們不把我當一家人，想盡辦法把我趕出去呢。你們說呢？二弟、三弟，你們也是這個意思嗎，還是你們兄弟從來都沒把我當親哥？」

許青松急忙擺手，他也說不出個子丑寅卯來，就吞吞吐吐地道：「沒、沒有。我、我聽爹娘的。」

許青柏跟他娘一樣，覺得機會難得，許青山弄了十幾個當過兵的凶狠漢子來，他怎麼看都覺得那些人像山匪，就算現在還不是，將來也有八成可能會惹出事來，他才是家裡最急著擺脫許青山的人！

面對許青山的質問，許青柏平靜地說：「大哥，你誤會了，爹娘不是這個意思。分家當然不可能只有你一個人分，我們三兄弟，那就是分三家。只是弟弟我一直讀書，還沒有進項，也沒訂親，正值考試的重要時刻，便先不搬出去了，還望大哥諒解。」

其他人聽了都是一愣，許姚氏反應最激烈，不可置信地問。「三弟你說啥？你要跟你二哥分家？」

許青柏衝許方氏使了個眼色。「娘剛剛說的不就是這個意思嗎？哪有分家只分一個人的，對吧？」

許方氏一向以這個兒子為傲，也最相信他的本事，見狀便說：「對，我就是這個意思，老大你誤會了。雖然你不是我生的，但我對你們三兄弟可是一視同仁。分家就是給你們三兄弟分，你們小妹當然是跟著我們過。老三呢，讀書也需要人照顧，所以我們兩個老的就不給老大、老二你們添麻煩了，我們就跟著老三過。」

許姚氏越聽臉色越難看，騰地站了起來。「我不幹！娘，您這是把我們丟開了。眼看三弟就要考秀才了，這是怕我們沾光還是咋地？妳別忘了供三弟讀書，我們也是出了力的，這麼多年我們一點沒計較，如今三弟要飛黃騰達了就把我們撇開，哪有這麼好的事！」

許青山淡淡一笑，很贊同似的點了點頭。「我覺得二弟妹說得有理。」

許方氏一看事都被許姚氏攪和了，氣得臉都綠了，一拍桌子就罵道：「老二能不能管住你媳婦了！她說的啥話？敢情她嫁到咱家就是為了占老三便宜呢。老三是我們老倆口供的，關她屁事？把她弄屋裡教訓去，別在這兒丟人現眼！」

許青松聽話地扯著許姚氏往屋裡走，走出老遠還能聽到許姚氏的吵鬧聲。但許方氏並不理會，反而更加強硬地說：「家就是這麼分，她不樂意就滾回娘家去。老大、老三，你們要是沒意見，咱就請里正來做個見證，今兒就把屋子分了吧。」

所有人都看著許青山，許青山笑了一下，回道：「好啊。」

看見他們鬆了口氣，許青山嘴角的笑意更深了。分家，也不是那麼容易就能分成的吧？以為他過去任勞任怨那些年的進項，就全給他們揣兜裡了嗎？算計他總是要還的，只不過，正要開始而已。

許家分家，對村裡人來說也是個稀奇事。誰家有個秀才能同意分家啊？分了可就不算一家人了，那不虧死了嗎？雖然許青柏還沒考中，但他是書院老師最看好的秀才人選啊，這還能假？這許家被分出去的怕不是腦子進水了吧？

里正來做見證的時候，村裡大部分人都跟來了。這陣子地裡沒那麼忙，他們沒事就都愛湊湊熱鬧，還想見見這未來秀才的家裡有沒有什麼齟齬呢？張耀祖那邊是已經洗不白了，這許青柏也不知道幹沒幹過啥醜事？

許家沒想到竟來了這麼多人，有些話就不好說了。許方氏臉色難看，客氣地勸了幾句，表示這是自己家的事，希望他們散開。可大家樂呵呵的應著，就是不動。聽說只有許青山要搬出去，老二、老三還住一個院裡呢，他們哪能走啊？這可是後娘虐待前頭留下的長子呢，多熱鬧呀！

不等許方氏再說什麼，許青山就請里正坐下，說了之前商量的結果，和許家分家的理由。這下許方氏再想遮遮掩掩也白扯了，乾脆一起坐下請里正做個見證，趕快分家。

里正皺皺眉，心裡對許家的想法一清二楚，自然有些不喜。當即說道：「分家分家，總要把這個家好好分一分。你先說說你們家裡都有些什麼吧？銀子、糧食、工具、牲畜、房子、地，什麼都得分。再有，當初你們說青山打野雞賣掉的錢，都攢著給他娶媳婦，那這份錢就不用分了，單拿出來給青山吧。」

許方氏倒吸一口氣，眼睛都瞪圓了。「啥？哪有這麼分的。他五年沒在家，這家裡的東西可不是他賺回來的，平分對老二、老三公平嗎？再說老三讀書還用著銀子呢，全分出去要喝西北風了！」

心急吃不了熱豆腐，沒做好完全的準備就急著分家，任許方氏再小心，還是在大家面前暴露了目的。她不就是想把許青山趕出去嗎？還想叫他淨身出戶，當誰傻子看不出來呢？

眾人紛紛議論起來，對許家幾人指指點點的。這種熱鬧他們最愛看了，何況還有點秀才欺負大哥的意思，全都站在許青山這邊指責起許家人。許青柏看到這種情況，忙扯了下許方氏的袖子，許方氏明白他是讓她分，頓時心塞得差點吐出一口血來。

就在這時，劉松帶著那十幾個兄弟過來了，往門口一站，問道：「山哥，什麼事？」

許方氏立時就是一哆嗦，口中的抱怨就咽了回去。

許青山笑了笑，道：「沒事，分家呢。」

「分家？」一個兄弟掃了幾人一眼，冷聲道：「山哥，分家都分了什麼啊？我們兄弟多，都幫你搬走！」

「對，分完沒？分完就搬了啊！」

許老蔫擺擺手道：「沒，還沒分呢。」

「那趕緊著呀，還等啥呢？」

許青柏看到這些人，就想起許青山給他講的那些殘肢斷臂，臉色發白，強忍著嘔吐的反應，急忙又拉了拉許方氏。許方氏見他這樣嚇了一跳，聽他在旁邊低聲道：「我考上秀才什麼沒有，妳抓著這點東西不放，是想看我遭殃嗎？」

許方氏不敢再耽擱了。她是不甘心得厲害，但她更怕繼續下去會影響小兒子考試。若因為這些沒考中秀才，那她才要悔得哭死呢！

之前那些野雞一共賣了一兩銀子，其他的許方氏也來不及遮掩，咬咬牙，說道：「單分給老大一兩銀子，家裡還有四兩，那是我們老倆口的，就不分了。」

許姚氏冷著臉，立刻道：「娘，您記錯了吧？我記得上次妳說妳手裡沒銀子了，還叫我跟我娘家借了一回呢。既然妳手裡沒銀子，那這些不就是咱們大夥兒掙回來的嗎，咋又成您的了？」

許方氏那麼說，自然是不想把銀子分給許青山。她小兒子還要考試讀書呢，誰知竟被這個蠢貨拆了臺，頓時打死她的心都有了！可看著里正皺眉的樣子，她只能硬著頭皮道：「四兩銀子就……」

「一家一兩吧，還剩下一兩應該給我們二房。娘，您要知道這幾年，大哥、三弟都不在家，活都是我們兩口子幹的，再說我還要養妳孫女呢，那一兩應該給我們。」許姚氏突然插嘴，一下子就把錢分索利了。

許青山點點頭，跟著說了句。「很公道。」

外頭那群兄弟立刻齊聲說：「山哥說公道就公道！」

許方氏又嚇了一跳，都顧不上發作許姚氏了，立即應下。「行，你們沒意見那就這麼分。鍋碗瓢盆所有東西都分三份，只是那地就不能這麼分了。里正，不是我偏心，老大離家五年，就算以前沒走的時候，他也是不下地的，那地可都是我們侍弄的啊。」

這下許姚氏就跟她站一邊了。「里正，我娘說得對，那地都是我們兩口子跟著爹娘侍弄的，我看一分為二，一半給爹娘，一半給我們就正好。」

第四十章

許家為了供許青柏讀書，其實沒什麼錢，這麼多年總共也就四畝地而已。家裡又沒什麼好的掙錢門路，全指著這四畝地呢，許方氏當然誰都不想給。她原就想讓許青山淨身出戶，其他不用分，還是一起過。可話趕話，居然就鬧到這種地步了，一想到四畝地要分，她的心就揪著疼。

沒等她想好，劉松突然上前一步道：「里正，您得幫忙主持公道。說我們山哥從不下地幹活，那就是要把每個人付出的分開算了？既然這樣，是不是也該把山哥前些年打獵拿回家的錢都單算一算？地不算山哥的，難道山哥的獵物就該算別人的？」

「對！不公平！」

「當我們傻子呢，欺負山哥好說話？」

兄弟們一張口，場面就緊張起來，連看熱鬧的村民們也不自覺地往後退了退，就怕待會兒打起來，殃及池魚了。許青山抬抬手讓他們安靜，對著里正道：「里正叔，今日請您來作見證，也是想公平地把家分清楚，免得日後再有齟齬。若是從前，我可能會說一句不計較，可我離開這五年，我外婆過得很不好，家裡卻沒有一個人去照顧一二，我想我也沒必要一退再退吧？」

就是因為許家人理虧，所以兄弟們才敢說話，否則不就成了仗勢欺人了嗎？可如今的情況，大家看了只會覺得許家人太不厚道，畢竟兄弟們說的話句句在理，許方氏三番兩次想壓迫許青山，根本就是個惡毒後娘！

里正看了眼許方氏，淡淡地道：「莫忘了妳小兒子、小女兒還未說親，今日妳分家若做得太過分，恐怕好人家也不願意與妳家結親。將來妳小兒子可能會很有出息，但高門大戶更注重親家的人品，恐怕妳如此行事，會誤了妳小兒子的前途。況且青山從小到大做了多少活，全村的人都清楚，如今平分那些地，你們可一點都不虧，妳還是好好考慮清楚。」

里正把話都擺在明面上說，就彷彿一巴掌打在許方氏臉上，說得許方氏臉色鐵青，難堪透了。許青柏更是臉上火辣辣，感覺所有村民都在嘲笑他一個未來秀才如此斤斤計較，甚至他還懷疑他們會說，當初許青山的付出全是在供他讀書，那他今日不說話豈不就成了自私自利？

許青柏再也不想面對眾人的目光，越過兩老，直接開口道：「地給大哥、二哥各一畝，剩下兩畝給我爹娘留著養老，我不要。家裡屋子不夠，大哥的屋子給了二哥，那就把分給我們的一兩銀子賠給大哥，讓大哥搬去新家添置點東西。很公平了，就這麼分吧！」

許方氏和許姚氏都不甘心，但看著幾個男人的表情，她們也知道這結果不會變了。

尤其是里正也點了頭，說明所有人都認可了這個分法，再要吵，今日他們許家就要臭名遠揚了。

婆媳二人臉色異常難看地把要分的東西都拿了出來，許青山自然是把屬於他的盆啊什麼的都打包好，他的兄弟們直接進院子搬東西。人多力氣大，沒一會兒院子就空了許多，連雞都捉走了四隻！

許方氏一個銅板都沒分到，只剩下兩畝地。老大的屋子給了老二，除了讓許青山離開許家，她什麼好處都沒撈到，反而是虧大了！她看著跟里正寒暄的許青山，突然後悔。是不是不分家也沒什麼？許青山往日裡住在家裡也沒怎麼樣啊，將來真的會帶來麻煩嗎？

可她後悔不後悔也改變不了事實，許家成功分家，往後他們就是三家人了。

許青山當然沒去他師父留下的那間房子，那裡五年沒有人住，颳風下雨早就破敗不堪。他在兄弟們那裡留了一間屋子暫時住著，實際上鎮上的房子裡已經收拾好了一間正房，他接著要住到鎮上，方便開展事業。

暫時安頓好了之後，他到阮玉嬌家裡吃飯。為了讓莊婆婆高興，就把分家前後的事，事無巨細的說了一遍。莊婆婆跟許家冤仇已久，聽了果然樂得合不攏嘴，直誇許青山是猴精！

阮玉嬌也笑說：「你這是不是得了便宜還賣乖啊？明明你自己也想分出來，結果分家還咬下他們一塊肉，這會兒他們恐怕肉疼得厲害，有得鬧呢。」

許青山笑笑：「可不是嗎？老二、老三也分家了，那老二家的一直幫著老三，就是想將來跟著沾光，如今分家，什麼保證都不管用了，她肯定不會再吃虧。」

「到時候不說別人，她們婆媳就得水火不容，再加上一個不懂事的許桃花，許家想盡力維持的名聲恐怕還會繼續壞下去。」阮玉嬌一想起從前許青山在許家受的苦，就覺得許家人沒一個好東西，全都落魄了才好。

可許青山卻已經把許家拋在腦後了，低聲對阮玉嬌說：「妳居然跟我一樣小心眼，這麼記仇。嬌嬌，妳說咱倆這是不是天生一對？」

阮玉嬌急忙看了兩位奶奶一眼，見她們沒注意才鬆了口氣，在許青山胳膊上掐了一下，懊惱道：「再胡說，不讓你進門了！」

許青山捉住她的小手，握在掌中，輕笑道：「我說的可都是實話，哪有胡說？」

阮玉嬌實在不好意思跟他打情罵俏，直接找了個藉口去院子裡了。許青山剛要去追，突然聽見阮老太太跟莊婆婆提起了阮玉嬌的娘，最重要的是，她們提到的是「孟氏」。

想到那塊玉珮，許青山對「孟」這個姓氏就比較敏感，當即問道：「奶奶，那天阮春蘭來偷東西，我和嬌嬌看見了一塊玉珮，似乎是從您衣服上剪下來的，那是嬌嬌的娘留下的嗎？」

阮老太太一愣。「你怎麼知道？」

「因為我在別處見過那塊玉珮，它的主人正是姓孟。」

「什麼！你見過？」阮老太太十分吃驚，立即扯出玉珮，指著問。「真的跟這塊一模一樣，還姓孟？」

許青山點點頭，面容也嚴肅起來。「不瞞您說，那塊玉珮是屬於京城一位孟將軍的，聽說孟家在京城是四大世家之一，我本以為是將軍的玉珮陰差陽錯流落到這裡，如今看來是另有隱情。」

阮老太太垂眼盯著玉珮，喃喃自語。「怎麼會……怎麼可能？」

許青山一看阮老太太這樣子就問道：「難道嬌嬌的娘是孟家人？可她怎麼會……」

阮老太太看著那塊玉珮神色恍惚，彷彿透過玉珮看過去的兒媳婦。她沈默了好一會兒，才嘆了口氣，道：「把嬌嬌也叫進來吧，她如今長大了，也該跟她說說她娘的事了。」

「我這就去。」許青山立刻出去將阮玉嬌給叫了進來，臨進門時叮囑道：「奶奶可能要說妳娘過往的事，妳別太難受。」

阮玉嬌有些莫名地點了點頭，進屋坐到了阮老太太身邊，一低頭就看見了那塊玉珮。不過她並沒有急著問什麼，反而握住了阮老太太的手，安慰道：「奶奶別急，有事慢慢說。這都過去好久了，不管是什麼事，都不急於一時。」

阮老太太摸了摸她的頭髮，仔細打量她的樣子，嘆息著說：「像，真像啊！妳這兩年出落得跟妳娘越發相像了。當年我在河裡救上她的時候，她都快沒氣了，臉色白得就跟紙似的。可就是那麼狼狽的時候，她也是美的，叫人看見就想多親近親近。」

「說起來也不知是福是禍，當時我要是不管她，她可能就活不下去了，可我把她帶回家，她這一生也算毀了。妳娘那麼善心的一個人，嫁給妳爹真是孽緣啊。」阮老太太看著窗外，已然陷入了回憶。「妳娘姓孟，除了姓氏，什麼都不肯透露，只是一天天的沈默，一點笑容也沒有，用心灰意冷來說最恰當。我也不知道她經歷了什麼事，但想也知道她一個衣著不錯的姑娘落得這般下場，定不會有什麼好事發生。」

「剛開始，妳太奶奶想從她身上撈點好處，自然待她百般客氣，可慢慢的發現，她只是個身分不明的落魄姑娘，態度就變得刻薄起來。正好妳爹看上她，想要求娶，她考慮了三天竟然就答應了。我當時勸過她，想叫她走，那是我第一次看見她哭，她說她已經沒有家了，再也不會回那狼窩裡去。」

許青山皺了下眉，遲疑道：「奶奶，據我所知，孟將軍人品正直，若他們是一家人，應當不會有狼窩一說，也許是我猜錯了吧。」

阮老太太搖搖頭，將玉珮放到桌上道：「姓孟也許有巧合，但家境不錯，玉珮又相同，這必然就是有聯繫了。」

許青山自然也知道這個道理，但孟將軍是他最欽佩的人，他實在不願相信孟家竟然會是「狼窟」。不過孟家傳了幾代，家大業大，定然內宅複雜，也許嬌嬌的娘在內宅受了委屈也不一定，畢竟他也不瞭解孟家的事，不好妄下論斷。

阮老太太繼續說：「當時我想著，她好歹是我兒媳婦，有我護著她，她日子不會難過的。誰承想她懷孕的時候，被劉氏算計，撞見劉氏和老大酒醉的樣子，一下子整個人都崩潰，再也不想活了。她那時整日以淚洗面，什麼都聽不進去，就算我差點打斷老大的腿，跟她保證會護她周全，她都沒有一點反應。孕期養得太不好了，後來就難產，因而嬌嬌生來體弱，而她在被搶救回來之後也沒留多久，離世的時候都還在掉眼淚。」

阮老太太嘆了口氣，拍拍阮玉嬌的手道：「幸虧嬌嬌雖然樣子像她，性子卻與她截然相反，永遠都不會放棄希望，靠自己，活得比誰都好。我啊，一直都很後悔讓她嫁給了老大，把她留在了這個小村子裡，可惜她走得太早，我也沒機會補償她。」

阮玉嬌偏過頭，靠在她的肩膀上，溫聲道：「奶奶不用後悔，您救了娘的命，她定是感激您的。她只是覺得這世上太苦，早一步去了極樂世界，也許她如今已經過上好的生活了呢。所以過去的事就別再想了，我們還活著的人繼續好好活著才是正經。」

死過一次，阮玉嬌真不覺得死有什麼可怕。可怕的是陷入漩渦，無力掙扎，有時候死反而是一種解脫。她不知道她娘遇到過什麼事，但能讓人那麼痛苦、那麼難過，恐怕真的是傷透了心吧？如果想不開的話，勉強活著也沒什麼意義。逝者已逝，她也只能這麼想了。知道了她娘的事，回頭她可以多燒些紙錢，多去廟裡祈福，希望多少能有用一些。

阮老太太欣慰地笑了下，看著那塊玉珮，搖頭道：「我只以為妳娘是哪個富戶出來的小姐，沒想到竟是京城孟家。這塊玉珮是妳娘臨走時交給我的，說是給妳留個念想，說不定哪一天能用上。我以為她是把最貴重的東西留給妳做嫁妝，就想等妳出嫁時給妳，沒想到這裡頭還牽扯著她的身世。嬌嬌，如今妳都知道了，妳是怎麼想的？」

阮玉嬌神情平靜地說：「奶奶，過去的事都過去了，既然我娘說那是狼窟，我當然也不會上杆子湊近。就算是個極好的人家，這十幾年來他們都沒找過來，恐怕我找過去也不會有安穩日子。世家大族雖然富貴，但是非太多，我一個小小農女，哪裡能應付？」

她對阮老太太笑了笑，說道：「我現在過得很開心，這就夠了，以後我們一家人搬到鎮上去，安安樂樂的過日子不就很好嗎？」

阮老太太也擔心她只顧富貴，忘了她娘的下場，聽她這麼說，就鬆了口氣，卻莫名又覺得有些愧對她。「我的嬌嬌這麼好，可惜生在了我們家，就只能做個小小的農女。若是在孟家，肯定是個風風光光的大小姐。」

阮玉嬌笑道：「我在咱們家也是大小姐啊，從小就沒幹過什麼活呢。奶奶您別想那麼多啦，我真的覺得這樣很好，這塊玉珮還是您收著，就當個紀念吧，什麼都不要改變。」

莊婆婆也點頭說道：「嬌嬌說得不錯，嬌嬌娘也不知經歷過什麼事，要是被孟家知道了嬌嬌的存在，萬一有人害她咋辦？就算孟將軍是好的，但那孟將軍還有媳婦，家裡還有兒女，雜七雜八一大家子人，我看不能去，得把這件事捂好了。」說完不一會兒，她又皺皺眉，遲疑道：「這塊玉珮那天有幾個人看見了，應該沒事吧？」

許青山立即搖頭。「那天已經是半夜了，天黑，而且當時大家注意力都在阮春蘭身上，沒看玉珮，只要以後把玉珮收好，就沒事的。」

阮老太太把玉珮直接塞到了阮玉嬌手裡，說道：「我啊，真的老了，有時候打算要做的事過會兒就忘了，這玉珮還是妳自個兒收著，將來不管是藏起來還是咋用，妳都自己決定吧。」

阮玉嬌想了想，沒再推辭。雖說這玉珮看著是個好東西，但結合後面的故事和前世的結局，也有可能是個禍端。她真不能再讓奶奶收著，萬一連累了奶奶，她就後悔莫及了。所以阮玉嬌把玉珮收了起來，再次跟他們表明了自己的想法，她是絕對不會跑去跟孟家相認的，讓他們好好放心。

略有些緊張的氣氛這才放鬆下來，幾人也恢復了正常的情緒，不再糾結於這件事。

然而阮玉嬌的心情仍十分複雜。從聽到「京城孟家」開始，她就心跳加快，有些不敢置信，直到聽奶奶把一切都說完了，她才恍然大悟，終於揭開了前世奶奶身死的秘密。

上輩子阮春蘭搖身一變成為大家小姐，不就是孟家的表小姐嗎？

如今有了這塊玉珮和她娘的身世，阮春蘭是怎麼走了大運就一清二楚了。怪不得阮春蘭偷了奶奶的東西逃走之後，奶奶那麼難過，還常常看著她露出愧疚的神情。而在阮春蘭逃走許久之後，奶奶又突然被燒死在大火之中。

如今想來，那場大火要燒的就是她們的正房，要不是她那天不舒服，一直在茅廁，恐怕阮春蘭是想要把她們祖孫一起燒死，目的就是為了掩蓋玉珮的秘密！這也怪不得後來她看見阮春蘭的時候，阮春蘭嚇了一跳，大概是以為她早就死了吧？

而在她被逼為妾，跑去跟阮春蘭求救，阮春蘭不僅裝作不認識她，還好像被她衝撞到，一副很惱怒的樣子，導致她被抓回去狠狠打了一頓，就丟去了乞丐窩。也許，她最後的遭遇根本就是阮春蘭暗中授意的，要將她斬草除根，這樣就沒人能再威脅阮春蘭的地位了。

只是，她猶記得那時的阮春蘭並不叫「阮春蘭」，而是叫「朱夢婷」。當時她就覺得疑惑，但自身難保，她也沒精力多想，如今想來卻處處透著疑點。若冒充她，應該用她的名字，怎麼也該是姓「阮」的吧？若跟母姓，就應該是姓「孟」才對，怎麼會叫「朱夢婷」呢？

許青山看出她有心事，等兩人單獨相處的時候就問道：「怎麼了？還在為孟家的事煩心？如果想知道的話，我可以去京城打聽打聽。」

阮玉嬌一聽，忙拉住他，認真道：「別去！我一點都不想跟孟家扯上關係。我好不容易從一個小小的農女成為錦繡坊的女工，我很知足，也還會繼續努力。這樣的我，在孟家人眼裡就是一隻小小的螞蟻，隨隨便便就能捏死。我真的只想過平靜安樂的生活，你不要去，我不想你冒險。」

許青山看了看她的表情，點頭道：「妳不想跟他們有牽扯，我們就把玉珮藏起來，小心一點，沒事的。」

阮玉嬌這才笑了。「表哥，你明天就去鎮上嗎？打算做什麼？心裡有計劃嗎？」

「我都想好了，這麼多兄弟，讓他們中規中矩地做生意，他們一是不懂，二是不自在。正好大夥兒在戰場出生入死慣了，我乾脆就開個鏢局，讓他們做鏢師押鏢，妳覺得怎麼樣？」許青山說到準備開展的事業，眼睛都亮了幾分，看著阮玉嬌，等著得到她的認可。

阮玉嬌第一反應就是。「押鏢危險嗎？你也去？那不是要經常出門？」

許青山笑道：「我不去。回來之前我就想好了，外婆年邁，我以後要守著外婆給她養老。如今又多了一個妳，我要守著媳婦，哪兒都不去。」

阮玉嬌臉紅了，忙低下頭嘀咕道：「我可不是想拴著你，只是在外太過危險了，我不想你去。」

「嗯，我懂。如果我們倆對換，我肯定也不想讓妳出去。」許青山輕笑一聲，在她耳邊輕輕地說。

阮玉嬌直接背過身去，順了順耳邊的頭髮，問道：「這件事既然事關安危，表哥你還是別自己做主，得好好問問你的兄弟們才行。」

許青山見她害羞，見好就收，一本正經地回答道：「放心吧，這些我都懂的，會好好跟他們商量。除了他們以外，還有一些傷殘的老兵日子很不好過，我打算生意做起來之後，看看能不能幫上他們的忙？都是一起出生入死過的戰友，感情跟尋常的兄弟、朋友都不一樣，見到誰過得不好，大家都會難受。」

阮玉嬌轉過來對他道：「我知道，你想做什麼就去做吧，我都支持你。」

「有妳這句話，我就放心了。」許青山叮囑道：「我這次去鎮上，三、四天以後才回來，妳有什麼事就去找劉松他們，別跟他們客氣。剛開始可能會比較忙，奶奶和外婆就要辛苦妳一個人照顧了。」

「她們也是我的奶奶啊，哪有什麼辛苦的，你就安心去做你的事吧。」

家裡有了最好的後盾，許青山去鎮上去得格外放心。他師父那間屋子不能住人，所以他對外只說想去鎮上找個活計試試，許多人就立刻腦補成，一個被後娘趕出家門的可憐人傷心離開了，對許家人的觀感就又差了許多。

至於許青山分到的地，他也直接租給邱氏了，這讓村民們都有些羨慕嫉妒。阮玉嬌和許青山租出來的地都很肥沃，且收租少，這便宜都叫邱氏給占了。可誰讓當初邱氏跟阮玉嬌處得好呢？他們沒能搭上這層關係，悔得腸子都青了！於是在許青山走後，阮玉嬌家裡整天都有上門閒聊的人，幫阮老太太和莊婆婆幹這個、幹那個的，全都熱絡了起來。

她們想得很簡單，阮玉嬌富了，許青山也有那麼多兄弟一起呢，跟他們交好肯定不吃虧，指不定還能像邱氏一樣占到便宜。至於那些漢子雖然看來有些可怕，在觀察了這麼多天之後，村民們發現他們也就是力氣、說話聲大點，對村民們都很友善，那自然就沒什麼好怕的了。

同村裡人熱絡起來，好像一下子成了人緣很好的人家。阮玉嬌覺得挺好的，這樣兩位老太太在家裡待著就不無聊，有這麼多雙眼睛看著，她去錦繡坊的時候也更放心些。

她給錦繡坊設計的第二批衣服已經全部做完了，挑著一天天氣好的日子，她就揹著衣服去了錦繡坊。喬掌櫃一見她就笑了起來。「嬌嬌妳可來了。怎麼樣，衣服都妥當了？」

阮玉嬌笑道：「那得喬姐親自把關。我只知道把喜歡的做出來，適不適合還得妳看。」

「妳做的，我放一百二十個心！來，我看看又是什麼新花樣？」喬掌櫃迫不及待地把衣服一件件拿了出來，每展開一件眼前就是一亮。

「太漂亮了！如果我不是賣家，肯定要把這些每樣都買一件回去！嬌嬌，不用愁，這次鐵定比第一次效果還好。有了妳，咱們錦繡坊是生意滾滾來啊，何愁開不到京城去？」

喬掌櫃太高興了，看完衣服就拉著阮玉嬌的手道：「嬌嬌，如今妳已經不單單是做著女工的活了，妳還幫咱們錦繡坊設計了這麼好的衣服，這是幫錦繡坊發展啊。我想過了，妳來當咱們的二掌櫃，意下如何？」

阮玉嬌愣了下，隨即欣喜道：「真的？我當然願意，絕不會辜負喬姐對我的信任！」

「這就好，以後我們姐妹齊心合力，一起將錦繡坊發揚光大！」喬掌櫃拍拍阮玉嬌的手，十分高興。為了慶祝店鋪的進一步發展，她還請阮玉嬌去太白樓吃了頓飯。

太白樓的掌櫃的已經認識阮玉嬌了，一看她來了就立即通知了自家小姐。所以阮玉嬌吃完飯的時候，就看見了白玉靈。錦繡坊暫時也沒什麼事，喬掌櫃就先回去，讓她和朋友去玩。

白玉靈一看，打趣道：「妳這老闆娘對妳還挺好的啊。對了，怎麼就妳們兩人來吃飯啊？妳未婚夫呢？他不是也在鎮上嗎？」

阮玉嬌一邊走一邊道：「表哥忙他的呢，我今天來還沒去找他。剛剛是喬姐提拔我當二掌櫃了，所以帶我來吃頓好的，慶祝一下。」

白玉靈驚訝地看向她。「二掌櫃？天吶，這才多久妳就成二掌櫃了？怪不得當初那個什麼玉娘那麼嫉妒妳，嫉妒得要把妳毀了呢，妳可真是太厲害了！」

阮玉嬌好笑道：「我也是老天爺賞飯吃，因緣際會罷了。對了，妳找我有事嗎？」

「沒有啊，就是知道妳來鎮上了，找妳玩啊。」白玉靈看著前面，突然用胳膊肘撞了撞她，小聲道：「看，是妳表哥啊！聽說他是妳的救命恩人？看來，他也不是什麼人都救啊。」

阮玉嬌聞言抬頭，正好看見一個披麻戴孝的姑娘想去拉扯許青山，被許青山毫不留情地斥了句「自重」，她沒忍住，就笑出了聲。

白玉靈無語道：「妳還有心情笑啊？妳表哥只不過是出門辦事打扮了一下，就有女人往前湊，妳可得小心了啊！」

——未完，待續，請看文創風663《萬貴千金》3（完結篇）

文創風
662

萬貴千金 2

國家圖書館出版品預行編目資料

萬貴千金 / 幽蘭著. --
初版. -- 臺北市 : 狗屋, 2018.08
冊 ; 公分. --（文創風）
ISBN 978-986-328-895-4（第2冊 : 平裝）. --

857.7 107009608

著作者 幽蘭
編輯 林俐君
校對 于馨 簡郁珊
發行所 狗屋出版社有限公司
地址 台北市104中山區龍江路71巷15號1樓
電話 02-2776-5889～0
發行字號 局版台業字845號
法律顧問 蕭雄淋律師
總經銷 知遠文化事業有限公司
電話 02-2664-8800
初版 2018年8月
國際書碼 ISBN-13 978-986-328-895-4

本著作物由北京晉江原創網絡科技有限公司授權出版

定價250元
狗屋劃撥帳號：19001626
網址：love.doghouse.com.tw E-mail：love@doghouse.com.tw